日向を掬う

朝倉宏景
Hirokage Asakura

双葉社

日向を掬う

1

冷蔵庫を開け、安い発泡酒《はっぽうしゅ》を取り出す。

ついでに、何か健康的なつまみでも作ろうと思い立ち、引き出しになっている野菜室をのぞいてみた。おひたしが手っ取り早そうだと、小松菜の束《たば》を手にした瞬間、思わず知らず、良行《よしゆき》は歓喜の叫び声を上げた。

「おぉ！」

野菜室のいちばん底の、いちばん奥に光る、金色の物体が垣間見《かいまみ》えたからだ。

「あいつ、こんなもん隠してやがったのか！」

ナスやらニンジンやらを手荒く掘り返し、まぶしく光るヱビスビールを両手で捧《ささ》げ持《も》った。大きな鯛《たい》を抱えた恵比寿《えびす》様が、優しく微笑《ほほえ》みかけてくる。海老《えび》で鯛を釣るという諺《ことわざ》になぞらえるなら、まさに小松菜でヱビスビールを釣ったような気分だ。思わぬ収穫に心が浮き立った。

「飲も、飲も」

四十歳、独身である。実家住まいである。ニート同然であり、家計のほとんどを母の収入に負《お》っている男である。

そんな男が、母親の大事に隠しているビールを、母親の不在の隙《すき》に盗み飲む。

一口目は、舌の上で丁寧《ていねい》に液体を転がし、本物のビールの苦みを味わった。

「かぁ……！」喉《のど》から食道へ、冷たい炭酸がすべり落ちていった。至福の瞬間だ。罪の意識などみじんも感じない。むしろ、ちょっと腹が立っているくらいだ。

たしか去年の暮れ頃だったが、調味料の瓶《びん》やペットボトルにまぎれこませるようにして、高級な焼酎が隠されているのを発見したこともあった。木を隠すなら森とでも言わんばかりの巧妙な隠匿《いんとく》ぶりを目の当たりにし、まるでへそくりだ、少しくらいわけてくれたっていいだろと、身勝手な愚痴《ぐち》をこぼしたものだ。

発泡酒は冷蔵庫にしまい直した。もはや小松菜などどうでもよくなって、ぐちゃぐちゃに荒らした野菜室に手荒に放りこんだ。かわりに、やはり母親が買ってきた柿ピーのわさび味をゲットし、居間に移る。

夕方の四時だった。

まともな稼ぎもないくせに、まだ陽のあるうちからアルコールを摂取する背徳感を、「まあ、日曜だからいいんだよ」と、まるでサラリーマンであるかのような言い訳でごまかす。

この開き直りとも、居直《いなお》りともとれる自身の心の動きを、良行は何より愛していた。自分より圧倒的に体重の重い人間が、シーソーの向かい側に突然座ったときのような、えも言われぬ浮遊感を存分に味わった。いくら足を踏ん張ったところで、誘惑と重力には抗《あらが》いきれないのだから、身をまかせて浮き上がるしかないのだ。

八月のはじめだった。良行はクーラーを消して、居間の窓を全開にした。生暖《なまあたた》かい風が吹きこんできたが、よく冷えたビールを味方につけた今は、むしろ心地よいくらいだ。Tシャツを脱ぎ捨て、上半身裸で腰に手をあて、缶を口に運ぶ。

西日がきれいだった。夏の四時はまだまだ昼間と変わらない明るさで、肌に突き刺すような強い紫外線《しがいせん》を感じる。目をしかめた。今日も、無為《むい》のうちに一日が終わる清々《すがすが》しさと背中合わせのやるせなさをビールといっしょに飲み下した。

家のチャイムが鳴ったのは、ヱビスをほぼ飲みきり、次は何を飲もうかと思案しはじめたときだった。そういえば氷の量はじゅうぶんにあっただろうかと、冷蔵庫の製氷室をたしかめに立ち上がったついでに、インターホンのモニターを横目で確認した。

このマンションはオートロックだ。訪問者は一階のエントランスにいる。

宅配便や郵便配達以外に応答する気はなかった。新聞の勧誘やセールスは無視すればいい。

「ん……?」

キッチンに向きかけた足がとまった。

モニターに映っているのは、女の子だった。年の頃は、十代前半くらいだろうか。かなり大きいリュックを背負っているらしく、左右それぞれのショルダーストラップを、両手でぎゅっと握りしめている。思いつめたような、切羽《せっぱ》詰まったような雰囲気が、画素の粗《あら》い画面からでもじゅうぶんつたわってきた。

うつむき加減の少女の顔に、まったく見覚えはなかった。良行は、酔いのまわりはじめた頭で、しばし考えた。

このマンションに住んでいる子だろうか？

たとえば鍵を落としてしまって、家に誰もいないから、仕方なく大家の部屋の番号を呼び出したと仮定しよう。事情を話し、エントランスを通過しようとしているのではないだろうか？

そう考えれば、女の子の硬い表情にも納得がいく。もちろん、オートロックをクリアしたところで、今度は部屋の鍵をどうするのかという問題は残る。扉の前にでも座りこんで家族の帰宅を待つつもりかもしれないし、紛失したときのために予備の鍵を隠しているのかもしれない。古典的だけど、植木鉢の裏とか、傘たての内側とか。

良行の母はこのマンションのオーナーだが、マスターキーは持っていない。管理会社が保管している。だから、してあげられることといえば、女の子の目の前に立ちはだかる自動ドアを開錠するという一点しかない。

良行は応答のボタンを押した。「はい」と、返事する。

女の子が顔を上げた。

「大守《おおもり》さんのお宅ですか？」

「そうですが」

切迫した表情とは対照的に、少女の声は妙に落ちついていた。少なくとも、鍵をなくした女の子の声ではないと感じた。

「もしかして、大守良行さんですか？」

「……はぁ、そうです」

クーラーを消してしばらく時間が経過し、部屋の温度と湿度がじわじわ上がっている。額《ひたい》に汗がにじんだ。

妙に心がざわついた。面識のない相手にいきなりフルネームで名指しされ、中途半端に伸びた顎《あご》ひげを無意識のうちにさすっていた。

一拍《いっぱく》、間をおいて、少女が強い眼差しをカメラに向けてきた。

「私、あなたの娘です」

落ちついたトーンが、喉の奥からしぼり出したような、震《ふる》えた声に変化した。

「娘なんです。信じてください。お願いします」

良行は即座に、「終了」のボタンを押した。「開錠」ボタンはもちろん押さなかった。暗くなった画面に、呆《ほう》けた自身の顔がぼんやり反射していた。

何かのイタズラか……？　新手のピンポンダッシュ？　それにしては、相手は俺の名前を正確に言い当てている。

娘？　信じてください……？　いやいやいや、あり得ないと思った。

独身であり、かつ、未婚である。もしかしたら、知り合いのユーチューバーが自身の娘を使って盛大なドッキリをしかけようとしているのかと考えたが、そんな手間をかけてだます価値がこの俺にあるとも思えない。

目まぐるしく思考が錯綜《さくそう》するなかで、突然、一人の女性の顔が頭に浮かんだ。

その途端、血の気が引いた。

まさか、あいつの子か？

本当にそうなのか……!?

空腹で酔ったとき特有の、ふわふわと浮き立つような幸福感があっけなく消え去った。シーソーの向かい側に座っていた人間が急にどいて、地面にたたきつけられ、尻をしたたか打ちつけたような衝撃が脳天まで走った。

電子音のチャイムが鳴った。良行はおそるおそる、ふたたび明るくなったモニターに目を向けた。

挑《いど》みかかるような少女の強い眼差しが、こちらをじっとにらみつけてくる。こうなったら根《こん》くらべだ。一度応答しているのに、居留守《いるす》も何もないわけだが、無視を決めこんだ。しばらくすると、画面が暗くなる。良行はとめていた息を盛大に吐き出した。

ところが、間髪《かんはつ》をいれず、チャイムが鳴った。

少女は怒っていた。眉がつり上がっている。とうとう根負けした良行は「応答」のボタンを押した。

「私、ツヅキヒナミといいます。ツヅキマチコの娘です。記憶にありませんか？　ツヅキマチコ」

なつかしい名前だった。「街子……」と、かつて何度も呼んだその名前をつぶやいた。

ありありと記憶がよみがえってきた。十五年前の情景と、街子の言葉——。

《ねぇ、お願いがあるんだけど……》
どこかのカフェだった。テーブルに身をのりだすようにして、街子はこちらに顔を近づけ、さらに声をぐっとひそめて、こう言ったのだった。
《あなたの精子、分けてくれないかな？　もちろん、一人で責任持って育てるし、絶対にヨッシーに迷惑はかけないから》
あのときそう頼まれ、俺は第一声、どう答えただろうかと考えたが、よく思い出せなかった。そのわりに、街子が飲んでいた抹茶ラテの濃い緑色は、なぜかはっきりと脳裏に刻まれている。
《誤解しないでほしいけど、セックスしてって意味じゃないからね。ただ、ヨッシーの種《たね》がほしいだけ。要するに、精子提供で選択的シングルマザーになりたいの。手渡ししてくれればそれでいいから》
カップの縁にうっすら残ったリップの明るい色と、ラテの緑のコントラストが、良行の意識の片隅で激しく明滅した。

「ひとまず、話を聞いていただけませんか？」

女の子の声で、現実に引き戻された。相手はまだインターホンのカメラをにらみつけている。

俺から精子を受け取った街子。

その街子から生まれた娘＝俺の娘。

そんな当たり前すぎるほど当たり前の図式が、頭のなかに導き出された。

無事妊娠し、出産したという知らせは街子から受けていた。けれど、精子を提供して以来、一度も会っていなかったから、まるで実感がわかなかった。年月の経過とともに、どこかで呼吸をし、ご飯を食べ、成長している自分の実子の存在を記憶の奥深くへと追いやっていたのかもしれない。

なんで、今さら訪ねてきた……？

ヤバい、ヤバい、ヤバい、マズい、マズい、マズい――モニターの前を行ったり来たりしながら、しかし具体的な方策は何も思い浮かばず、ただただ「ヤバい」と「マズい」だけがミサイルのように激しく脳内を飛び交っていた。

そろそろ、母親が帰ってくる。二人が出くわすと非常に厄介《やっかい》なことになる。お節介《せっかい》な母のことだ。オートロックの前にたたずむ女の子を見て、「あら、どうしたの？」と必ずや話しかけるだろう。

「実は、私、大守良行さんの娘なんです」

「ちょっと、どういうこと！　お話、聞かせてちょうだい！」

そんな展開が容易に想定された。見知らぬ孫の存在を突然知らされ、家のなかがひっくり返るような大騒動に発展することは間違いない。

「ええっと……、君、一人なの？」おそるおそる問いかけた。「街子は……？　そこにいないの？」

モニターに映る少女は、黙ったままうなずいた。

事情はわからないが、家に上げるのは問題がある。かといって、近所のファミレスや喫茶店はもっと危険だ。

姉の一家が同じマンション内に住んでいるので、生活圏はまるっきり重なっている。鉢合わせの可能性があるし、知り合いに目撃されれば、「見知らぬ少女を連れまわしていた」と、母や姉夫婦の耳に報告が入りかねない。

迷いに迷って、結局、人目をさけるのがいちばんだと判断した。母の帰宅前に話を聞いて、なんとか今日のところはお引き取り願おう。後日、またあらためて、べつの場所で会う約束を交わせばいい。

「……わかりました」良行は、痰《たん》のからむ喉で返事をした。あわてて咳払《せきばら》いをする。「六階ですから、お間違えのないように」

大人の余裕と冷静さを最大限とりつくろったつもりだったが、さっきから変な汗がとまらなかった。心臓がとてつもないスピードで脈打っている。

胸のあたりに浮かんだ汗を手のひらでぬぐったら、自分が上半身裸であることに気がついた。あわてて自室に駆けこみ、クローゼットをあさる。娘かもしれない相手との初対面だ。どうせなら少しでも良く見られたい。コットンシャツに袖《そで》を通し、チノパンをはいて、日曜日のサラリーマンスタイルをよそおった。

ベルトを締めながら、短い廊下をダッシュする。玄関の収納の扉につけられた細長い姿見《すがたみ》で全身をくまなくチェックした。シャツもチノパンもシワシワだったが、しかたがない。

良行はそっと玄関の扉を開けた。

ちょうど、六階に到着したエレベーターの扉が開くところだった。

ツヅキヒナミがゆっくりと降りてきた。良行はビールの味がまだ残る、苦い唾《つば》を飲み下した。

インターホン越しとは違い、伏し目がちの少女は、前髪がつくる影で暗くなった瞳を良行に向けた。

目が合う。

その瞬間の名状しがたい感覚を、良行はきっと生涯忘れないだろうと思った。

あらゆる感情が、ビッグバンのように胸の中心で爆発し、体が内側から裂け、吹き飛びそうになった。膝がなえて、玄関の扉を支えにしてようやく立っていた。

似ているのだ。

誰に……？

街子に。

そして、まぎれもなく、この俺に。

さっき姿見で確認したばかりの自身の顔と、目の前の少女の顔が、オーバーラップする。

困惑、感動、不安、よろこび、照れくささ、拒否、受容、高揚感、恐怖感——相反する感情の波がどろどろに溶けあったまま押しよせ、のみこまれそうになる。

何より、目と耳が似ていた。

良行の耳は、前にせり出している。垂れ目ということもあり、子どもの頃は猿だの宇宙人だのとよくからかわれた。

少女の黒髪は、ストレートで肩くらいまでの長さだった。細く、やわらかそうな髪質だ。その髪の隙間から、両耳が突き出て、こちらを向いていた。卵形の輪郭とあいまって、なんとも愛《あい》嬌《きょう》のある雰囲気をまとっている。

街子に似ている部分は、どこだろうか……。鼻か、口元だろうか。それとも輪郭？　よく観察しようと思ったら、少女が軽く頭を下げて、お辞儀をした。小柄な少女の体には不釣り合いなほど大きい登山用のリュックが重そうだった。

エレベーターの扉が音もなく閉まる。良行は視線をさっと左右に走らせた。もしかしたら、街子がしかけたドッキリなのではないかという疑いが捨てきれなかったが、第三者の影はエレベーターホールには見当たらなかった。

いくら実の娘とはいえ、十代前半の女の子が連絡もなしに一人で会いにやって来るのは異常だ。やはり、のっぴきならない事情があるのだ。いったい何が起こったのかとあらゆる可能性を考えてはみたものの、現状を正しく認識するのに手いっぱいで、脳の処理が追いつかない。

ふたたび目が合う。少女は、言った。

「あっ、こんにちは」

良行は、戸惑った。まるで、近所のおじさんと道で会ったときのような、気軽な挨《あい》拶《さつ》に拍子抜けした。

「あっ、ああ」良行もあわててお辞儀を返す。「どうも、こんにちは」

こんな淡泊《たんぱく》な感じでいいのかと思ったが、だからといって、どういう対面を果たすのが正解かもわからない。

「えっと……、今日は、お母さんは？　家にいるのかな？　お仕事？」焦《あせ》りがつのって、つい質問攻めにしてしまった。「街子、元気？　君がここに来ることは、知ってるの？」

「母のことで、お話があるんです」少女が玄関を指さす。「いいですか、なか？　入っても？」

嫌な予感がつのったが、こんなところで立ち話をつづけるわけにもいかなかった。

「どうぞどうぞ、上がって」

「暑いですね」

「はぁ……、梅雨《つゆ》も明けたし、もう夏本番だね」

互いにぎこちない会話を交わした。最初に脱臼《だつきゅう》したような挨拶をしてしまったせいか、「お父さん！」「娘よ！」という展開には当然ならなかった。

とはいえ、何気ない態度をとる少女のほうも、きっと自分と同じように、様々な感情が駆けめぐり、せめぎあう心の動きを、懸命に抑えつけようとしていることだろう。

その大きな垂れ目も、自分とそっくりだった。瞳を左右にせわしなく揺らしながら、ちらちらと上目づかいでこちらをうかがってくる。

言うことをきかない、力の抜けた足を引きずって、良行は玄関に上がった。スニーカーを脱ぐ少女の姿を見て、万が一、母の光枝《みつえ》が早く帰ってきたときのことを考えた。少女を先に居間に通し、彼女の靴《くつ》を靴箱にしまう。いざとなったら少女をあいている部屋に隠し、一瞬の隙をついて玄関から逃がすしかないだろう。

まるで妻の不在時に、べつの女を家に上げる浮気男のようだが、しかたがない。念のための処置だ。

母が普段から整頓を心がけているので、ありがたいことに居間はきれいだった。散らかっている自室のほうは、絶対に見せられない。少女はリュックを椅子の上に置き、そのとなりの席に腰を下ろした。しかし、上半身をぴんと伸ばし、背もたれに寄りかかろうとはしない。

緊張している様子だが、見た目はもちろんごくふつうの女の子である。電車のなか、ジャージ姿でテニスのラケットを持っていたり、ファーストフード店で友達と談笑しながらポテトを頬張《ほおば》っていたりする、どこにでもいるような、平凡な容姿の少女だ。

それでも、まぎれもなく俺の娘なのだ。

「あらためまして……」と、少女は大人びた挨拶をした。「都築日向実です」

次々と、街子に関する思い出がよみがえってくる。

その当時「写メ」と呼ばれていた、携帯のメールと、生まれたばかりの赤ちゃんの写真が、街子から送られてきた。

〈元気な女の子が生まれました。「日向《ひなた》」に「実る」と書いて、「日向実」と名づけました。ヨッシーは、たまにでいいので、日向実の健康と幸福を祈っていただければ、それでじゅうぶんです。このたびは、本当にありがとうございました。〉

あれから十四年が経過した。

すっかり成長した都築日向実が目の前に座っていた。あの、くしゃくしゃのしわだらけだった赤ちゃんが、自分の生き写しのような顔で、ここにこうして存在することが、にわかには信じられなかった。

少女は、卓上のヱビスビールと、小袋からこぼれて散乱している柿の種をじっと見つめていた。何だか恥ずかしいものを見られたような気がして、あわてて「ほら、日曜だからさ」と、聞かれてもいないのに情けない言い訳をした。

「でも、おじさんは……」と、言いかけて、「おじさん」という呼び方がしっくりこなかったのか、少女は自身の言葉に首を傾《かし》げた。

さすがに「お父さん」は、抵抗があるのだろう。かといって、「大守さん」はよそよそしすぎるし、「良行さん」はまるで彼女みたいだ。

「おじさんで、いいよ」

「おじさんとは、はじめて会った気が全然しないです」

見つめあう。口元は街子に似ているような気がする。真顔でも、少し微笑んでいるように口角《こうかく》が上がっている。

全身いたるところに、汗がじわっとにじんだ。リモコンを取り、クーラーを入れ直す。ボタンを連打して設定温度を下げた。

「それは……、ほら」窓とカーテンを閉めながら、良行は言葉を曖昧《あいまい》に濁《にご》した。「たぶん、あれだからかもしれないね」

好きな女の子とはじめて二人きりになった中学生みたいに、どぎまぎしていた。目の前の少女の顔がなかなか見られない。差し向かいで座る勇気もない。

「わかってます。お母さんと、いつもテレビ観てましたから。『衝撃！　突破のシンソウ』とか」

頬が熱くなった。堅気の勤め人でないことは、とっくにバレていたようだ。

良行は、俳優だ。しかも、そこそこ顔が売れている。たまに街中で顔を指さされたり、話しかけられたりすることもある。そのくせ、名前を正しく言い当てられたことは一度もない。業界からは、「再現ドラマの帝王」という異名を頂戴している。

再現ドラマとは、おもにバラエティー番組において、エピソードを紹介する際、役者に演技をさせ、別撮りで作成したVTRをさす。

日向実が口にした『衝撃！　突破のシンソウ』は、奇跡のようなエピソードを紹介するバラエティー番組だ。命の危険にさらされたり窮地におちいった人が、どんな機転をきかせて困難を突破したかをVTRで紹介していく。

良行は、この再現ドラマの常連だった。番組開始当初から、様々な役を演じてきた。墜落寸前の旅客機の副操縦士、銀行強盗に襲われた銀行の支店長、不発弾を処理する自衛隊の爆弾処理班――。

とはいえ、右から左にただただ消化されていく、エキストラに毛の生えたような再現ドラマの世界で、高給をのぞめるはずもなく――ましてや毎日安定した仕事があるわけもなく、こうして母親のビールを盗み飲む身の上に甘んじている。

精子提供をした相手――少女の母親の都築街子はプロの脚本家だ。すっかり再現ドラマの色がついてしまった俺のことを、いったいどんな思いで見ているのか、正直なところずっと気になっていた。

「お母さんが、この人が、お父さんだよって。テレビを指さして」

少女が、ため息を吐き出すような、小さな声で言った。

「だから、私も、まるで会ったような気分になっていて。自分の顔に似てるし、いつもすっごく不思議な感覚で」

スカートの裾《すそ》を握りしめている。かたわらに立つ良行をおずおずと見上げる。

「でも、お母さんのことを考えると、一生、会うことはないんだろうなぁって……」

クーラーが稼働する。冷気がじわりと足元を這《は》った。じゃあ、なぜ連絡もなしにいきなり一人で訪ねてきたのか。その理由をたしかめることができずにいると、少女の大きな目に、みるみるうちに涙がたまっていった。

「死にました」

「は……？」言葉を失った。

「お母さん……、死にました」

まだあどけなさを残す、やわらかそうな頬が赤く染まった。その頬をつたい、ぽろぽろと涙がこぼれ落ちていった。

「死んじゃいました」

やがて子どものように泣きじゃくる。髪から突き出た耳も真っ赤になった。

「ちょちょちょっ！」良行は意味不明な叫び声を上げた。

演技で涙をこぼす子役はたくさん見てきた。しかし、結局のところ、それは嘘泣きなんだということを、少女の号泣を目の当たりにして思い知らされる。

洗面所に駆けこみ、洗ったばかりのタオルを取った。

眼前の鏡に差し向かう。

街子が死んだ？

洗面台に両手をつき、前のめりで自分の目をのぞきこむ。

死んだってことは、要するに、もうこの世にはいないってことか？　と、当たり前の自問を何度も何度も繰り返した。

そうなれば、あの子の親は俺だけってことか……？

これも当たり前すぎる事実だったが、今の良行には「宇宙は今も膨張をつづけている」と告げられるのと同じくらい、はるかに実感に乏《とぼ》しかった。

タオルを手に、おそるおそる居間に戻る。手渡すと、すん、すん、と幼い子どものように肩を上下させながら、少女は白いタオルに顔をうずめた。

小さく、薄い背中だった。華奢《きやしや》な後ろ姿は、街子にそっくりだった。父親ならこういうとき、躊躇《ちゆうちよ》なくその体を抱きしめるのだろう。

しかし、俺にはそれができない。肩に手をかけることすらできない。たしかに血はつながっているかもしれないけれど、目の前の少女は俺にとって赤の他人も同然なのだ。この子のことを何も知らない。好きな食べ物も、得意な教科も、親友の名前も、靴のサイズも、大切にしている思い出も、何一つとして知りはしないのだった。

「いったい、どうして……」良行は少女の向かいにどっと座りこんだ。「街子は、俺と同い年だぞ。まだ今年、四十一だよ」

「事故です」少女がタオルから顔を上げた。長いまつげが、涙に濡れて光っていた。「一週間前……、交通事故で。車にひかれて……」

テーブルに両肘をつき、良行は頭を抱えた。

街子とは、大学生のとき、約三年半のあいだ交際していた。卒業間際に派手なケンカをして別れてから数年後に再会し、精子提供をもちかけられた。そして、街子が妊娠してからは、もう二度と会うことはなかった。

四十年の人生のなかで、街子とともに過ごしたのは、たったの四年間だ。考えてみれば、あまりに短い。にもかかわらず、二十歳前後の多感な時期に濃密な時間を共有したせいか、今までに交際した女性の誰よりも街子の印象は強く残っていた。二人の思い出は、生々しく、いまだに新鮮だった。

出会いは、大学の演劇サークルだ。良行は演者で、街子は脚本担当だった。

交際をはじめると、実家暮らしだった良行は街子のアパートに入りびたり、半同棲《はんどうせい》状態になった。

なぜか、バイトをしても、しても、お金がなかった。大半が服や、本、CD、飲み代や映画鑑賞、観劇に消えていった。真冬は毛布一枚で、二人身を寄せあって夜をしのいだ。

羽毛布団一枚すら買う金がなかったのかと、今さらながら苦笑してしまうが、寝返りのついでに唯一の毛布を自分の体に巻きつけて奪う遊びを二人で繰り返し、きゃっきゃっとふざけていた。街子も、良行の体から毛布をはぎとり、今度こそ奪い返されないように、ミイラのごとくぐるぐる巻きになる。途端に、身震いするほどの冷気が、良行の全身を刺す。

良行も奪還をこころみるものの、街子は小柄な体に似合わず力が強く、なかなかはぎとれない。サークルでは、いつもおどおどしていた街子が、二人きりになるとこうしてはしゃいでいるのが、うれしくてしかたがなかった。

「おい、マジで凍え死ぬって！」最後は懇願した。「お願いしますよ、街ちゃん！」

大学生ゆえか、布団を洗濯機で洗ったり、クリーニングに出したりするという考えがそもそも欠けていて、二人のにおいと汗がしみこんだ毛布は、ぼろぼろだった。激しくつかんだり、引っ張ったりするせいだ。

思い返せば気恥ずかしくなるような、苦く、甘い、記憶だった。

その、かけがえのない日々の感情を、二人の血をひく目の前の少女にどうしてもつたえたくて、しかし、正確につたえる言葉を何一つ持ちあわせておらず、もどかしくて叫びたくなった。

いくぶん落ちつきを取り戻した様子の少女が、リュックのファスナーを開けた。そのなかから白い布に覆《おお》われた箱を取り出す。

骨壺《こつつぼ》を納めたものに違いなかった。良行はテーブルの上の柿ピーをあわてて払いのけた。ピーナッツが軽い音をたてて床に転がった。

「そんな……」良行は息をのんだ。

手をそっとかけた。

痩《や》せぎすだった、あの体。いつも自信がなさそうだった、控えめな笑顔。そのすべてが焼かれ、灰になり、このなかに封じこめられてしまったという実感がまったくわいてこない。本当なら目の前の少女に、お悔《く》やみや励ましの言葉をかけるべきなのに、喉がつまったように呼吸すらままならず、呆然としていた。ひどい無力感とやるせなさに襲われた。

「お母さんから、手紙です」

少女がリュックのポケットから封筒を取り出した。唇をぎゅっと引き結んで、良行に突き出してくる。

「手紙って……」戸惑いながらも、受け取った。「俺に？」

きっちりと封がされていた。一度立ち上がり、カッターを手に戻る。丁寧に刃をすべらせ、開封した。

「でも、交通事故なのに、なんで手紙が……？」

良行の問いかけに、少女は何も答えなかった。無言で首を横に振っただけだった。その仕草の意味を良行ははかりかねた。

心の準備が必要だった。一つ大きく息を吐き、便箋《びんせん》を広げた。意識を集中して、見覚えのある街子の端正で丸っこい筆跡を追いかけた。


〈ひさしぶり、お元気ですか？

この手紙をあなたが読んでいるということは、私はこの世にはいない可能性が高いです。脚本家である私が、こんな陳腐《ちんぷ》なセリフを書くことになるなんて……（笑）。よく映画やドラマでありますよね、「この手紙を君が読んでいる頃には、私はもう……」みたいなお涙頂戴の大団円。

でも、日向実の物語は、これがラストではなく、ここからはじまるのです。あなたにはそのお手伝いを頼みたいのです。

しかし、あくまでこれは万が一のためです。そして、その「万が一」が起こるのが、この世の中です。今、私が筆をとっているのは、二〇一一年の八月。この手紙をもしあなたが読むとして、いったいいつその手に渡るのかはわかりませんが、大震災後の日本は今、非常に混沌《こんとん》としています。あなたも覚えがあるでしょう。

三月十一日、私は打ち合わせで、港区のアニメ制作会社を訪れていました。日向実は保育園です。そして、あの大きな地震が起きました。

保育園に電話はつながらないし、電車も動かないし、もしかしたら日向実に何かあったんじゃないかと思うと、パニックになりました。余震もつづいていました。今、下手《へた》に動くと命を落とす危険があるかもしれない。理性ではわかっていても、早く日向実に会いたい、無事をたしかめたい。その一心で、永遠とも思える時間をやり過ごしました。

しかし、夕方近くにはこらえきれず、自宅に向けて歩き出しました。幹線道路の歩道には、私と同じように家路を歩いてたどる人たちでごった返していました。

はっきり言って、歩いている間中、生きた心地がしませんでした。やっと日向実と出会えたときにはもうとっくに日が暮れていました。私たちは、泣きながら、抱きあいました。母一人、子一人の家庭です。こんなに不安を感じながら離ればなれになったのははじめての経験でした。

私もいつ、ふとした瞬間に命を落とすかわからないと、心底こわくなりました。そうなれば、日向実は路頭に迷うことになります。あなたもご存知のとおり、私の両親には絶対に頼りたくありません。もし、日向実が成人する前に私がいなくなってしまったら……。考えるのもおそろしいですが、やはりいざというときに頼りになる大人が必要です。

日向実の父親はあなたしかいません。

もちろん、あなたの種をいただいたときは、出産後、絶対に迷惑をかけないと誓いました。認知はもちろんのこと、養育費も要求しないという約束も交わしました。それが、シングルマザーになる道を選んだ私の覚悟です。

私は生きるつもりです。しぶとく、七十歳、八十歳まで生きて、日向実の成長を見守るつもりです。しかし、願ってもそれが果たせない未来の可能性も考えておかなければならないと痛感させられました。いつ、また大災害が起こるかもしれない。

私のかける保険は、あなたに日向実の未成年後見人《みせいねんこうけんにん》になってもらうことです。もちろん、私の保護のもと、日向実が無事に二十歳を過ぎれば、この手紙はあなたに読まれることなく消滅します。私の友人である、信頼できる弁護士さんに、すべてを託しておきます。

いずれにせよ、死亡保険はそれなりの金額をかけておこうと思います。重い病気や、何らかの事故で障害をおった場合にも手厚い保障をつけます。質素倹約をこころがけて、なるべく貯金をしておこうと思います。私に万一のことが起こった場合、日向実の養育費はそこから都合をつけていただければ、金銭的な迷惑はかけないかと思います。

最近、あなたの顔をときどきテレビで見かけます。あなたが思い描いていた理想とはかけ離れているかもしれませんが、私はまぶしく見つめています。もしかしたら、手紙を読んでいる今、あなたは名バイプレーヤーになって、映画やドラマに引っ張りだこになっているかもしれません。正反対に、売れないままくすぶりつづけているかもしれません。どちらにしても、日向実をあなたに預けるのには、一抹《いちまつ》の不安があります（笑）。何しろ、むかしからあなたはルーズでしたから。大きな子どもみたいでしたから。

それでも、なぜあなたに日向実を託すのか？

その答えはあなたの内側にあるとだけ、私は答えておきます。私はあなたにどれほど救われてきたことか。きっと、日向実にも多大な幸せを分け与えてくれると私は信じています。

私の夢は、いつか売れっ子作家になり、オリジナル脚本でドラマを担当し、あなたに出てもらうことです。仮にあなたが売れずにくすぶっていても、売れっ子の特権であなたの出演をプッシュすることを約束しますよ！　もちろん主役とはいかないでしょうが、毎週登場する主要キャラで（笑）。

この手紙があなたに読まれることなく、そんな未来がいつかかなうことを、切に願っています。私はなかば私自身に向けて、この手紙を書いているのかもしれません。

それでは、どうか日向実をよろしくお願い致します。

大守良行様
二〇一一年　八月一日
都築街子〉

読み終えた。

震える手に力が入って、あやうく便箋を握りつぶすところだった。

頭のなかで計算した。二〇一一年は十年前。街子が三十一歳、日向実が四歳になる年だ。

まだ幼い娘を抱え、大きな地震を経験した恐怖は想像に難《かた》くない。街子は精子提供によって、選択的シングルマザーとなった。実家との交流が断絶している街子にとって、万一のときのために保護者を決めておきたいと考えるのは当然のことだろう。

しかし、自分が四十代でこの世からいなくなるなんて、誰も考えないはずだ。

白い布で覆われた、物言わぬ箱を見つめた。

どれだけ我が子のことを案じながら、天国へ旅立ったんだろうか……。その不安な気持ちを想像しただけで、胸がしめつけられた。

さぞかし悔しかっただろう、無念だっただろうと考えると、目の前が突然白くかすんだ。手紙の文字がぼやけた。涙のしずくがこぼれ落ちて、インクがにじむ。あわてて手紙をたたみ、テーブルの脇にどけた。

向かいに座る少女が、無言でタオルを差し出してきた。少女の涙で濡れたタオルを受け取って、目元に押し当てた。

三年前、父親が死んだときは、こらえて泣かなかった。肺ガンだったから、ある程度心の準備ができていたのかもしれない。母と姉が泣いていたのもあって、長男である自分がしっかりしなければいけないという思いが強かった。

街子の骨壺をはさんで、少女と向かいあっていた。西に面した窓の青いカーテンが、オレンジ色に染まりつつあった。

街子がこの世界に不在のまま、日が沈み、これから夜になることが、どうにも信じられない。時間が停止したようだ……、などと表現したら、それこそ街子に「ヨッシー、それ、陳腐」と、ダメ出しを食らうかもしれない。想像のなかの街子の声がさっきから頭を離れない。

「それにしても、なんでお葬式、教えてくれなかったの？」鼻をぐすっと鳴らしながら、良行は気になっていたことをたずねた。こちらの住所や連絡先は当然、手紙にある弁護士も把握しているはずなのだ。

「ごめんなさい」少女が頭を下げた。

「いや……」うらみがましい聞き方になってしまったと思い、「何か手伝うことができたんじゃないかなぁって思ってさ」と、つけたした。

「私が頼んだんです、弁護士さんに。まだ、良行さんには連絡をとらないでくださいって」

「なんで……？」

「見極めたかったんです」

「えっ、何を？」

「おじさんのことを」

やわらかそうな髪の毛を、少女は片方の耳にかけた。腫《は》れぼったくなった、赤い目で見つめてくる。

大人っぽい仕草と、泣きはらした幼い顔の落差に戸惑った。良行は何も言葉を返せずにいた。

「火葬までは、お母さんのお仕事関係の人とか、弁護士さんが手伝ってくれました。弁護士さんは、和泉《いずみ》さんていって、お母さんのお友達なんです」

「そっか。よかった」

「みなさん、優しくて。なぐさめてくれて……。それで、私も、甘えて、泣いて……」

理路整然と話していたのが、ふたたび感情が高ぶってきたのか、言葉が途切れ途切れになる。

「私、こんなに泣けるんだっていうくらい泣いて。そんなときに、本物のお父さんに優しくされたら、簡単に心を許しちゃうかもしれないって思ったんです」

「いや……」心を許してくれてもいいんだよと言いかけたが、寸前でこらえた。いくら顔が似ていても、初対面であることに変わりはない。

「お母さんから、あなたのお父さんは本当にダメ人間だって、ずっと教えられてたから。日向実はそこを受け継がなくてよかったって、いつも言われてたから」

「はい……？」

なんだか雲行きがあやしい。

「せっかくお母さんが遺《のこ》してくれたお金も、全部とられちゃうかもしれないって思ったから」

なんで俺が遺産をとるんだと思った。街子は、父親について、この子にいったいどんな説明をしてきたのだろう？

「ちょっと時間が経って、落ちついてから、自分の目でたしかめたいって思ったから……」

「えぇーと」と、人差し指の先で頬をかきながら応じる。「要するに、お母さんが亡くなってすぐの、落ちこんでるときに優しくされてつけこまれたらたまらないから――相手がどんな悪い人かもわからないから、一週間経って、気持ちの整理がついて、正常な判断ができる今、こうして会いに来た、と。そういう解釈でいいのかな？」

少女が、こくりとうなずいた。

「君は……、とても、しっかりしていて、頼もしいと思います」

二人分の涙がしみこんだタオルを握りしめる。詐欺師や泥棒のような扱いを受けたわけだが、街子がかけたという死亡保険のことを考えると、あながち行き過ぎた心配とは言えないのかもしれない。

「それにしても、弁護士さんと来ようとは思わなかったの？　一人で来るの、こわくなかった？」

なるべく、気づかいのできる優しい大人を演出しようとこころみる。

「素《す》のおじさんが見てみたかったんです。弁護士さん相手だと、やっぱり身構えるというか、うわべをとりつくろうじゃないですか。プロの役者さんなら、とくに」

「まあ、たしかに……」

「でも、私の心は決まりました」

少女がきっぱりとした口調で言った。

「おじさんは、お母さんのために泣いてくれました」

自然と良行の背筋も伸びた。

「おじさん、私の後見人になってください」

「後見人って……」その言葉は手紙にも書いてあった、おそらく法律の専門用語なのだろうが、具体的に何をするのかはさっぱりわからなかった。

「未成年後見人。親代わりです」

少女は、半袖から伸びた細い腕を、自分の体を抱くように胸の前で交差させた。

「私の親代わりになってください」

本当の親なのに、親代わり。なんだか、ややこしいと思ったが、そのこじれた状態こそが、二人の関係そのものだった。

しかし、まだまだわからないことだらけだ。この子は、これからいったいどこで、どうやって暮らすのだろう。「あのさ……」と、口を開いたときだった。

玄関の鍵のシリンダーが回転する音が居間まで響いてきた。

「ヤバい！」

はじかれたように立ち上がる。街子の死に動揺し、自身の母親の存在をすっかり忘れていた。

「こっちへ！」

街子のお骨を丁寧に抱き、少女を呼んだ。少女はリュックを拾い上げ、素直についてくる。

亡くなった父の書斎――今はほとんど物置と化している部屋に少女をいざなう。少し迷ってから、ロデオボーイの座面に街子のお骨を安置した。馬のような動きをするダイエット器具で、母が通販で買ったものの、すぐに飽きてしまった代物だ。

「ちょっと！　ロデオボーイにお母さんを置かないでください！」悲痛な声で少女が叫んだ。

「ひどすぎる！」

「しっ！」良行はたまらず、人差し指を口にあてた。「少しだけ、ここで静かにしてて」

にらみつける相手を両手で制止するジェスチャーで、良行はそろそろと後退し、部屋を出た。扉をそっと閉め、居間の様子をうかがう。

母の光枝が、ちょうどキッチンに入ってくるところだった。両手にさげていたエコバッグを、冷蔵庫の前に置く。

「あぁー、もう暑い、暑い」光枝は右手をひらひらと顔の前で扇《あお》いだ。「いやんなっちゃう、もう。これから、どうなっちゃうの、地球」

街子の死を知ったばかりなので、脳天気な母親の態度がなんとも憎たらしく思えてくる。どうやってこのババアを排除し、その隙にあの子を逃がすか、それが問題だった。

しかし、本当に親代わりになるのであれば、母に真実を告白しないわけにはいかない。おそかれ早かれ、きちんとすべてを説明しなければならないことも、じゅうぶんすぎるほどわかっていた。

とはいえ、いきなり孫の存在を知らせたら、卒倒して死んでしまうのではないだろうか？ 頭が働かない。覚悟がない。足が震えた。迷いに迷って、リビングをぐるぐると周回していると、光枝のすっとんきょうな声が響いた。

「あれっ……？」

となりの部屋に隠した少女のことが露見してしまったのかと思い、良行はおそるおそるキッチンのほうをうかがった。

「ないっ！」買ってきた野菜を野菜室におさめていた光枝が顔を上げる。

居間のテーブルの上のヱビスビールをみとめたらしく、良行につかみかからんばかりの勢いで突進してきた。

「楽しみにしてたんだよ！ 買い物から帰ったら、飲もうと思って！」

「なんだよ、そっちかよ」安堵《あんど》のため息を吐き出した。全身から力が抜けた。

もはや、ビールなんかどうでもいい。こっちは人生の天と地が丸ごとひっくり返るほどの事態に直面しているのだ。

「なんだよ、じゃないでしょう！　水も飲まずに、からからの状態で、ここまで我慢してきたのに」

「死ぬよ、熱中症で。歳を考えなよ。いきなりビールじゃ、脱水症も危ないよ」

「あたしゃ、悲しいよ！」

光枝は興奮すると、大衆演劇の役者のような、大げさな口調になる。

「あたしゃね、何もビール一缶に執着《しゅうちゃく》してるんじゃないんだよ。親のビールをくすねるあんたのその卑《いや》しい心が、どうにも悲しくって、悲しくって、しょうがないんだよ」

テーブルの上に置きっぱなしにしていた街子の手紙を、良行はそっと取り上げた。便箋を封筒に戻し、電話が置かれているキャビネットに移す。

「ちょっと、リョーコ、聞いてるの？」

家族から音読みで「リョーコー、リョーコー」と呼ばれている良行は、あわてて「聞いてる、聞いてる」と返事した。

「いつぞやは、森伊蔵《もりいぞう》だって飲んじまったじゃないか、あんたは」

光枝は去年の暮れの、高級焼酎の件を蒸し返してきた。

「ちょっと、もらっただけだろ」適当に返事をした。光枝の話はほとんど頭に入ってこなかった。

「ちょっとじゃないよ！　あたしが気づいたときには、ほとんど空だったじゃないの。申し訳程度に残されるほうが、よっぽど酷だよ」

「うるさい！　しつこい！」

あの子はきっととなりの部屋で聞き耳をたてているはずだ。どんどん俺の心証《しんしょう》が悪くなっていくと焦った。年老いた親の酒を盗むこそ泥だ。

「もう、俺の発泡酒飲んでいいから」こうなったらアルコールを摂取させて膀胱《ぼうこう》を刺激し、早めにトイレに入ってもらうしかない。その隙を見て、あの子を外に出すのだ。「それとも、先にシャワーでも浴びてきたら？　汗かいたでしょ」

「ふざけんじゃないよ！　何がシャワーだよ、気持ち悪い。四十にもなって、クズみたいな生き方して、恥ずかしくないのかい」

光枝が財布からお札をばらまいた。

「お釣りはくれてやるから！　あたしのヱビス、早く買ってきて！　今すぐ！」

「クズとは、なんだ！」叫びながらも、ついつい脊髄《せきずい》反射で札を拾い集めてしまう。

「金を拾う、その姿がクズそのものなんだよっ！」

「お前がまいたんだろ！」

金を突き返した。七十代の母親と四十代の息子の言い争いほど、この世で醜《みにく》いものはない。それでも、一度ヒートアップすると、お互いとめられなくなる。

「だいたい、クズを生んだ人間も、クズって道理になるだろ！」

「ああ、もう嫌だ！　もうこの先、生きてても何も良いことなんかありゃしない！　もう、死んじゃいたい！」

「ケンカは、やめてください！」

突然、少女が叫びながら居間に飛び出してきた。

「お願いだから、死ぬなんて言わないでください！」

光枝と少女が見つめあう。良行の発した「わっ！」という声は、どこにも届くことなく、祖母と孫のあいだに発生した強力な磁場に吸いこまれ、消えていった。

光枝が口を大きく開けたまま、良行に視線をすべらせた。化粧の濃い顔面が蒼白になっていた。

「あんた、こんな小さな子を連れこんで、いったい何を……？」

「はい……？」

「この子、泣いてたんじゃないの？　目が真っ赤だよ」

いたいけな女子中学生が、自分の体を抱いて、震えている。光枝の言うとおり、号泣した直後の目があまりに痛々しかった。

「ウチの家系からまさか犯罪者が出るなんて思ってもみなかった。あんた、クズを通りこしてもはや鬼畜《きちく》だよ。この腐《くさ》れ外道《げどう》」

「いや、違うんだって。話を聞いてくれ！」

光枝が少女を抱きしめる。

「イタズラされて、こわかったねぇ。もう、大丈夫だからね。すぐに警察呼ぶからね」

「おばあちゃん」

少女が光枝の胸のなかで、つぶやいた。

「私の……、おばあちゃん、ですよね？」

抱きあい、至近距離で見つめあう二人の姿は、まさしく肉親との感動の対面という構図にふさわしかった。しかし、光枝の顔は、深まる困惑の泥沼にはまりこみ、能面みたいにのっぺりしていた。あらゆる思考と感情が停止しているようだった。

良行はどうあがいても逃れられない数秒後の修羅場《しゅらば》を覚悟した。

「この子……、なんだか……、リョーコーに似てない？」

観念して答えた。腹をくくった。

「その子、俺の娘なんだ」

「えっ？」

「いや、だから、娘。ははっ」

「何、何、何？　なんで笑ってんの？　娘って？　あんた、頭おかしくなっちゃったの？」

沈黙の下りた居間に、クーラーの稼働音がごうごうと響いていた。

＊

大学卒業後、街子と別れてから、四年が経過していた。二〇〇六年の一月頃だったと記憶している。

突然、街子から会いたいという旨のメールが送られてきた。破局以来いっさい連絡をとっていなかったので、意外に思いながらも良行は指定されたカフェに出かけていった。もしかしたらヨりを戻せるかもしれないと、見当外れな期待を抱きながら、いそいそと約束の場に到着した。

ひさしぶりに会った街子は、もともと痩せていたのに、さらに頬がこけ、病的な印象が増していた。それなのに、学生時代にはつけていなかった比較的明るめのリップが、不健康な顔に妙になじんで、色っぽく見えた。

「ねぇ、お願いがあるんだけど……」

街子が飲みさしの抹茶ラテのカップを、テーブルの脇にすべらせ、どけた。カップの縁に、うっすらと口紅のピンク色が残っていた。

両肘をテーブルにのせ、街子はぐっと上半身をのりだした。声をひそめ、ささやくように、突拍子もないことを口にしたのだった。

「あなたの精子、分けてくれないかな？　もちろん、一人で責任持って育てるし、絶対にヨッシーに迷惑はかけないから」

やはり、その「お願い」を聞いた直後の、自分の反応は思い出せない。どうせ、「いやいや、冗談はやめてくれよ！」といった、月並みな言葉しか返せなかっただろうと思う。精子を手渡してくれと言われても、何をどうすればいいのか、まったく理解が追いつかなかった。

そのあと街子は、大学卒業後のことを訥々《とつとつ》と語りはじめた。

プロの脚本家になるための修業として、有名なアニメ制作会社に就職し、進行にたずさわっていることまでは良行も知っていた。驚いたのは、制作業務で知り合った大手出版社の男性と交際し、妊娠にまで至ったことだ。こちらは、もちろん性交による自然妊娠である。

「アニメの原作の担当者で、東大卒のマンガ編集者」と、街子は言った。

「クソみたいにうらやましい人生だな」心の底から出た本音だった。マンガ編集者なんて、ただ一日中マンガを読んで給料をもらっているだけだと思いこんでいた。

「お腹の子もできたし、私は家庭に入ってもいいと思ってたんだ。独立できれば、家でも脚本は書けるし」

「それも、うらやましい人生だわ」究極の本音だった。生活は保障されたうえで、自分の夢を追いかけられるなんて、どれだけ幸せなんだろうと思った。

「妊娠して、結婚しようってなって、お互いの家にも挨拶に行って。私の両親、彼がものすごく礼儀正しいし、話も面白いから、すっかり気に入っちゃって」

これはノロケか？

良行はしだいにイラつきはじめていたが、街子が打ち明けた本題はそれからだった。

「でも、その彼、日常的に暴力がひどくて」

街子は細い指で、カップの持ち手をなぞった。その左手の薬指に指輪はなかった。

「最初はセックスのとき、乱暴にされる感じだったんだけど、徐々に普段から、殴られたり、蹴られたり。仕事のストレスをぶつけられるようになって……」

街子は弱々しく微笑んだ。なぜこの話の展開で街子が微笑むのか——役者として人の表情と心の動きを観察するのが癖になっている良行にもはかりかねた。つきあっていた当時とはまるで違う、どこか遠いところへ街子が離れていってしまったような気がした。

「お腹が大きくなってくると、やっぱり結婚するのが不安になって、私一人で育てたいって言ったら、彼、激高して……、いきなり無言で突き飛ばされて、蹴られて」

店内に、プラスチック製のトレーが床に落ちる音が響いた。「失礼しました」と、カフェの店員たちがいっせいに声を張り上げた。

「それで、お腹の子は……？」息をのんだ。

「ダメでした」と、街子はなぜか敬語で答えた。

昼下がりのカフェは、子ども連れの母親たちでにぎわっていた。今は、その騒がしさが、良行にとってはありがたかった。

「悔しいの。私が、きちんと守れていたら」

抑揚《よくよう》を欠いた、平坦な口調で街子がつぶやく。こういうときに、いったいなんと言って励《はげ》ませばいいのだろう。さんざん迷ったあげく、結局選び取ったのは、自分でもあきれるほどありきたりな言葉だった。

「街子は悪くないよ」

「私が悪いの」断固とした口調と、眼差しだった。「私が悪いに決まってる」

良行はたまらず街子の腕に手を伸ばそうとした。

街子がおびえた表情で、卓上からさっと上半身を引いた。はじめて街子のやわらかい微笑みが凍りついた。

「ごめんなさい。ダメなの。さわられるのが。とくに、男の人に。本当にこわいの」

行き場を失った手を空中でとめたまま、良行は自分の軽率さを呪《のろ》っていた。

「頭では、ヨッシーだから大丈夫ってわかっていても、体が反応しちゃうの」

街子の、言葉も、唇も、震えていた。引っこめた手を、良行はテーブルの下で強く握りしめた。

「でもね、私、どうにかして、もう一度産んであげたいの」

街子は背もたれに身をあずけ、お腹に手をおいた。

「もちろん失われた子と、これから生まれてくる子は違うってきちんとわかってるの。私は、正常だよ。錯乱なんかしていない」

「そんなこと、疑ってないよ」とは言ったものの、街子の精神状態が不安定なのはあきらかだった。

「それでも、私、正気じゃないって思うこともある。このままじゃ、失われた子があまりにもかわいそうで、浮かばれないような気がして。だからこそ、もう一度、きちんと産んで、太陽の光を見せてあげたいって」

街子がゆっくりとカフェの窓に目を向け、ふたたびうっすらと微笑んだ。良行の腕に鳥肌が立った。

「これから生まれる子を、しっかり幸せに育て上げることが、罪滅ぼしになるような気がしたの」

テーブルのあいだの狭い通路を、小さい男の子が走る。母親らしき女性が「コラ！　走らない！　戻ってきなさい」と口では言うものの、すぐにママ友とのおしゃべりに戻ってしまった。

良行はおそるおそる、気になっていたことを確認した。

「つまり……、結婚せずに、子どもを生みたいってことだよね？　しかも、性行為を介さずに」

「他人の男の人と、同じ屋根の下で暮らせる自信が、もうない」

街子の眉間《みけん》にしわが刻まれる。また少し呼吸も荒くなってきた気がする。良行はあわてて、水を勧めた。

「生まれてくる子が、男の子だったら？」慎重に言葉を選んでたずねた。

「大丈夫。自分の子どもは、何がなんでも幸せにしたい。絶対にいい子に育てるから」水を一口ふくみ、街子は答えた。

我が子を救えなかった喪失感や罪悪感が、極限まで街子の体のなかでふくれあがり、内側から圧迫している。なんとかしてあげたいと、切に思った。このまま、一人寂《さび》しく年齢を重ねていくなんて、あまりにも残酷すぎる。

とはいえ、結婚もしないのに、なかば人為的に子どもをつくることが果たして正しいことだと言えるのだろうか？

「でもさ、なんで俺なの……？」

別れる直前に交わした激しい口論は、記憶に新しかった。街子からは完全に愛想を尽かされたと思っていた。

「あなたは、あの人と正反対だから」

街子はおずおずと答えた。

「不真面目で、いい加減で、エリートなんて言葉はまったく似合わない。でも、人間味があって、温かくて、いっしょにいるとほっとする。そんな人の血をひいてほしい。優秀じゃなくてもいいから、優しい子になってほしい」

どういう反応を返せばいいのかわからず、良行は気恥ずかしさとないまぜになった気まずさを押し隠していた。

「精子バンクっていう選択肢も考えたんだ。でも、そういうところに登録している人って、なんだか信用できない気がして。データとして、身長とかＩＱ、出身大学や職業がわかるんだけど、肝心の性格とか人間性ってわからないじゃない。それってすごくこわいことだと思う。エリートの仮面をかぶっているけど、暴力的な人が混じっているかもしれない」

「たしかにな……」

自分の精子をすすんで人に分け与えようとする理由がそもそもわからない。生物学的な子どもが、知らぬ間にこの世に生まれているかもしれないのだ。人助けやボランティアという言葉を安易にあてはめるには抵抗が強すぎる。

「私はあなた以外には考えられなかった」

街子と自分の子どもが、この世に生を受ける。信じられない気持ちだった。

「本当に一人で育てられるのか？」

「私、シナリオのコンクールで賞をもらったの。会社は辞めて、フリーになる。原作から脚本を作るノウハウも技術も学んだし、コネもできた。最初は深夜アニメからのスタートだけどね。いつかは、ドラマや映画もやってみたい」

「マジで！　おめでとう！」良行は、はじめて出てきた明るい話題に飛びついた。生まれてくる子どもや仕事に生きがいを見つけて、傷ついた心を地道に回復していくしか道はない。どうか、明るい未来だけを見すえて生きていってほしい。そう願うまま、良行の頭のなかに次々と威勢の良い口説き文句が浮かんできた。

だったら俺と結婚しよう、お互い触れあわなくてもいい、ただいっしょにいるだけでいい、絶対に優しくするから、絶対に幸せにするから、一人で育てることなんてないんだよ——。

言え！　今この場で、言うんだ！　良行は自分の心に叫んだ。

「あのさ……」みずからの膝《ひざ》を何度もたたき、おのれを鼓舞《こぶ》した。

そのとき、街子がぽつりとつぶやいた。

「今思えば、ヨッシーと結婚していればよかったなぁって……。まあ、もう、手おくれなんだけどね」

それは純粋な後悔のようにも、良行の不甲斐なさを責めた言葉のようにも聞こえた。まさか、俺が言おうとしたことを察し、機先《きせん》を制したのだろうかと考えるとおそろしくなった。

街子はテーブルにおいた左手の甲に、右の親指の爪を突き立てていた。良行は目を見張った。くっきりと、濃く、真一文字に爪の痕《あと》が残っていた。圧迫されて白くなった肌が、みるみる赤みを帯びていく。

途端に勇気がしぼんで、はじけた。良行は口をつぐんだ。

「あのとき、きちんと求婚……というか、プロポーズというか、そういうことができてたら、今頃どんな未来になってたんだろうかって、それからしばらくは、ちょくちょく考えることもあったんだよ」

＊

居間の薄暗さに唐突に気がつき、良行は一度立ち上がって電気をつけた。

ふたたび、日向実と光枝の向かいに座る。きれいに清めたテーブルの上には、街子の遺骨を置いていた。ＬＥＤの光を受けて、箱を覆う白い布がくっきりと浮かび上がって見えた。

「今となっては、もうたしかめること、できないけどな」なかば街子に向けて語りかけるように、良行はつぶやいた。

その場の勢いで口にしたプロポーズを、街子は鼻で笑ってやり過ごしたかもしれないし、反対にすんなり受け入れてくれたかもしれない。

結婚をしたらしたで、四十をこえた今も仲睦まじく暮らしていたかもしれないし、すぐに破局していたかもしれない。

子づくりだって、そうだ。結婚がうまくいったとして、街子の心の傷が徐々に癒《い》え、夜の営《いとな》みができるようになり、自然に子どもができていたかもしれないし、日向実を身ごもったときのように人工的な方法に頼ったかもしれない。

どのような方法で妊娠したにしても、生まれてきたのは日向実とは別人のはずで、一度かぎりの受精と着床がこうして目の前に、自分の血をひく、日向実という肉体と個性を持った娘をもたらしたと考えると、不思議な気持ちになってくる。

もう二度と取り戻せない過去と、現在と、この先の不可避の未来が地続きで存在していることに、どうやっても抗えないのだとさとると、良行は無力感にさいなまれた。

「そりゃ、街子さんって人は、気の毒だと思うよ。DV男が許せないよ」ひととおり良行の説明を聞いた光枝が、遠慮がちに言った。「でもね、リョーコー、あんた、やっていいことと、悪いことが……」

言いかけて、「悪いこと」と表現した行為の結果である日向実が、となりに座っていることに気がついたらしく、「いや、違うんだよ、あたしはリョーコーの軽率な行動が許せなくって……」と、とってつけたような言い訳を口にした。

しかし、言いつくろえば言いつくろうほど泥沼にはまっていくようで、結局、光枝は黙りこんでしまった。「悪いこと」だろうと「軽率」だろうと、この世に生まれてしまった日向実は、現にここにこうして存在し、この先も生きていかなければならないのだ。

日向実は、下唇を噛《か》みしめて、うつむいていた。

「ごめんね」光枝が心底申し訳なさそうにあやまった。日向実の肩に手をかける。「つらいよね」

日向実は黙ったまま、静かに首を横に振った。

「もちろん、俺だって考えたんだよ。めちゃくちゃ考えた。だからこそ、その場ですぐに結論は出せなかったんだ」

自分の子どもが誕生するのだ。おいそれと、首を縦には振れなかった。

街子とは、それから何度か会い、話しあいを持った。すると、街子も一人で育てることがこわくなってきたのか、当初の熱意や勢いは失われ、しだいに消極的になっていった。

《よく考えたら、私のエゴにすぎないんじゃないかなぁって思うようになってきた。死んだ子への罪滅ぼしって言いながら、結局、自分の心を救いたいだけなんじゃないかって》

大学生のときにはなかった癖なのだが、街子はよく自分の手の甲に爪を立てた。痛々しくて、見ていられなかった。

街子はつづけて言った。

《それって、生まれる子にとっては、ものすごく迷惑なことなんじゃないかな？　夫婦のあいだに自然にできるならまだしも、精子をもらってまで、こんなひどい世の中に親のエゴで産み落とすなんて、その子に頼まれたわけでもないのに、めちゃくちゃ暴力的だと思う》

俺はいったいなんと答えたんだろう？　懸命に記憶を呼び起こす。

《ひどい世の中っていっても、街子は虐待なんかしないだろ。その子、幸せにするんだろ？》

なぜか最後のほうは立場が逆転し、良行が街子を説得する側にまわっていた。

はっきり言って、そのときは生まれる子のことまで考えがまわらなかった。どうにかして、目の前の街子の罪悪感を洗い流してやれないか、一人の女性を幸せにしてやれないかと、その一心だったのだ。

《私が虐待しないにしても、世の中の不幸は有り余るほどたくさんあるでしょ。そのすべてを私一人の力ではねのけられる自信はないから》

たしかに、街子の言うとおりだった。人生、楽しいことばかりじゃない。むしろ、つらいことのほうが多い気がする。「産んでくれと頼んだ覚えはない」と、子どもに言われたら、親は反論するすべを持たないのだ。ましてや、精子提供まで受けて、恣意《しい》的に子どもをつくるのだ。

ネガティブ思考に沈んでいく街子を、最終的にどうやって前向きにさせたのか？

よく思い出せない。何か決め手となるようなことが、たしかにあったはずなのだ。

「でも、個人でよくそんなことができたね」光枝の言葉で、良行の思考は途切れた。「そういうことって病院でやるもんなんじゃないの？」

「たしか、シリンジって名前だったかな。ふつうに売ってるらしいけど、そういう注射器みたいな器具を使って注入したんだよ」

「まさか！　あんたが、やったの⁉」

光枝がどういう想像をしているのかは不明だったが、良行はつばを飛ばして否定した。

「ふざけんなよ！　街子が自分でしたに決まってるだろ」

しかし、そのときの具体的なことを、母と娘を前にして詳細に語ることは、はばかられた。あまりに生々しすぎるのだ。

街子の決意がかたまると、二人は子づくりにとりかかることになった。

その頃、良行は独り暮らしをしていた。当時存命だった父親に、実家を追い出されたのだ。役者を目指すと言ったら、なかば勘当《かんどう》され、だったら一人で生きていけと突き放された。

そのとき住んでいた安アパートに、街子は月に一度やってきた。おそらく排卵日の関係で、もっとも妊娠しやすい日を選んだのだろう。

良行は懸命に自慰をして、精子を出す。そのあいだ、街子はトイレのなかで待機している。いったい俺は何をしているんだと、そのときばかりはむなしくなった。鶴の恩返しみたいだ。街子にこんな情けない姿は見せられない。

とはいえ、どうすればイキのいい精子を出せるか、自分なりに考えた。納豆やオクラを食べ、街子の訪問前は禁欲して精子をためこんだ。

ためればためるほど元気な精子が出るのか、科学的な根拠などなかったが、とにかく出したばかりの精液を、トイレで待機している街子に容器ごと手渡す。

そのあとのことは、わからない。シリンジを使って吸い上げ、自身の体内に入れるのだろう。一連の奇妙な儀式が終わると、街子はしばらく布団に寝転がる。

安静にしたほうが、妊娠の可能性が高まるというのだ。小一時間ほど横になって休むと、街子は「じゃあ」と、手を振って去っていく。その夜、街子のにおいを布団に感じながら眠るときは、永遠におあずけを食らった犬のようで、さすがに悶々《もんもん》とした。

とはいえ、一回で妊娠にはいたらなかった。たしか、そんなことを三回か、四回は繰り返したと記憶している。

そして、メールが来た。

〈妊娠しました、ありがとう！〉

〈これからが、大事だよ。ちゃんとご飯食べて、体に気をつけろよ。親子二人、幸せになれよ〉

そんな淡泊なやりとりをしたきり、二度と会わなかった。街子の出産の直後に、赤ちゃんの写メが送られてきてから、連絡も途絶えた。自分から日向実の成長をたしかめようとは思わなかった。

こわかったのだ。

俺の血をひく子ども。この世界のどこかで、すくすく育つ娘。もしも不幸な思いをしていたら、それは俺の責任でもあるのだろうか……？

やがて、考えること自体を放棄した。出会わなければ――考えなければ、いないも同然だ。街子は、もう自分にとって過去の人なのだ。そう思いこもうとした。

街角の雑踏で、ふと呼びとめられる。

「ヨッシー！」

振り返ると、ひさしぶりに見る街子の顔が輝いている。母親の体に隠れるようにして、小さな女の子がじっとこちらを見上げている。

そんな妄想は、妄想のまま終わった。良行の想像のなかで、年をとったはずの街子は、依然として大学生当時の、まだ子どもっぽい面差しを残したままだった。

誰かの腹が鳴り、良行は我に返った。顔を上げると、日向実が恥ずかしそうに腹をさすっていた。

「あら、もうこんな時間」光枝が壁時計を見た。「お夕飯でもつくりましょ」

「あの、私……」日向実が立ち上がりかけた。

「日向実ちゃん、ハンバーグでいい？」

腰を浮かせていた日向実が、すとんと椅子に座りこむ。

「私……、このままだと、住むところがなくなるんです」

日向実は、そのことがまるで自分の落ち度であるかのように、顔を赤らめて言った。

「今いるところは、来月末で解約することになって……」

「お母さんのご両親は？」光枝が聞いた。「つまり、日向実ちゃんの、母方のおじいちゃんと、おばあちゃんがいるはずでしょう？」

「私、会ったことありません」日向実は力なく首を振った。「お母さん、両親と仲がもともと悪かったらしいんです。そのうえ、私を産むとき、親の大反対を押し切ったらしくて。そのまま縁が完全に切れたって聞いています」

「お葬式にも、来なかったの？」

「はい。そもそも、実家の連絡先がどこにも残されていなくて……。もちろん、戸籍とか本籍を調べればわかると思うし、わかりしだい連絡してくれるって弁護士さんも言ってくれてるんですけど。そこまで、かたくななのかって考えると、それがお母さんの遺志なんじゃないかって思って」

「そうねぇ……」

「向こうの人たちも絶対私のことをよく思ってないだろうし、厚かましいことはわかってるんですけど、ここがダメなら、たぶん私は施設に入ることになると思います」

光枝が目を見開いた。日向実の手をとり、揺さぶる。

「心配しないで大丈夫。うちで暮らせばいいんだよ」

「ちょっと！　いくらなんでも性急すぎるんじゃ」良行は思わず口をはさんだ。

「じゃあ、何？　あんた、この子を施設に行かせる気？」

人一人育てることがどれだけ大変なのか、母はじゅうぶんすぎるほどわかっているはずなのだ。いくら義理人情に厚いとはいえ、多感な年頃の女の子を預かるかどうか、簡単に結論を出せる問題ではないと思った。

「責任重大すぎるだろ。もっとこの子にとってどうするのがいちばんいいのか、じっくり考えてからのほうが……」

光枝は両手を腰にあてて、豪快に舌打ちをした。

「ったく、煮え切らないねぇ。だから、いまだに役者として中途半端なところでくすぶったままなんだよ」

「それ、今、関係ないだろ！」

「関係あるよ。いつ出てくるかわからない、あんたの責任感とか覚悟を待ってる余裕なんか、これっぽっちもないんだよ。生きてりゃ、お腹が減る。眠くもなる。安全なところで、あったかいお布団で寝かせてあげなきゃ、大人として恥ずかしいよ」

まったくもってそのとおりだった。正論すぎて、ぐうの音も出なかった。

責任や覚悟などという仰々《ぎょうぎょう》しい言葉は、自分を納得させるためのお題目に過ぎず、今まさに保護を必要としている日向実には何の関係もないということに嫌でも気づかされた。四の五の言わずに街子の遺志をつがなければ、この子は路頭に迷ってしまうのだ。

「そうと決まったら、日向実ちゃんは、ひとまず今晩泊まっていきなさい。リョーコーはすぐにあたしのヱビスビールを買ってきなさい」

相手の返事を待たずに、どんどん話を先に進めてしまうのは光枝の悪い癖だったが、今日ばかりは、良行は母を心強く、頼もしく思った。

「そうだ、日向実ちゃん、リョーコーといっしょにコンビニ行ってきたら？　好きなアイスとか、お菓子買っていいからさ」

そう言って、財布から五千円札を取り出す。

「いや、いいよ。金は俺が出すよ」

「ガタガタぬかすんじゃないよ。さっきなんて、ヨダレたらして、お札を拾い集めてたくせに。いきなりカッコつけてんじゃないよ」

こわばっていた日向実の頬が一気に緩《ゆる》んだ。無邪気な笑い声をあげる。

ここに来てはじめて笑顔を見せた日向実に、良行はほっと胸をなで下ろしたのだが、彼女の目に映る己の評価がスタートのゼロから早々にマイナスへとめりこんでいくのを本気で危惧《きぐ》した。

そんな良行の心配をよそに、光枝は容赦なく追い打ちをかけてくる。

「日向実ちゃん、今は笑えるかもしれないけど、じきに笑えなくなるよ。こいつといると、本当にうんざりするんだから」

「いいから、行こう」これ以上の酷評は精神にこたえる。日向実をともなって、家を出た。

完全に日が暮れるまでは、まだ少しだけ時間があった。

街灯のともりはじめた大きな幹線道路の横断歩道を渡っていく。当たり前のことだが、すれ違う人は誰も自分たちに不審な目を向けない。少なくとも、女児を誘拐して連れまわしている男には見えないようだった。

不思議な感覚だった。十数年分の時間を一足飛びに飛び越えて、ここにこうして二人ならんで歩いている。

日向実を見下ろす。肌が白い。髪から突き出た耳の後ろの部分は、青い血管が透けていた。

「あの……、さっきはごめん」良行は前方に視線を戻し、あやまった。

「何がですか？」日向実が不思議そうに良行を見上げる。

「うちに来てほしくないとか、そういう気持ちがあったわけじゃないんだ。なんていうか、いきなりで俺も戸惑ったし、いったい何が正解なのかもよくわからなかったから」

「私のほうこそ、突然で、ごめんなさい」

「いや、俺のほうこそ、悪かった」

ぎこちなく、謝罪しあう。

アスファルトに、二つの影が伸びていた。なんだか、こそばゆい気分だった。それきり、互いに黙りこんでとぼとぼと歩いていった。

コンビニには数分で到着した。アイスのケースの前で、日向実は悩みに悩んだ。隅から隅まで吟味《ぎんみ》するのを、三往復くらい繰り返している。

「うーん……、これがいいです」

結局、日向実が手に取ったのは、百円の棒アイスだった。

「そんなんでいいの？」

唇の上下をぎゅっと内側に巻きこむような表情で、日向実はうるんだ瞳を向けてきた。健気《けなげ》な遠慮の姿勢に、良行の胸がつまった。

「いいんだよ、好きなの買って。どうせ、あのババアの金なんだし」

「ババアって言わないでください」

「じゃあ、俺はハーゲンダッツにしちゃおうかなぁ〜」わざと大股で、高級アイスが陳列されている冷凍庫に近づいていく。ちらっと振り返り、日向実の反応をたしかめた。

「……私も！」ぱぁっと顔を輝かせて、日向実が後ろをついてきた。

しっかりしているかと思いきや、こうして子どもらしい一面も見せてくる。うちに来い、何も心配するなと、なぜすぐに言ってあげられなかったのかと、自分が情けなくなった。

ヱビスビールを六缶パックで買い、頼まれていたポン酢もカゴに入れる。

「そういえば、歯ブラシある？　買っていこうか？」日用品コーナーにさしかかったときだった。視界の端に、生理用品がちらっと映った。

カゴを持つ手に汗をかく。さすがに、中学生なら自分で処理できるだろう。いざとなれば光枝もいるのだし、そもそも男親が関与する必要などこれっぽっちもないのだが、なんだか心がざわついてしまった。

一つ屋根の下で暮らすという実感がなかなかわいてこない。これからは、風呂上がりに裸でうろつくこともできないだろう。女子中学生と暮らすからには、何かと気を配らなければならない。

コンビニを出ると、日向実は近くの歩道橋を駆け上がった。

「おーい、横断歩道があるのに！」良行もあわてて階段をのぼり、あとを追いかける。ビールが六缶入ったビニール袋が重く、途端に息が切れた。

橋のど真ん中で、日向実は立ち止まった。柵の手すりをつかみ、車の往来にじっと視線を落としている。

「おい！」

なぜだか、日向実がその瞬間、柵を跳び越えそうな気がした。

「待てって！」

強い風に、スカートが揺れていた。

東西を貫く幹線道路だった。西日を受けた日向実の顔が、一日の終わりの太陽で赤く染まっていた。

「おかーさーん！」

日向実が叫んだ。

新たな暮らしをはじめる家に戻る前に、処理しきれない感情をすべて吐き出し、置いていこうとしているようにも見えた。

「おかーさーん」

叫んでいるわりに、どこかか細いその声は、バイクのエンジン音に、あっけなくかき消された。

生まれてくる子に太陽の光を見せてあげたいと願った街子は、もうどこにもいなかった。

「早く戻ろう。アイス、とけちまうぞ」

そんな、あたりさわりのない言葉しかかけられない自分が、なんとももどかしく、腹立たしい。

けれど、どんな気の利いたなぐさめも、きっと今の日向実には届かないだろうと思った。

真夏の西日が厳しい。日向、というよりも、夕焼けの赤にまみれた日向実は、素直にうなずいた。

「はい」

弱々しいその笑みは、やはりどことなく街子に似ていた。

「ちょっとだけ、すっきりしました」

いつか、この子からお父さんと呼ばれる日は来るのだろうかと、良行は考えた。

二十歳まで、あと六年。

口で六年と言えば、それなりに長そうだが、実際はあっという間だろう。日向実はいったいどんな大人になるのだろうか?

街子、どうか日向実を見守ってくれよと、良行は心のなかで両手を合わせた。

2

ハンバーグを箸《はし》の先で小さく切って、口に運ぶ。

その途端、喉の奥がぎゅっとしめつけられるように細くなって、吐き気をもよおした。目に涙があふれてくる。

懸命にのみ下そうとした。けれど、嚙めば嚙むほど、胃から食道へ、食道から口のほうへ、今まで食べたものが逆流しそうになって、行き場をなくしたハンバーグが酸っぱい唾液といっしょにぐちゃぐちゃになった。日向実は、思わず口をおさえた。

「大丈夫？　気持ち悪いの？」おばあちゃんが聞く。おじさんも心配そうにこちらをのぞきこんでくる。

見ないで、私のことなんか気にしないで。おいしいです、めちゃくちゃおいしいのに、すごくお腹が減ってるのに。そのことを、早くつたえなくちゃと焦って、あわてて麦茶で口のなかのものを流しこんだ。ご飯も、ハンバーグも全然減ってないのに、もう麦茶だけは三杯もおかわりしてる。

「おいしいです、すごく。食べたいんです。お腹ぺこぺこなのに」

拳で胸を軽くたたいた。目尻から涙がこぼれ落ちた。

「でも、飲みこもうとすると、何かが邪魔するんです。すごく苦しくなって」

不思議と、サラダは食べられる。でも、ご飯とハンバーグが、石ころを飲みこむみたいに重たくて、どんなに噛んでも、どんなに小さくしても、喉が通せんぼをしてしまう。

自分がみじめで、ひどくちっぽけに思えた。

「無理はすんなよ。徐々にでいいんだから」向かいに座るおじさんが何度もうなずきながら、励ますように言った。

「……ごめんなさい」

「そうだ。さっき買ってきたアイス、あるじゃない。あれなら入るでしょ。ほら、リョーコー、ハーゲンダッツ、取ってきなさいよ」

くつろぐという感覚からは、ほど遠い食卓だった。どんなに優しい言葉も、怒られているように聞こえてしまう。

本当に私は、この新しい家庭に慣れることができるんだろうか？

この人たちとは、血がつながっているんだ、目の前にいるのは本当のお父さんだし、本当のおばあちゃんだ――そう自分に言い聞かせても、いきなり甘えることなんてできるわけがない。よそよそしい態度をとってしまう。他人の家庭の味つけを、喉が、胃が、拒否してしまう。

そもそも、大人の男の人が、こんなにずっと近くにいること自体なかったんだと気がついた。「お父さん」や「パパ」といった単語を、今までまったく口にすることなどなかったわけで、いつかおじさんのことをそう呼べる日が来るとは到底思えない。

冷凍庫から、おじさんがアイスを取ってきてくれた。自身はお酒の入ったグラスに、氷を入れている。透明の液体は、たぶん焼酎だ。

おじさんも異分子のまぎれこんだ食卓に、ひどく落ちつかない様子だった。表情が硬いし、さっきから水みたいに、お酒を飲んでいる。

いや、水だってこんなに急ピッチで飲み干せない。顔が真っ赤だ。私とそっくりの、大きな耳まで赤い。ふだんからこんなに飲んでいるんだろうか、やっぱりクズ人間かもしれないとあきれていたら、「あんた、いくらなんでも飲み過ぎ」と、おばあちゃんがたしなめた。

ちょっとお酒くさいけど、この人も私の存在に全然慣れていないんだと思うと、ちょっとだけ救われるような気持ちになった。しかし、同時に言いようのない不安に襲われる。この人だって、つい半日前までは、「娘」とか「子ども」という面倒くさい生き物の存在を、まったく意識することなく生きてきたのだ。

私は、お母さんにとってしか、価値のない存在。

じゃあ、お母さんが死んじゃった今、私は……。

危険な思考を振り払うように、アイスを口にふくんだ。甘ったるいけれど、すっきりとしたキャラメル味が、何の抵抗もなくするりとすべり落ちていく。心地よい冷たさに、こわばっていた体のなかがほぐれていく感じがした。

「はじめて知ったんです、さっき」コンビニでもらったプラスチックのスプーンを握りしめた。

「私に、お兄さんか、お姉さんがいたこと」

「えっ⁉」二人の声がそろった。

誤解させるような言い方だったと思い、あわてて説明をくわえた。

「おじさんが話したことです。お母さんが、私の前に妊娠してたってこと。その子を死なせてしまったこと」

「そっか……」おじさんがグラスを手に持ったまま、うつむいた。氷が軽い音をたてた。「軽率だった。ごめんな、考えなしに話をしちゃって」

日の目を見ることなく、暴力によって命が絶たれてしまった、兄か姉がいたという事実が胸をしめつける。私はその子の身代わりにつくられた存在だったのかもしれない。

「実は、俺も話すかどうか迷ったんだよ。街子が君にどこまで話してるかわからなかったし。本当に全部、包み隠さず打ち明けていいのかって。でも、そういう過去があったから、街子は君を生む決断をしたわけで……」

「真実を知ることができて、私はうれしかったです」無理やり笑顔をつくった。「それに流産のこと以外は、きちんと聞いてました。ひどい暴力を受けたので、男の人がこわくなって、結婚をあきらめたけど、子どもがどうしてもほしくて、その……、おじさんに、いろいろと頼んだことも」

アイスがおいしすぎて、そんなことに感動している場合じゃないのに、お母さんを亡くしたばっかりなのに、優しいキャラメルの味に、今までつかえていた喉がゆるんでいく。

「なんでなんですか？」感情が高ぶって、言葉があふれ出てきた。「なんで、暴力を振るう人を、好きでいつづけられるんですか？　訳わかんない。そんなの、さっさと別れればいいのに、なんでずるずるつきあうんですか？」

日向実はまだ硬いアイスの表面にスプーンをがしがしと突き立てた。

「親の虐待から、子どもが逃げられないっていうのは、わかるんです。だって、親に頼らないと生きていけないから。でも、大人の女性と男性は違いますよね。対等ですよね。嫌だったら、すぐに離れることができるじゃないですか」

とめられない。このとめどない感情が、お母さんに対する怒りなのか、悲しみなのかも、よくわからないまま、お腹の底で沸騰した気持ちがどんどんせりあがってくる。嘔吐《おうと》するみたいに。消化しきれない思いを、ぐちゃぐちゃのまま吐き出した。

「私だったら、殴られたり、蹴られたりしたら、絶対やり返す！　そんなの黙ってなんかいない。だって……、だって、許せないもん」

暴走する感情をせきとめるように、となりに座るおばあちゃんが手を重ねてきた。

「気が合うね。あたしも、そんなふざけた男がいたら、ぼこぼこにぶん殴ってやる。腕力で勝てなかったら、そいつが寝てるあいだに縛り上げて、じわじわいたぶってやるね」

「こわいこと言うなよ」おじさんが顔をしかめた。「おちおち眠れなくなるだろ」

「自分の子じゃなきゃ、あんたのことは、もう十回くらい殺してるよ」

「いや、マジでシャレになんないから、そういうこと言うの」

二人のやりとりは、やっぱりおもしろくて、あまりしゃべらなかったお母さんとの食事とは大違いだった。カップアイスで冷えた肌が、おばあちゃんの手のぬくもりで、体温を取り戻していくような気がした。

つい、笑ってしまう。そのことに安堵したのか、おじさんが焼酎を一口飲んでから、やわらかい笑みを浮かべた。

「学校とかで、好きな男の子はいないの？」

いきなりそんなことを聞かれて、デリカシーなさすぎと思ったけれど、いちおう考えてみる。異性を好きになるという感覚がいまいちわからなかった。「気になる」という程度なら、今まで何人か、そういう男子は存在した。

「あっ、もう彼氏いるの？　最近の子は何事も早いからなぁ」

「いないです！　好きな人も」

「そっか」と、うなずきながら、おじさんはすっかり冷めたハンバーグを頬張った。「この先、誰かを好きになるとわかるけど、よく周りが見えなくなるんだな」

この人も、若いときはお母さんと好き同士だったわけで、でもそのことが、うまく想像できない。

「友達の忠告なんかも、いっさい聞こえなくなる。その人の、良いところしか見えなくなるわけだ」

ちゃんと飲みこんでから話しなさいと、おばあちゃんが語気を強めたが、酔っ払っているおじさんはかまわずハンバーグを咀嚼《そしゃく》しながら言葉をつづけた。

「俺が何かを答えられるとしたら、それくらいだな。だから、お母さんを責めるんじゃないよ。

お母さんを責めると、その矛先《ほこさき》がきっと君自身に跳ね返ってくるから」

向かいに座っているせいで、おじさんの口のなかのお肉が丸見えだ。また気持ち悪くなってきた。

でも、ちょっとだけ、どんよりとよどんだ心が軽くなったのもたしかだった。


私は意図的につくられた存在。

ヒトではなく、モノだ――十歳くらいから、そんな違和感にずっと体を縛られてきた。アイスを食べきると、いちばんにお風呂に入るようながされた。ゆっくりと体を洗う。この肌、爪、髪の毛、すべてが、つくりもの、人間ではないまがいもの。

お風呂から上がり、髪をかわかす。用意されていた部屋着に着替え、あてがわれた部屋に入る。入浴のあいだに二人が片づけてくれたのか、ロデオボーイの置かれた物置みたいな部屋が少し整理されていた。その中央に布団が敷いてあった。

枕元に遺骨を置き、日向実は手を合わせた。

たとえ、自分が人工的につくられたのだとしても、何不自由なく、幸せに育てられたことに変わりはないし、もちろんお母さんのことは大好きだった。

リュックから、ずっと大事にしてきた絵本を取り出した。それは、お母さんみずから文章を書き、絵を描き、冊子として綴《と》じたもので、遺骨といっしょに持ってきた。

「テリング」という言葉がある。精子提供によって生まれた子どもに、出生の真実を告知することを指す。小学校に通いはじめる前から、手作りの絵本によって、自分がどのようにして生まれてきたのか、いつも聞かされてきた。

大きくなってからも、自分で何度も読み返した。ぼろぼろになったページをめくる。一枚目は、絵本とは思えないほど不穏な言葉からはじまる。

〈このせかいには、二しゅるいのにんげんがいます。ふつうのにんげんと、おそろしいゾンビです。〉

街中にたくさんの人が歩いている。平和な休日の、のどかな絵が描かれている。しかし、次のページをめくると、そのなかの数人が、ゾンビに変化している。肌が腐って灰色になり、服が破れ、両手を前に伸ばし、前傾姿勢で、街を徘徊《はいかい》している。

〈でも、こわがることはありません。ゾンビのかずはそんなにおおくありませんから。けいさつもゾンビをがんばってつかまえています。でも、いちばんこわいのは、ゾンビのおおくは見ただけではそうとわからないということです。ほとんどは、ふつうのにんげんのふりをしています。〉

子どもの頃は、こわいもの見たさと、自分が生まれた秘密を何度も確認したくて、よくお母さんに読んでもらった。

〈ゾンビはにんげんに、ようしゃなくおそいかかります。おかあさんも、むかし、おそわれました。いじめられました。なんとかゾンビにならずにすんだけれど、おかあさんは、にげるのにせいいっぱいでした。それで、このせかいがとてもこわくなってしまいました。また、にげたさきに、べつのゾンビがひそんでいるかもわからないからです。〉

ページをめくると、ゾンビに襲われて泣いている女性の姿があって、それがお母さんだった。

〈もし、すきになって、けっこんしたおとこの人が、ほんとうはゾンビだったら？〉

温かそうな家庭の団らんが描かれていて、テーブルの上には湯気の立ちのぼるおいしそうなシチュー。父、母、男の子、女の子が、テーブルを囲んでいる。みんな笑顔だ。

しかし、ページをめくると、一転、父親らしき男が、ゾンビになり、子どもたちに襲いかかっている。テーブルが、シチューがひっくり返る。

〈でも、このままでは、おかあさんはだいじな、人をおもいやる心をわすれそうだったのです。人をうたがってばかりで、じぶんまでゾンビになってしまいそうだった。だから、ひとりでもしんじられるミカタがほしかったのです。〉

優しそうな男の人が、女の人に両手を差し出している。その手のひらの上には、植物の種が一つ。種の真ん中が割れて、小さな緑色の芽が顔を出している。

〈おとこの人と、おんなの人が、ちからをあわせないと、あかちゃんはできません。そこで、むかしのおともだちのおとこの人にたのんでみることにしました。あかちゃんがうまれる、たねをわけてもらったのです。そのたねを、おんなの人のおなかにいれると、こどもができます。〉

お母さんのお腹のなかが透けて見えて、男の人からもらった芽が育っている。芽はやがて赤ちゃんの形に変わっていく。

〈きっと日向実はおもうでしょう。たねをくれたおとこの人がゾンビじゃないなら、なんでけっこんしないの？　なんで、いっしょにたたかわないの？　でも、人はいつでも、だれでも、ゾン

ビになるかのうせいがあります。けっこんしたあとに、その人がゾンビになってしまったら、日向実をまもれません。〉

生まれたばかりの赤ん坊を抱く母親は、唇をぎゅっと真一文字に引き結んで、決然とした表情で立ち上がる。

〈でも、こわがるひつようはありません。このせかいのほとんどは、やさしい人ばかりです。ほんのちょっとのゾンビがわるさをしているのです。日向実は、ぜったいにゾンビになってはいけません。ほかの人をいじめてはいけません。まわりの、やさしい人たちとたすけあって生きていくのです。そして、心からしんじられる、たいせつなおともだちや、こいびとといっしょに、しあわせにくらしていくのです。〉

最後は、同年代の、たくさんの子どもたちが一列になって手をつないでいる絵でしめくくられる。中央に立つのは、きっと私だ。太陽の光が、さんさんと子どもたちを照らし出す。

ゾンビも描かれているけれど、ページの隅の日陰から出られない様子だ。子どもたちの団結を、じとっとした、うらめしげな視線で見つめている。きらきらとまぶしい日向には、一歩たりとも足を踏み入れられないのだ。

困っている人がいたら、助けてあげる。人の悪口を言わず、優しく接する。口汚く罵《ののし》るなんて、絶対ダメ。人として恥ずかしくない、立派な行いをする。他人を思いやる心を忘れてしまった邪悪な人間——ゾンビに対抗するには、いつも清く、正しく、自分を律して生きていくしかない。

お母さんから何度もそう言われ、厳しくしつけられた。静かに、息をひそめるように、悪いゾンビに見つからないように、お母さんと二人だけのささやかな幸福を追い求め、生活してきた。

たしかに、じゅうぶん満ち足りた、穏やかで幸せな日々だった。

自分は特別な存在かもしれないと優越感を持ったこともあった。友達に「ゾンビ」のことをたずねても、誰も知らないし、答えられない。変な顔をされる。私だけが世界の秘密を知っているのだと誇らしくなった。けれど「特別」とは、イコール「異質」なのだということに、しだいに気がつきはじめた。

保健の授業で、「精子」と「卵子」の働きを学んだ。「ゾンビ」がこの世の暴力と犯罪を意味することも、お母さんがかつてひどいDVを受けたことも知った。成長するにつれて、自分の体が偽物であるかのような感覚がますます大きくなっていった。

今日、お母さんの流産の話を聞いて、今まで漠然と感じていた、自身の体に対するそんな違和感が、はっきりとした輪郭をもって立ち上がったのだ。

一人ぼっちのお母さんの「しんじられるミカタ」となるために——失われた子の身代わりになるために、このろくでもない世の中に無理やり産み落とされた。私は精子提供というなかば人工的な手段でつくられた人形だ。

お母さんが流産してなかったら、きっと自分は、ここにこうして存在しなかったはずだ。

マンガ編集者のDV男が、ゾンビではなく、ふつうの優しい人間だったら、私が生まれることはなかった。

お母さんがDV男から早く逃げていれば、お腹の子が死ぬことなどなかった。その場合もお母さんと良行おじさんが再会することはなく、私がつくられることもなかった。たくさんの「もしも」が、私の存在をよってたかって否定しようとする。

日向実は布団に寝転がり、天井のほうへ右手を伸ばした。拳を握ったり、開いたりしてみる。脳が指令を出せば、そのとおりに動く。そのことが不思議でしかたがなくて、感情のやり場が見つからなくて、そっと目を閉じた。

自分の意識が自分の体から遠く離れていく。幽体離脱みたいだ。

いったい、誰がいちばん悪いんだろう?

優しい人たちと手をとりあって、助けあう。思いやりを大切に。その気持ちは変わらない。お母さんを責めるんじゃないよ、というおじさんの言葉も思い出す。

どう考えても、悪いのはゾンビだ。なんで、良い人間がやられてばかりで我慢しなきゃいけないんだ。日々流れてくる、たくさんの悲しいニュースを見てもわかるように、歯を食いしばって耐えるのはいつだって被害者やその家族だ。

ゾンビなんて、殺してしまえばいい。駆逐《くちく》すればいい。暴力を振るわれたから逃げるなんて、生ぬるいと思う。

どうせ、私は人造人間。お母さんを失った今、警察に捕まったって、死んだって、もう誰も悲しまない。

お母さんをここまで追いつめたヤツを探し出して、こらしめてやりたい。それが、私がつくられた本当の意味だし、意義なのだ。

日向実は母の遺骨にもう一度、静かに手を合わせた。

おやすみなさい。また明日ね。

3

翌朝、良行はすさまじい頭痛とともに目覚めた。

二日酔いだ。いくらなんでも飲み過ぎた。昨日の夕食は、自分の家にいながら、大事な舞台や収録よりもよほど緊張をしいられたかもしれない。

いつもなら、母親と二人きりの食卓は気づまりでもなんでもない。会話などほとんどないが、テレビをつけっぱなしにしているから、沈黙も気にならない。それが長年ともに暮らしてきた家族というものだ。

ところが、食事も喉を通らない様子の日向実が目の前に座っているだけで、居間の空気は一変した。テレビをつけるような雰囲気でもなかったから、無言がひどく気まずく、いろいろと話しかけてはみるのだが、会話がまったくつづかない。冷や汗をかいて、酒のペースが異常に速くなってしまった。

朝からすでに気温が高かった。不快感がヘドロのように胃の粘膜に張りついている。水を飲んでもおさまらない。

光枝はすでにキッチンで、朝食の準備をしていた。日向実はまだ寝ているようだ。

今日は午前中のうちに、日向実とともに弁護士の事務所を訪れる予定だった。なんでも、未成年後見人になるためには、親権者の死後十日以内に手続きをしなければならないという、法的な期限があるらしい。昨夜のうちに日向実が弁護士に連絡をとり、アポイントを入れてくれた。

顔を洗ってキッチンに入ると、光枝は洗ったばかりの濡れたレタスをちぎっていた。

「ねぇ、昨日のハンバーグに半熟卵をのっけてロコモコ丼にするのと、パンにはさんでサンドウィッチにするの、どっちが日向実ちゃん食べられると思う？」

気持ち悪すぎて、食べ物のことを一秒も考えたくなかったので「本人に聞きゃいいだろ」と、そっけない返事をした。

「ハンバーグ作ったの、久々だったけど、べつにまずくはなかったよね？」

「まあ、まずくはないね。でも、うまくもない」

「今度こそ、殺すよ」

七時半だった。面会の約束は十時だ。そろそろ日向実を起こさないと間に合わない。光枝とともに、日向実の寝ている部屋の前に立った。

ノックをしてみる。返事はない。「入るよぉ」と、光枝が一言断ってから、そっと扉を開けた。

横向きの体勢で寝ている日向実は、タオルケットを股のあいだにはさみこみ、抱きしめるようにして、穏やかな寝息をたてていた。寝顔はあどけない。前髪が汗で額に張りついている。

前に立つ光枝が、ふっと息をもらした。

「あたし、一晩考えたんだよ。やっぱり、きちんとした親が必要なんじゃないかって」

「俺じゃ、役不足だって？」

「役不足の言葉の使い方が違う。そんなんだから、役者として売れないんだよ」

「だから、関係ないところで、売れないことを責めんなよ」

「もうね、この子に情がわいちゃった。あたしは、この子を養子《ようし》にする」

「えぇっ！」酒くさいゲップがこみ上げてきたが、なんとかこらえた。

「未婚のあんただって、養親《ようしん》になれないことはないんだろうけど、まだ結婚、あきらめてないんだろ？」

ひそひそ声でそう問われ、「まあ……、ね」と、曖昧な返答をした。頭のなかには、現在交際中の彼女、明里《あかり》の顔が浮かんでいた。母にはまだ内緒だが、一応結婚の約束らしきものを交わしている。

「だったら、形式的にでもあたしの子どもにしたほうが、何かと都合がいいだろ。あんたのお嫁さんになる人の気持ちとしても」

その気づかいはありがたかった。しかしその一方で、このババア、ふたたび生きる目的を取り戻し、より長生きしようとしてやがる、と身勝手な反感もわいてくる。百歳くらいまで平気で生きるんじゃないかと、少しうんざりした。

「まあ、あんたと結婚してくれる、聖母みたいな人がいてくれればの話だけどね。養子の件もふくめて、弁護士さんに相談してきてよ」

光枝が日向実を起こしにかかった。「うーん」とか「むにゃー」と言って、ごろごろと寝返りを打ちながら光枝の手を逃れていた日向実だったが、しだいに意識が明瞭になり、ここがどこであるのか思い出したらしい。ぱっと起き上がって正座し、「おはようございます」と挨拶をした。街子の遺骨にも手を合わせている。

年寄りだけあって、光枝はこういう礼儀正しい子どもが好きなのだ。優しい声音《こわね》で、「ロコモコ丼かサンドウィッチか」と、たずねている。

昨日とはうってかわって、日向実はよく食べた。ロコモコを選んだので、また喉につかえるんじゃないかと心配だったのだが、さすがに腹が減っていたのだろう。日向実は、うまくもまずくもないハンバーグをおかわりした。

テレビをつけて、朝の食卓の何気ない、自然な雰囲気を演出したのもよかったかもしれない。良行は新聞を眼前に広げた。スポーツ欄しか見ていなかったが、視界をさえぎることで、日向実をじろじろと観察することをさけた。無理に話しかけることもやめた。そのおかげか、昨日の夕食よりは、居間にただよう緊張感がだいぶ薄らいだ気がする。

朝食を終え、身支度をととのえた。今日も快晴だ。良行は日焼け止めクリームをたっぷり顔と腕に塗りこんだ。髪をとかしていた日向実がその様子を、じっと見つめてくる。こうして、朝の洗面所で二人ならんで立っているのも不思議な感覚だった。

「君も塗る?」

「男の人もつけるんですね、日焼け止め」日向実が眉をひそめて、つぶやいた。

鏡越しにつぶらな目で見つめられると、軟弱な男だと言外に否定されているような気がして、良行はあわてて言い訳した。

「いちおう職業柄、こういうの気をつけなきゃいけないんだよ。撮影に現れた役者が、いきなり黒光りの肌だったら、監督がびっくりするだろ」

「ふぅん」と、納得しているのか、いないのか、日向実は気の抜けた返事をした。「おじさんが演技してるところ、現場で見てみたいです」

「うん……」絶対、嫌だ。「まあ、今度な」

「今度っていつですか?」

「今度は、今度だよ」

そんなとりとめのない会話を交わしながら、光枝に見送られ、マンションを出た。

月曜だ。通勤ラッシュのピークを過ぎてはいるものの、電車はかなり混んでいた。満員に近い。

こういうとき、男親は我が娘を周囲のオヤジどもから守らなければならないのだろうかと一瞬焦ったが、日向実は座席の前にあいた空間をめざとく見つけ、さっさと良行のそばから離れていった。小さい体を生かし、人垣を縫うようにして、わずかなスペースにおさまる。

「新宿《しんじゅく》だからね」と、その背中に声をかけた。日向実は無言でうなずいて、スマホを取り出した。

中学生の女子らしいそっけない態度だったが、良行は少しほっとした。守るというのは大げさだとしても、この混雑状態でとなりに立たれたら密着はさけられない。同年代のサラリーマンのおじさんとくっついているほうが、よほど気が楽だった。

新宿に到着すると、ふたたびホームで合流した。二日酔いもあり、電車移動の約二十分ですでに体力が半減した良行は、人ごみにうんざりしながら地下街を歩いた。

「あのさ、弁護士の和泉さんってどんな人？」

「えっと……、きれいな女の人です」

「へぇ、そうなんだ」日向実にじっと見つめられているので、真顔をキープするのに苦労した。にやつきそうになる顔を、必死に無表情に保つ。

事前にネットで調べていたオフィスビルに到着したのは、約束の時間の十分前だった。八階のワンフロアを専有している大手弁護士事務所に、面会相手の和泉は勤めているらしい。

受付で名前をつたえ、第一応接室という部屋に通される。ほどなくして、和泉と思われる女性がノックをして入室してきた。

良行と日向実の前にお茶を置き、よどみのない動作で名刺を出してくる。

「このたびは、ご足労いただき、ありがとうございます。新宿ソレイユ法律事務所の和泉と申します」

年齢は三十代の半ばくらいだろう。たしかに日向実の言っていたとおり美人には違いなかったが、良行に対する態度から百八十度一変して、ものすごいテンションで日向実に抱きついた。

「あらぁ、わぁ、ヒナちゃん！　一人で寂しくなかった？　私も気にかけてたんだけど、なかなかお仕事が忙しくて。ちゃんと食べてる？　えっ、何食べたの？　朝からロコモコ？　まあ、素敵！　ハワイアン！」

頭をくしゃくしゃになでられた日向実は、迷惑そうに頬をふくらませて、和泉の手を逃れた。

「ぷくっとしちゃって！　かわいいフグさんね！　ハコフグさんかな？」日向実の頰をつんつん、つついている。

頭のおかしいヤツが来やがった。

良行は無意識のうちに半歩下がり、和泉からそっと距離をとった。幸いなことにすぐ日向実は解放され、三人はそれぞれソファーに腰をかけた。

「ということで、さっそく本題に入りましょう。まずは、私と街子さんの関係からお話し致しましょうか」

やはり良行に向かっては、どこまでも礼儀正しい。パンツスーツをきっちり着こなして、髪を一つにしばっている。きびきびとした話しぶりは、仕事のできる女性弁護士そのものといった印象だ。細いフレームの眼鏡《めがね》が、きりっとした、ともすればキツい印象の目元を、うまく中和している。

「街子さんと知り合ったのは、かれこれ十二年ほど前になりますかね。きっかけはドラマの法律監修でした。街子さんの書く法廷ものの二時間ドラマの脚本で、専門家の監修が必要ということになり、制作会社から弊社に依頼がありました」

「なるほど」と、良行はうなずいた。自身も検事の役を再現ドラマで演じたことがあるので、裁判所の独特な雰囲気はよくイメージできた。

和泉が苦笑いを浮かべて話をつづけた。

「私、その頃はまだ駆け出しで、そういう面倒くさい仕事を押しつけられて、最初は嫌々だったんですが、打ち合わせを重ねていくうちに街子さんとすっかり意気投合しまして」

良行によどみなく説明したのもつかの間、今度は日向実にぞっとするような猫なで声で話しかける。

「ねー、ヒナちゃんとも、何度も会ったことあるもんねー。街子さんと三人で、熱海《あたみ》に旅行に行ったこともあるんだもんね！」

日向実は少しおびえたような表情で、こくこくとうなずいた。

「おうちにも、いっつも遊びに行ってたもんねー」和泉はすぐに良行に向き直り、ふたたび真面目な表情に戻った。「街子さんの仕事が一段落すると、ワインを持って、お邪魔していたんです」

お面が一瞬にして目まぐるしく早変わりする中国の伝統舞踊みたいだ。なんとも、せわしない人だ。

「私のほうが年下なので、本当にかわいがっていただいて、プライベートの相談にものっていただいたり」

「そうですか」心を許せる友人がいてくれてよかった。出産後の街子の様子はまったく知らなかったから、いろいろとたずねてみたかったのだが、日向実の手前、立ち入った質問をするのも気が引けた。

街子が亡くなって、まだ一週間ほどだ。母親を無理に思い出させてしまうかもしれない。日向実の気持ちを思うと、なかなか踏みこんだ会話はできない。

ところが、そんな良行の遠慮をよそに、和泉はなつかしそうに語りつづけた。

「街子さん、一時期フィンランドにハマってたみたいで、いろいろ変わった料理を食べさせられましたね。ヒナちゃん、なんだっけ、あの甘いロールキャベツ」

「カーリカーリュレートです」すかさず日向実が呪文のような返答をした。

「そう！　街子さん手作りの、そのカリなんとかっていうのを、吐きそうになりながら、おいしい！　って言って食べたのがいい思い出ですね。ロールキャベツなのに、甘ったるいんですよ。信じられます？　そんな食べ物。必死にワインで流しこむから、すごい酔っちゃって」

日向実がぼそっと独り言のようにつぶやいた。

「和泉さんは、酔っ払ってもそのまんまだけど、お母さんは、すごく変わってびっくりだった。お母さん、家であんまりお酒飲まなかったから」

「そうなんだよね。街子さん、普段は生真面目な感じなのに、実はめっちゃ陽気なんですよ。ヒナちゃんを上機嫌で抱きよせて、くちゃくちゃになでまわしたりして。マイベイビー、かわいい子なんて、ダサい歌を即興で歌いだしたり」

和泉はあくまでほがらかな調子で話すのだが、しんみりとした空気が、しだいにスモークのように足元から忍びよってくる。

「ヒナちゃんがまだ小さかった頃は、午前中に近所のスーパーにパートに行って、午後から夜にかけて本業のお仕事をしてって感じで。で、ヒナちゃんが、六年生になったくらいから、ようやく脚本一本に専念できるようになったんです」

「街子……、頑張ってたんですね」

自分の子どもは、何がなんでも幸せにしたい。街子のその言葉は嘘ではなかった。彼女は二人だけの家庭を必死に守ろうとした。

「大守さんも街子さんからのお手紙で読んだかと思いますが、一人親で、しかも、ほかに頼れる親族もいないということで、相談を受けました。そこで、公正証書遺言《こうせいしょうしょゆいごん》という書面を作成し、日向実さんの未成年後見人を指定することになりました。もちろん、私もその遺言が現実になるなんて思いもしなかったわけですが……」

和泉は顔を曇らせた。それでも、口だけはよどみなく動きつづける。

「通常、未成年後見人を選定する場合、家庭裁判所の審査が必要です。しかし、親権者の公的な遺言書で後見人が指定されているのであれば、その過程を経ることなく、役所への申請のみで手続きが可能です」

和泉は、細く、長い指で、丁寧にファイルから書類を取り出していった。指輪などの装飾品がいっさいない、きれいな手だった。徐々に弁護士としてのエンジンがかかってきたのか、立て板に水といった勢いで、一気にまくしたてる。

「ただ、親権者の死後十日以内という期限があり、あと数日しか残されていませんので、ただちに手続きなさることをお勧めします。必要書類は、可能なかぎりこちらでそろえさせていただきました。あとは大守良行さんの戸籍謄本《こせきとうほん》を取れば申請可能です」

「あの……、その前にすみません、未成年後見人っていうのは、具体的には何をするんでしょうか?」ここに来て、はじめてまともに文章らしい文章をしゃべった良行は、いちばん気になっていたことをたずねた。

「実は民法が改正されまして、二〇二二年四月一日から、成人の年齢が十八歳に引き下げられます。これによって、親や後見人の同意なしに、十八歳から様々な契約ができるようになります」

「えっ、知りませんでした」ということは、日向実はあと四年で成人だ。

「ですので、ヒナちゃんがその年齢に達するまでの身上監護《しんじょうかんご》、および財産管理が未成年後見人のおもな役目となります。ひらたく言えば、子どもにとって適切な衣食住や教育機会を確保すること。そして、ヒナちゃんが受け取った遺産を正しく管理することです」

「遺産……ですか」

「街子さんがご自身にかけた死亡保険は一千万円です。それにくわえて、預貯金が約三百万円あります。合計、約千三百万円です」

「いっせんさんびゃく！」良行は思わず日向実の背中を軽くたたいてしまった。「すげぇ金持ち中学生だな！」

応接室の空気が、たちまちすぅっと冷えた。となりに座る日向実の視線が突き刺さる。道ばたに落ちている犬の糞《ふん》を見るような、冷ややかな目つきだった。

「大守さん、人として、そうとうあるまじき発言をしたご自覚はおありですよね？」和泉が眼鏡を押し上げた。

「ええ……」背中を丸め、良行は小刻みにうなずいた。「言った瞬間、しまったと思いましたが、あとの祭りでした」

あまりの気まずさに、ぬるくなったお茶をすすった。応接室の壁時計の秒針の音が、やたらと大きく耳についた。

「言うまでもないことですが、街子さんがこの先働いて稼ぐはずだったお金を、まとめてヒナちゃんが受け取るからこそ、こうして多額になるわけです。あと、事故を起こした車の運転手とも、別途、賠償《ばいしょう》金《きん》交渉を行っていますので、ヒナちゃんの受け取る金額はさらに数千万単位で増えるでしょう」

街子は青信号で横断歩道を渡っていた際、右折車に突っこまれて亡くなったという。歩行者だった彼女にまったく非はなかった。

日向実は決して大金などいらないのだ。受け取るお金を全額払えば街子が生き返ると、仮に神様に提案されたなら、きっとよろこんで無一文になることを選ぶだろう。

「仕事柄、うんざりすることが多いんですが、遺児《いじ》にこうして多額の遺産が入ると、今までつきあいのなかった輩《やから》が、親戚と称してうじゃうじゃ群がってくるわけです。まるでゾンビみたいに」

「ゾンビ」という言葉に反応したのか、日向実が驚いた様子で顔を上げ、こちらをじっと見つめてきた。ハイエナ扱いされてはたまらないので、あわてて良行は背筋を伸ばして答えた。

「僕は群がってなどおりません……！」

「『金持ち中学生！』って叫んだときの大守さんの目、それはそれはきらきら輝いていましたよ」

こいつになら何を言ってもかまわないと、和泉は早々に判断したらしく、彼女の舌鋒《ぜっぽう》はますます鋭くなっていった。

「大金を前にすると、どんな聖人君子でも人が変わります。だからこそ、未成年後見人は、子どもが受け取った遺産の収支報告を、家庭裁判所に定期的に行わなければならないんです。しかし、遺言で選定された後見人の場合、やはりその義務はありません。いくら街子さんが選んだ人とはいえ、心配は心配です」

日向実が真剣な表情でしきりにうなずいた。あまりに激しくうなずくので、ソファーのスプリングがきしんで、となりに座る良行の体まで軽くバウンドした。どうやら和泉同様、そうとう心配らしい。

自分に対する風当たりが徐々に強くなっていることを感じた良行は、話題を転じた。

「街子は、その当時、僕に関して何か言ってましたか？　つまり二〇一一年当時、未成年後見人を指定するにあたって、なぜ僕を選んだのか？」

精子提供を頼まれたときに言われたことは、しっかり記憶に残っている。

エリートなんて言葉はまったく似合わないけれど、人間味があって、温かくて、いっしょにいるとほっとする。街子は精子提供の相手に俺を選んだ理由をそう語っていた。

しかし、昨日受け取った手紙ではどう書いてあっただろう？

〈日向実をあなたに預けるのには、一抹の不安があります（笑）。何しろ、むかしからあなたはルーズでしたから。大きな子どもみたいでしたから。〉

精子をもらうのと、その子を実際に託すのとは、さすがに訳が違う。

昨日の夜、多少酔いがさめてから何度も手紙を読み返してみた。冗談半分であったにせよ、街子のかなりの本音が透けて見えたような気がした。たしかに、男親にするのにこれほど頼りない人間はいないだろうと自分でも思う。

「いえ、とくに何も」と、和泉はそっけなく答えた。「売れない役者で、怠惰《たいだ》で、いい加減で、人の金をまるで自分の金のように思ってる節《ふし》がある人としか……」

「……そうとうなマイナス評価ですね」

「とにかく遺産の管理に関しては、私が監督人《かんとくにん》をつとめますので」

「えっと、つまり、僕のことを監督するんですか？」ベンチで腕を組み、渋い表情でグラウンドを見つめる野球の監督が良行の頭にぼんやり浮かんできた。

「未成年後見監督人です。簡単な話ですよ。裁判所のかわりに、私がヒナちゃんの財産が適切に管理されているかどうかを定期的に監査《かんさ》します」

和泉が「少々失礼」と、言って立ち上がり、部屋を出て行った。何か新しい書類でも取りに行ったのかと思ったら、戻ってきた和泉は、ローテーブルの上に大量のクッキーやらチョコをばらまいた。

「ちょっと休憩しよう！　十時のおやつだ！　お菓子、たくさんあるからね。食べて、食べて」

率先して、和泉がクッキーを頬張る。その様子を見届けると、「いただきます」とつぶやいて、日向実もチョコに手を伸ばした。がさごそと、包装のビニールを破る音がしばらく響いた。

応接室の窓は大きく、通りの向かいに建つビルのなかで働く人たちがよく見える。かつては、あわただしく働いているサラリーマンを見ても、なんの後ろめたさも感じなかったが、日向実を預かることになって、俺はこのままでいいのだろうかと、焦りややましさが急にわいてくる。良行はクッキーを咀嚼している和泉に聞いた。

「しかし、適切な管理っていうのは、どうすればいいんですか?」

「ヒナちゃんにとって必要な出費であれば、もちろん適宜《てきぎ》お金を引き出して、使っていただいてかまわないですよ」

細かい人なのかと思いきや、案外がさつなところもあるらしく、和泉は自身の膝の上に落ちたクッキーの滓《かす》を、適当に手で払って床の上に落とした。

「まあ、食費とか、日用品や普段着、あと細々《こまごま》したものは、生活の延長ですから、こちらが負担しようかと……」光枝ならきっとそう主張するだろうと思い、良行は母の気持ちを代弁した。

「持ち家ですから家賃はかからないし、家族が一人増えてもたいした変わりはないですし」

生活費は光枝が出しているけれど、この際、黙っておく。これ以上、遺産にたかるゴミのような人間だと思われたくない。

「義理や人情といった感情的なことと、お金のことは、きっちりわけて考えたほうが後腐《あとくさ》れもないかと思いますよ」

あくまで事務的に、和泉は話を進める。

「まあ、仮に基本的な衣食住は、大守さんが面倒をみるということに致しましょう。あと、中学から高校にかけてざっと考えられる出費としては、国民健康保険料や医療費、携帯電話の料金、塾や習い事の月謝、学費や制服代、教科書や参考書類、部活など学校方面にかかるお金などですかね。月々のお小づかいは、二人であとで話しあって決めてください。それらの出費があった場合、領収書や明細、振込の際の受領書をとっておいてください。その金額が、きちんとヒナちゃんの通帳の支出とつじつまがあえば、何も問題ありません。ようは訳のわからない、使途不明金《しとふめいきん》がなければいいんです」

年に一回の確定申告《かくていしんこく》を思い出した。面倒なのはたしかだが、和泉はなかなか厳しそうだし、きちんと明朗会計を行わなければ、監督から交代を命じられかねないと思った。

「大守さんが横領《おうりよう》さえしなければ、高校卒業後、ヒナちゃんが私立大学や専門学校を志望しても、じゅうぶんすぎるほどの金額が残るはずです。海外留学だって可能ですよ。すべては、街子さんがヒナちゃんの将来のために遺してくれたお金なのだとつねに胸に刻み、大守さんも、もちろんヒナちゃんも大切に使ってあげてください」

「わかりました」横領という言葉に少し腹が立ったが、あえてつっこみは入れなかった。もう下手な発言はできない。

日向実も「はい」と、返事をした。

「ところで、大守さんは今も独身ですか?」和泉が良行の手に、さっと視線を走らせた。結婚指輪の有無を確認したのかもしれない。

気持ちはよくわかる。独身の男性に、中学生の女の子をいきなり預けることには、弁護士として、女性として、かなり抵抗があるはずだ。審査はすでにはじまっている——良行は居住《いず》まいを正して答えた。

「ええ。ですが、今は母と二人暮らしです。家はマンションですが、3LDKですので、部屋の数も問題ないかと」

そこで、光枝が今朝言っていた、養子縁組《えんぐみ》の件を聞いてみることにした。

「あの……、一つおうかがいしたいんですが、この子を養子に迎えたいと考えた場合、僕でも、あるいは僕の母でも、親になれるんでしょうか？」

クッキーをかじっていた日向実が、驚いた様子で、こちらを見た。

ただでさえ大きな目が、さらに丸く見開かれている。それでも、日向実が今、どんな感情をその胸に抱いているのか、うかがい知ることはできなかった。頼れる大人はまだいるんだということを、どうにかしてつたえたかった。

「もちろん、この子が希望すればの話ですし、うちでの生活に慣れることが最優先ですが。いずれは、本当の家族に迎えたいと思ってます」

和泉の眼鏡の奥の瞳が、すぅっと細くなった。

「失礼ですが、大守さん、ご職業は？　街子さんが遺言を遺されたとき、良行さんは売れない役者だとおっしゃってましたが、今は？」

「いまだに、売れない役者のままです、はい」

肩身が狭い。日向実の視線が痛い。それでも、正直に答えるしかない。

「さらに失礼なことをうかがいますが、大守さんの年収は？」

「百五十万くらいです、えへへっ」後頭部をかきながら答える。嘘は通用しないと思った。

「本当に失礼な発言を許していただきたいんですが、いったいどうやって生活なさってるんですか？」

「母がマンションの大家でして、我々もその建物に住んでいます。わたくしは、その臑《すね》をかじるようなかたちになってます、はい」

「それはそれは……」

和泉が言葉を濁した。こんなにストレートな物言いをする弁護士の口も閉ざしてしまうなんて、やっぱり俺の甲斐性《かいしょう》のなさは天下一品なのかもしれないと焦りの気持ちがつのる。

「昨日、おじさんは、おばあちゃんに、お金をたかってました」日向実が突然、余計なことを口走った。クラスメートの悪事を先生に言いつける小学生のような口調だ。「あと、おばあちゃんのお酒を勝手に盗んで飲んで、めちゃくちゃ酔っ払ってました」

「ちょっと！　たかってないし、盗んだのもビール一缶だけだから！」

「今朝も二日酔いで、すごく気持ち悪いって言ってました。歯磨きのとき、ゲェってなってました」

日向実は、含み笑いを浮かべている。「ちょっと、勘弁してよ！」と必死に訴えると、ついに声に出して笑いだした。

日向実が笑ってくれて、なんだかうれしいような、悲しいような、複雑な気持ちにおちいった。ただ、和泉だけはあきらかに引いていた。しかめた顔を隠そうともしない。

「ヒナちゃんを迎えた初日に大酒を食らうなんて、信じられませんね……。ちなみに、大守さん、借金は？」

「あるわけないでしょうが」むかしは、合計百万くらい友人に借金をしたこともあったが、完済した。

「ギャンブルは？」

「断固として、致しません」むかしは麻雀《マージャン》をよくしたが、危うく法律に触れかねないこともふくまれるので、黙っておいた。最近は競馬もひかえている。今していなければ、問題ないだろう。

「未成年後見人が対象の被後見人《ひこうけんにん》を養子とする場合は、さすがに裁判所の許可が必要なんですよ。いったい、なぜか……？」

教師のような口調の和泉が、ぴんと右手の人差し指を立てた。

「仮に、大守さんが遺産を使いこんでしまったとする」

またその例えかよと、文句の一つも言いたくなったが、良行は相手の話に耳を傾《かたむ》けた。

「その事実を隠蔽《いんぺい》するために、親子関係を結んでしまおうと画策《かくさく》する。そうすれば、もう裁判所や監督人の面倒な調査など入らないですから。事実上、子の金は親の金、ということになる。それをふせぐためにも、裁判所があいだに入るわけです」

そこで和泉は寂しそうな笑みを浮かべた。

「世の中、絆《きずな》だとか思いやりだとか、きれい事であふれています。でもね、最終的にはお金なんですよ。人の縁も、友情も、親子関係も。地獄の沙汰《さた》も金次第ってヤツです。ヒナちゃんは、耳をふさいでてねー」

律儀に日向実が耳をふさぐ。

「わー！」と、同じく両耳に手をあてた和泉が叫ぶ。

「わー！」と、日向実も耳元の手をくっつけたり、離したりしながら、叫んだ。

「いや……」良行は遠慮がちにつっこみを入れた。「下世話な話は終わってますよね。いいんじゃないですか、もう」

なんだかんだ言って、この二人は仲が良いのかもしれない。日向実も和泉のことを信頼している様子だ。

ずれた眼鏡をそのままに、和泉が咳払いをしてつづけた。

「ともかく、大守さんのお母様の場合は、家庭裁判所からの許可も下りやすいですよね。子どもを育てた実績もあり、家賃収入もじゅうぶんある。ところが、大守さんの場合はちょっと……、どうでしょう、わかりませんが……」

ふたたび言葉を濁した和泉だったが、その表情は幾分やわらいでいた。

「ヒナちゃんはどう？　養子の件はおいといて、ひとまず、このおじさんとやっていけそう？」

「うーん……」日向実がこちらをじっと見つめてくる。

良行はつばをのみこんで見つめ返した。

「迷惑をかけないように、頑張ります」さっき良行のことをからかったときとはうってかわって、日向実はしおらしい態度で答えた。

良行は思わず声を張り上げた。

「べつに、頑張んなくていいんだよ！」ソファーの上で尻をすべらせ、半身を日向実に向ける。「いっしょに暮らすのに、努力なんて必要ないんだから」

そう言ってから、本当にそうなのだろうかと自問した。結婚とは不断《ふだん》の努力が必要だと友人の誰かが酔っ払って愚痴っていたような気もする。けれど、もともと夫婦は他人だが、日向実は俺の実子なのだ。

「でも、私の存在そのものが迷惑ですよね？」

透き通った目でそうたずねられると、一瞬答えにつまった。良行はちらっと和泉をうかがった。和泉は眉間にしわを寄せて、心配そうに日向実を見つめている。

「迷惑じゃないよ」必死に訴えた。「お袋なんか、女の子の孫ができたって、めちゃくちゃよろこんでんだから」

良行の姉には息子が一人いる。中学三年生だから、日向実の一つ上だ。いとこ同士、同年代で打ち解けることができれば日向実の気持ちも楽になるかもしれない。

「とりあえず、後見人としてやれることをしましょう」和泉もことさら明るい声で答えた。「まずは、ヒナちゃんの住民票の転出と転入。転校の手配。そして、街子さんの預金の相続。そして、今、ヒナちゃんの住んでいる場所の解約と引っ越しです。なるべく私も手伝いますが、やることは山積していますよ」

和泉が未成年後見人の手続きの具体的な流れを教えてくれた。さらに、個人の電話番号や連絡先を交換する。わからないことがあれば、いつでも相談にのりますと、和泉は別れ際、優しい言葉をかけてくれた。

良行が応接室を出ようとすると、日向実はソファーから立ち上がったままうつむいていた。その場から動こうとしない。

「どうした？　行こう」

「和泉さんに、ちょっと話があって……」そうつぶやき、良行と和泉を見くらべる。

和泉が良行に目配せをして言った。

「話しにくいみたいなんで、大守さんは、ロビーのところでお待ちいただけますか？」

良行は素直にうなずいて、応接室を出た。エレベーターホールでたたずみ考える。

さっきの養子の話だろうか？　二機のエレベーターの階数表示があわただしく上下するのを眺《なが》めながら考えた。俺を未成年後見人にするのはいいが、養子になるのは抵抗がある……、とか。

しばらくすると、日向実を連れた和泉が出てきた。和泉は意味深な視線を送ってきたものの、表面上はいたって自然な態度で、別れの挨拶を口にした。

「では、こちらで失礼致します」深く腰を折ったその直後、やはり早変わりのお面のように、日向実には顔がしわくちゃになるほどの笑みで応じる。「じゃあね！　ヒナちゃんも、寂しくなったら、いつでも連絡してきてくれていいんだからね。良行おじさんに変なことされそうになったら、すぐに報告するんだよ」

光枝みたいなことを言いやがると、良行は思わず苦笑いを浮かべた。「では」と頭を下げ、到着したエレベーターに乗りこむ。

扉が閉まるまで、和泉は笑顔で手を振っていた。

ちょうど昼にさしかかるところだったので、店が混む前に食事をとることにした。何食べたい？　と聞いても、なんでもいいと言われるのは目に見えていたので、メニューが豊富なファミレスを選んだ。

待つことなくテーブルに通される。席につくなり、日向実はメニューを隅から隅まで、真剣な表情で吟味しはじめた。ページをめくり、また戻し、ふたたびめくり、「えーどうしよう」「これもおいしそう」と、独り言をつぶやいている。

「あの……、ドリンクバー、頼んでもいいですか？」

「そんなもん、いちいち断らなくていいんだよ」

「やった！」たかがドリンクバーで日向実の笑顔がはじけた。

娘を甘やかす父親の気持ちを、良行は今、はじめて理解した。

「なんなら、デザートも食え。パフェでも、ケーキでも。ババアに金、もらってるから」

「だから、ババアはやめてください。怒りますよ」

「わかった、わかった」呼び出しボタンに手をかけながら聞いた。「もう呼んでいいか？」

「まだです！」自分の存在そのものが迷惑と言っていた人物とは思えないほどのパッションが、メニュー選びにあふれ出ている。

その後、隠れんぼみたいなやりとりを、二回繰り返した。三回目の、「もういいかい？」で、

「いいですよ」と、ようやくうなずいてくれた。やって来たウェイトレスに、日向実は消え入りそうな、か細い声で注文をつたえた。

「ソースカツ丼と稲庭《いなにわ》うどんセットで、ドリンクバーと、デザートに白玉杏仁《しらたまあんにん》をお願いします」

「うどんは、冷たいものでよろしいですか？」

「はい……」

メニューをウェイトレスに返す日向実を見て、良行は気になっていたことをたずねた。

「君って、実はめちゃくちゃ食う人？」

日向実の顔が赤くなった。あまりに素直な反応を示すのがいじらしくて、ちょっとからかってみたくなった。

「君って、実はめちゃくちゃ食に執着ある人？」

「君って言うの、やめてください！」

「しかも、サラリーマンのお昼みたいな渋いチョイスだよね。もっと、オムライスとかパスタとか頼むのかと思ってた。さんざん迷ったすえに、ソースカツ丼とうどんって！　稲庭って！　おっさんかよ！」

調子にのると、発言の歯止めがきかなくなるのがむかしからの悪い癖だった。良行が気づくと、上下の唇を内側に巻きこむ例の渋い表情で、日向実は目に涙をためていた。

「ごめん、ごめん！」あわてておしぼりを差し出す。

日向実は、首を強く左右に振って、おしぼりを突き返した。

良行は、普段から光枝との罵倒《ばとう》合戦に慣れきっている。まったく同じ強度で日向実にぶつかったら、純粋な乙女心が大破してしまうということに、ようやく気がついた。

「本当にごめん。オムライスなんかより、ソースカツ丼のほうが絶対うまいよ。君はお目が高い！　さすが！」

「君、君って。おじさん、私のこと、ずっと名前で呼んでくれないですよね？」涙があふれんばかりの潤《うる》んだ目でにらみつけてくる。「今まで一回もないですよね？　なんでなんですか？」

「いや、だってさ」

日向実……。しらふで呼べるわけがない。

「まさか、恥ずかしいんですか？」

「んなわけねぇだろ！」

「じゃあどうぞ。言ってみてください。はい、今！」日向実が攻勢に転じる。「ほら、早く」

「ひ……、ひなみ……ちゃん」言いながら、テーブルに視線をそらした。

「やっぱり、恥ずかしいんじゃないですか？　呼び捨てでいいですよ。ちゃん、はいらないです。はい、練習してみてください」

「ひ……なみ」なぜか、頬が熱くなる。照れくささを押し隠すように、自分の口を慣れさせるため、何度も繰り返した。「ひなみ、ひなみ、ひなみ、ひなみ」

いったい俺たちは何をやっているんだ、バカップルみたいだと、あきれる気持ちが大半なのだが、羞恥《しゅうち》にかられる良行をよそに、反撃に成功した日向実は泣き顔のまま、ふっと息をもらし、笑った。

それを見て、良行もようやく肩の力が抜けた。

「じゃあ、俺のことはリョーコーって呼び捨てにしてくれていいよ」

「リョーコー……？」おしぼりで目元をぬぐった日向実がつぶやいた。

「身内は全員、そう呼ぶし。実は芸名というか、役者の登録名もリョーコーなんだ。漢字は本名と同じだけど、読み方はオオモリリョーコーにしてるの」

きっと誰も知らんけど。

「俺にはね、姉貴がいて、同じマンションの一階に住んでるんだけど、そこのうちの子どもも、リョーコーって平気で呼び捨てにするから。中三男子。同じ中学に通うことになるよ」

「ってことは、私の、いとこ……ですよね？」途端に不安そうな表情になる。

「中三らしからぬ、大人しい、利口なヤツだから、心配しなくて大丈夫だよ」

二人でドリンクバーを取りに行く。良行はアイスコーヒー、日向実はメロンソーダを選んだ。緑色の液体のなかを、たえず気泡が立ちのぼっていく。その様子をじっと眺めながらストローを吸うので、日向実は寄り目になっている。

テーブルをはさんで、その姿を見つめる。ただそれだけで、満ち足りた気持ちになるのが不思議だった。街子は日向実が生まれたときから、ずっとこんな幸福を味わってきたのだ。娘の成長や、愛くるしい仕草を見るのが、楽しくてしかたがなかったことだろう。

神様はあまりに残酷だ。奪うだけ奪って、あとは知らん顔。良行は沈みこみそうになる気分を強引におさえこんで、日向実にたずねた。

「転校は、抵抗ある？　友達と別れるの嫌でしょ」

日向実は区立の中学校に通っている。今は夏休みだ。別れを告げることなく、母親の死をきっかけに転校することになるのは本当にかわいそうだと思う。

ところが、日向実はストローに口をつけたまま、「べつに」と、そっけなく答えた。

「えっ、なんで？」

「だって、同年代の子たちって、すごく子どもっぽいから」

「へぇ……」そんなことを言う日向実のほうが、むしろ幼いんじゃないかと思ったが、余計な言動はさらなる炎上を招くだけなので口を閉ざした。

はたして、日向実は同い年の中二の女子とくらべて、幼いのか、大人びているのか……。一日接しただけでは判断がつかなかった。

見た目はあどけなく、小学校六年生くらいに見える。もちろん母親を亡くしたばかりで精神的に不安定なのはわかるが、ちょっとからかっただけでさっきみたいに泣き出すし、子どもっぽい頑固《がんこ》さや負けず嫌いな一面も垣間見える。

それでいて、言葉づかいは丁寧で、礼儀正しい。大人への遠慮もこころえている。街子の血をひいているといちばん感じるのは、思慮深くて、落ちつきのあるところだ。

日向実は今まさに肉体的にも精神的にも、子どもと大人の端境《はざかい》にいるのかもしれないと良行は思った。だからこそ、これからどう接していくか、こちらの態度や言葉一つ一つが大切になってくる。母親の死をきっかけに道を踏み外してしまったら、それは完全に俺の責任なのだ。

「学校で何かあった？」良行は慎重にたずねた。

日向実は、少しためらうそぶりを見せたものの、ストローで残り少ないメロンソーダを意味もなくかき混ぜながら話しはじめた。

「私、バスケ部なんですけど、同学年の子たちが下手な先輩のことを、陰でこそこそ悪口言ってたんです。使えない、とか、なんで試合に出してもらえるんだとか。あと、見た目で、ゴリラとか言って笑ったり」

中学生らしいといえば、中学生らしい。が、大人だって、平気で陰口をたたく。良行はアイスコーヒーを一口飲んでうなずいた。

「それが、どうしても許せなかったから、言いたいことがあるんなら、本人か、顧問の前で堂々と言えばいいって、小学生みたいなことするなって、私、はっきりその子たちにつたえました。そしたら、イジメまではいかないけど、煙たがられて、ちょっと浮いちゃって」

日向実は真っ直ぐで、良い子だ。性格が俺に似なかったのは、ひとえに街子の教育のたまものだろう。

けれど、これから先、年頃の女子たちのなかで、この高潔さと優等生ぶりが本人の首をしめることにならないかという不安もわいてくる。許せないことにいちいち反応して、それを正そうとすれば、友達が何人いても足りない気がする。程度の低い悪口に、その都度過剰に反応していては身がもたないし、日々の生活が息苦しくなるばかりだ。

街子だったら、なんと言うだろう？　と、考えた矢先、日向実がつぶやいた。

「お母さんは、ヒナが正しいって、ちゃんと肯定《こうてい》してくれました」

すぐにストローに口をつけて、一気にメロンソーダを飲み干す。コップの底のほうに、とけかかった氷と、薄い緑の液体がたまっていた。

「負けちゃいけないよって。悪いことは見過ごしちゃいけないよって、言ってくれました」

日向実はそうきっぱり告げると、逃げるようにドリンクバーコーナーへ向かっていった。良行はふたたび思案した。

母親のことを、「ババア」呼ばわりしている俺が、口先だけでいくら「正しい」と肯定しても、何の説得力もない。なるべく嘘はつきたくないし、俺は俺にできること——言えることを、真正面からぶつけてみるしかないのだ。

日向実が鮮やかなオレンジ色の野菜ジュースを手に戻ってきた。良行は相手の反応を探りながら、おそるおそる自身の見解を述べた。

「俺は弱い人間だから、スルーするのもありなんじゃないかと思うけどな」

「スルー？」ちらっと日向実が視線を上げる。

「チームメートたちが、先輩の悪口を言う場面に遭遇してしまったとする。それが嫌だったら、不自然でないかたちで、しれっとその場からいなくなる。立ち去るのが難しいなら、無表情、無反応をつらぬく、とか？」最後のほうは自信がなくなって、疑問形になってしまった。

「見て見ぬふりをしろってことですか？」

「あくまで程度問題だよ。イジメまで発展したらもちろん見過ごせないけど、そのくらいの悪口だったら、かかわらないほうがいいと俺は思う。新しい学校で失敗してほしくない。俺は、日向実が心配なんだよ」

日向実が口をへの字にゆがめ、吐き捨てた。

「信じらんないっ」

軽蔑の色を浮かべた目で、にらみつけてくる。

「その程度って言うけど、ゴリラって言葉を聞いた先輩が死ぬほどショックを受けて、自殺しちゃったらどうするんですか？」

ゴリラで人は死なない——とは、言いきれない。良行は「まあ、取り返しつかないよね」と、神妙にうなずいた。どうやら、最悪の回答をしてしまったらしいと今さら気がついたが、完全に手おくれだった。日向実がなおもまくしたてる。

「ネットで誹謗中傷《ひぼうちゅうしょう》するのをやめようって、世界中でなってますよね？　アメリカでは差別をなくすために、デモも起こってましたよね？　聞いてないふりでいいんですか？　こっそり立ち去るだけでいいんですか？」

「それは……」完璧にやりこめられたところに、「お待たせ致しました」と、ウェイトレスの声が響いた。

ゴングに救われた。日向実のソースカツ丼と稲庭うどんが運ばれてくる。良行は日替わりランチだ。

「いただきます」とつぶやくと、日向実は怒りにまかせるように、勢いよくうどんをすすった。ソースカツ丼も、サクッと衣のうまそうな音をたててかじりつく。ご飯をかきこむ。小さい口に、詰めこむ、詰めこむ。

　昨晩の喉のつかえをみじんも感じさせない健啖《けんたん》ぶりだ。この華奢な体に、どうやってこんなにもするするとうどんやご飯が吸いこまれていくのか、良行は吸引力抜群の小型掃除機の実演販売を見ているような気分になった。

　口の周りに衣のかすとソースをつけたまま、日向実が突然あらぬことをつぶやいた。

「炭酸は、最初の一杯だけ……」

「えっ……？」

「お母さん、よくファミレスで脚本のお仕事してたんです」カツ丼を半分ほどたいらげたところで、小休止なのか、日向実は野菜ジュースを飲んだ。「そっちのほうが、はかどるらしくて、週二くらいで近所のファミレスに通ってました。私も学校や部活が終わると、カバンを置いて、着替えて、お母さんのところに行って。そこで、いっしょに夕飯を済ませるんです」

「なるほど」日向実がみずから話題を切り出してくれたことに安堵したものの、話の行方が見えず、戸惑う気持ちも隠しきれなかった。

「あんまり頻繁《ひんぱん》に行って、長居もするんで、店員さんに完全に覚えられてました。私がお店に入ると、お母さんあっちだよって、店員さんが教えてくれて。でも、もしかしたら気味悪がられてたかもしれません」

「なんで？」

「親子なのに、ほとんど一言もしゃべらないから。お母さんは、ノートパソコンとにらめっこだし、私は宿題をしたり、本を読んだり。あとは、お母さんが持ちこんだ原作のマンガがテーブルに積まれてることもあったんで、それを読んでました。お母さんがチェックを入れてるから、そのマンガには大量に付箋《ふせん》が貼ってあって、いったいこいつらはどういう親子なんだって目で見られてたと思います」

日向実はソースを口につけたまま、淡々と語った。

「ただ一つ問題があって。ドリンクバーがあると、私がコーラとかソーダを際限なく飲んでしまうんです」

そう言って、野菜ジュースに視線を落とす。

「体に悪いから、ドリンクバーの炭酸は最初の一杯だけ。それがお母さんと交わした都築家の鉄の掟《おきて》の一つです」

日向実は、ふたたびソースカツ丼と格闘をはじめた。がっつくような勢いのわりに、カツとご飯がなくなる比率がちょうど同じになる、きれいで、律儀な食べ方だった。咀嚼の合間に、こちらに目を合わせようともせず、言い放つ。

「私、それを破るつもり、ないんで。これからも、ずっと守っていくんで」

良行は、日向実の強い意志とメッセージを感じとったような気がした。

お前は親じゃない。あくまで親代わりなんだ。私とお母さんが築き上げてきた世界のルールに、気安く立ち入ってくるんじゃない。お前に心配なんかされたくない。そう釘をさされたんだと思った。

「私、お母さんとおじさんが……、リョーコーがつきあってたの、全然信じられない」

はじめてまともに「リョーコー」と呼んでくれたのに、良行はうちひしがれた気分でうなだれた。

「お母さんとリョーコーの話も聞かせてください。なんでお母さんとつきあったんですか？　なんで別れたんですか？」

途端に食欲のなくなった良行は、日替わりランチのコロッケを無理やり口に放りこんだ。もたれた胃をさすりながら、揚げ物なんか選ぶんじゃなかったと後悔した。

年をとったものだ。街子と出会った当初は、こんなしょぼくれた未来が待ち受けているなんて、思いもしなかった。神様が残酷なら、粛々と過ぎていく時間もまた残酷だった。

「お母さんがお酒を飲んで陽気になってびっくりしたって、日向実はさっき言ってたけど、俺は全然驚かないんだよ。俺たちがつきあってた頃は二人でよく飲んだし、街子は普段から明るかったし。まあ、ちょっとおどおどしてて、いつも自信なさげだったけど、けっこう無邪気によく笑ってた」

日向実は、稲庭うどんを箸でつかみ、空中でとめたまま食べようとせず、良行の話に聞き入っていた。「食べなよ」と、うながすと、思い出したようにうどんをすする。

「つきあったきっかけは、よく覚えてないなぁ。大学の演劇サークルで知り合ったんだ。飲み会でとなりになって、同じ映画が好きで意気投合して、二人でその場を抜け出してっていう、大学生カップルあるあるの、お決まりのパターンだよ」

昼の十二時をまわり、ファミレスはしだいに混みあってきた。新宿のオフィス街の店舗だからだろう、サラリーマンの姿がほとんどだった。

となりの席に、制服姿の四人のＯＬが案内されてきた。すぐに甲高《かんだか》いおしゃべりがはじまる。部長、くさくない？　夏だからねぇ。外回りのあととか近づかないでほしいんだけど。マジで消えてほしい。

人の悪口を日向実のそばで言いあうのはやめてくれと、良行は心のなかで叫んだ。ついでに、自分の両脇のにおいをそれとなく確認した。日向実の気をそらすために、あわてて話をつづけた。

「別れたのはね、大学四年のときに、街子と口論になって」

「ケンカの原因は？」日向実は眉間にしわを寄せてたずねた。となりのＯＬたちの陰口のせいなのか、良行の持ち出した話題のせいなのか、その表情はますます険しくなっていった。

良行はひるまずつづけた。

「街子が言ったんだよ。あなたは、プロの役者には向いてない。ちゃんと就職するほうがいいって」

「お母さんが？」

「ああ。街子があれほどはっきり他人《ひと》のことを否定するの、はじめてだったからね。俺もびっくりしたんだけど、理由を聞いて、俺もマジで頭にきちゃって」

街子は言ったのだ。

あなたはきっと恥を捨てきれない。だから、役者として大成することはないでしょう。

「俺も心のどこかで図星だと思ったんだ。だから、余計意固地になった。お前、絶対後悔するぞって怒鳴って別れて、何がなんでも街子を見返してやるって奮起して。でも、その結果が今の体《てい》たらくだからね。もう目も当てられないよ」

「俳優さんって、恥を捨てないとダメなんですか？」

「たとえば、この場で素っ裸になって、いきなり歌いだす役を言いわたされたとする。その登場人物の行動に作品上、必然性というか、納得できる脈絡《みゃくらく》というか、そういうものがきちんとそなわっているんだったら、突拍子《とっぴょうし》のない演技でも、思いきってできるんだ。裸で歌うのは極端な例だけど、実は吹っ切れた演技っていうのは、そこまで難しくない。赤ん坊みたいに泣き叫ぶとか、大笑いしながら包丁を振りまわすとかっていうのは、作品がきちんとしていれば、まったく恥ずかしくはないんだよね、実際」

「じゃあ、どんな役が恥ずかしいんですか？」

「そうだなぁ。一言で言うとひどい作品。たとえば、めちゃくちゃキザなセリフを連発する役なんかは、嫌だね。しかも、脚本を書いた人は、本気でそれをカッコいいって思ってる。あとは、スベりまくってるギャグのセリフを、舞台で何公演も言わなきゃいけないとか。とにかく、空回りしてる役ほど嫌なものはない」

「じゃあ、脚本家の腕しだいってことですよね？」

「まあ、そうだね。でも、役者たるもの、キザな男だろうがなんだろうが、与えられたかぎりはその人物になりきらなきゃいけない。没頭しなきゃいけない。本当は恥ずかしいなんて感じる余地はないはずなんだ。だって、本番中、俺はそいつそのものになりきってるんだから。演技をしているようで、演技はしていない」

「ううーん」と、日向実は何事かを考えている。ストローに口をつけ、その先端を小刻みに嚙んでいた。

「要するにね、あなたはプライドをかなぐり捨ててでも役に没頭できますかって街子は言いたかったんだろうな。プロなら、どんなにひどい役でも、その人そのものになりきれる。一方で、俺みたいに役に中途半端な羞恥を抱いて演じると、必ず観てるほうにも伝染する。視聴者や舞台の観客も、作品に入りこめずに、恥ずかしくなってしまう」

「じゃあ、お母さんがリョーコーに言ったことは、正しかったんですか?」日向実がテーブルに上半身をのりだすようにしてたずねた。

陽光が射しこみはじめた窓のブラインドを、ウェイトレスが下ろしていく。いつの間にか、店内は満員だった。隣席のOLの会話は、周囲の喧噪《けんそう》にかき消され、ほとんど何も聞き取れなくなっていた。

「街子は正しかった……と思う」

現在の自分を全否定しかねない言葉を、ようやくの思いで吐き出した。

「よっぽど大御所になって、仕事や脚本《ホン》を選べるようにならないかぎり、役者とか俳優ってのは、究極のイエスマンなんだ。自分から役も作品も選べないし、むしろつねに選ばれる側だ。そのことに、若かった頃の俺は気づかなかった。自分の力でなんだって変えられると思ってた」

「じゃあ、演出家や脚本家がいちばん偉いってことですか?」

「いや、そうとも言いきれないところもあってね。プロの世界じゃ、オリジナル脚本を書いて採用してもらえる売れっ子なんか、ドラマでも映画でも舞台でもほんの一握りしかいない。最近の日本のエンタメはとくにね、多くの場合、原作がある。お母さんもそうだったと思うけど、原作の世界観は絶対だからね。脚本家だって、どんなにあり得ない展開でも、恥ずかしいセリフでも、倫理に反するような内容でも、基本的に書き換えることはできない」

「そっか……」間近で見てきた母親の苦労を反芻《はんすう》しているらしい。日向実は、神妙な面持ちでうなずいた。

「じゃあ、監督やプロデューサー、制作会社やテレビ局がいちばん偉いのかっていうとそういうわけでもない。その多くは、視聴率やスポンサー、大手のタレント事務所っていうしがらみに縛られてる」良行は、残りのライスをコロッケとともに無理やり腹におさめた。「それが社会ってもんなんだ。俳優って特別で華やかな仕事に見えるけど、そこまでサラリーマンと変わらないってこと。いちばん末端の下請けだよ。落札や受注競争みたいに、オーディションを勝ち抜く。クライアントから受注して、要求通りに納品する。失敗すれば、次からはべつの人に注文がまわってしまう」

「社会の歯車として嚙みあわなかったなれの果てが、再現ドラマの帝王っていうのは……」

日向実は、意味ありげなため息を一つ吐き出した。

「めちゃくちゃ、かわいそうです」

本当に同情されているのか、皮肉を言われているのか、良行には日向実の心のなかがさっぱり読めなかった。どちらにしろ、やわになった心臓のど真ん中を撃ち抜かれたのは、たしかだった。

「底なし沼みたいなもんで、気がついたら再現ドラマの色がついて、抜け出せなくなったんだよ！」冗談のように返したら、自分が心底みじめになった。「結局のところ、なんのしがらみもない、演劇サークルでわいわいやってるうちが華だったんだよ」

「リョーコーは後悔してますか？　お母さんの忠告を聞かなかったこと」

「……だいぶね」

「でも、リョーコーがまともに働いてる姿って想像つかないです」

良行は苦笑して答えた。

「別れるとき、街子にもまったくおんなじこと言われたよ。あなたは、結局俳優をするしか道はないのかもしれないって。さすが、親子。よくわかってらっしゃる」

喉がかわいた。自身のコップに手を伸ばした。が、とっくにアイスコーヒーはなくなっていた。とってきてあげる！　そう言って、日向実が二つのコップを手に勢いよく立ち上がった。その瞬間、通路を歩いてくるウェイトレスとぶつかりそうになる。

日向実は見事な反射神経で、くるっとターンし、相手をうまくよけた。恥ずかしそうに笑いながら、こちらに向き直り「アイスコーヒーでいいですか？」とたずねてきた。

次はホットにしようと思っていたのだが、日向実の屈託《くったく》のない笑顔になぜか気圧《けお》されて、良行は思わずうなずいてしまった。

「ああ……、ありがと、日向実」

「どういたしまして、リョーコー」

良行は、ドリンクバーコーナーへと向かう日向実の後ろ姿を見送りながら考えた。

大学生だった頃の街子。そして、母親になった街子。

お互いに知るはずのなかった街子を、お互いの胸のなかに抱いている。

ちょっとずつでいい。それぞれ、恋人であり、母親であった人物の思い出をこれから少しずつ打ち明けあおう。いつかは互いの知る街子が、一つにとけあう瞬間がきっとおとずれるはずだ。


午後はひとまず別行動をとることにした。

良行は自身の住んでいる世田谷《せたがや》区役所に戸籍謄本を取りに行く。そのあいだ、日向実は街子と暮らしていた家に帰り、着替えと当面の生活に必要な物をまとめる予定だ。

その後、今度は日向実の住民票のある練馬《ねりま》区役所に二人でおもむき、未成年後見人の手続きを今日中に完了する。

それにしても、行ったり来たり、移動が大変だ。日向実の荷物の量によっては、車で迎えに行ってもいいかもしれない。今なら、二人きりの車内も気まずくないはずだ。

日向実に荷物の確認をとろうと思った矢先、スマホに着信があった。画面を見ると、和泉の名前が表示されていた。電話に出ると、「もしもし」という前置きすらなく、和泉がしゃべりはじめる。

「どうですか？　問題なく進んでますか？　午後は別行動とおっしゃってましたが、大守さんは今、お一人ですか？　そこにヒナちゃんは？」せっかちな人らしく、たたみかけるように質問してくる。おまけにとてつもない早口で、聞き取るのに苦労した。

「今は僕の戸籍謄本を取ってるところなんで、日向実はいったんもとの家に帰しました」

「じゃあ、ちょうどいいですね。さっきの別れ際の、ヒナちゃんの話をおつたえしておきます。ヒナちゃんからは、このことは絶対に内緒にしてほしいと頼まれたんですが、さすがに内容が内容なので、大守さんの耳にも入れておいたほうがよろしいかと。なので……」

「わかりました。和泉さんから聞いたことは、絶対に日向実には言いません」良行は和泉の抱いているであろう懸念をくみとって答えた。「約束します」

「ありがとうございます。大守さんのお母様と情報を共有される際にも、その点はじゅうぶんお気をつけください」

和泉のしゃべるスピードが徐々に落ちついてくる。その慎重な話しぶりから、かなり重要な内容なのだろうと察しはついたのだが、和泉の言葉は予想をはるかにこえて良行の胸に深刻に響いた。

「街子さんに暴力を振るった男のことを知らないかと、ヒナちゃんに聞かれました。名前や勤務先など」

「えっ……？」耳を疑った。スマホを持つ手に力が入る。

「私は、知りませんと答えました。本当に知らないから。じゃあ、その男のことを調べられないかと、さらにヒナちゃんに聞かれました。私は探偵ではないし、ここは法律事務所であって探偵事務所ではないので、それはできませんと答えました」

理路整然と和泉が説明する。が、良行は相手の言葉を理解するので精いっぱいだった。

「その男のことを知って、いったいどうするのかとたずねたら、言いたくないと……」

区役所のロビーだった。良行は少し声を落とし、口元を手でおおった。

「和泉さんがご存知かどうかはわかりませんが、暴力を振るっていた男の子どもを、街子は身ごもってたんです。直接的な暴力によってなのか、それともストレスが原因なのか、その子どもは流れてしまいました」

「はい、街子さんから一度聞いたことがあります。街子さんの家に遊びに行ったとき、ヒナちゃんが寝たあとに」

「失敗でした。そのことを、昨日、日向実につい流れでぽろっと話してしまったんです。本人は真実を知ることができてうれしかったって言ってましたけど、本当のところはどうなのか……。ふつうは、ショックを受けるでしょう」

そうでしたかと、和泉はうなり声のような返事をした。

「過ぎてしまったことはしかたありません。中学生が一人で探偵を雇えるとは思えませんが、くれぐれもヒナちゃんの様子には気を配ってあげてください」

「はい」嫌な予感がした。

他人の悪口に過敏に反応した日向実だ。あまりに潔癖な性格が日向実自身を苦しめてしまう可能性はじゅうぶんある。そんな苦痛を少しでも軽減させてやりたいと思った。

「ただでさえ、お母さんを亡くしたばかりですし、本当に中学生くらいの女の子は多感ですから。でも、ヒナちゃんには、過去ではなく、自分自身の未来を見すえてほしいと思います。私に何か協力できることがあれば、いつでもご相談にのりますので」

「ありがとうございます」

良行は電話を切った。大きく息を吐き出す。

四十歳にして、いきなり娘をもった。しかも、中学二年生の、思春期真っ盛りの娘だ。正義感にあふれ、よく食べ、しかし自分の存在が迷惑ではないかと遠慮がちにたずねてくる女の子。

なんとしても幸せにしてあげたい。こんな切実な思いに駆られるのは、街子に精子提供の話をもちかけられたとき以来だった。

4

日向実は途方に暮れていた。

お母さんと暮らしていた家に戻って、ひとまず当面の暮らしに必要な服や、勉強道具をキャリーケースにまとめはじめる。

けれど、よくよく考えたら、これから本格的な引っ越しが待っている。もうすぐ、ここを引き払わなければならない。そのとき、ここに残された大量のお母さんの荷物はどうなってしまうのだろう？

リョーコーの家にすべて移せるとは到底思えない。じゃあ、全部捨てなければならないの？　そんなの、あんまりだとパニックになりかけ、呼吸が荒くなった。

お母さんの部屋のクローゼットを開けると、たくさんの色の、たくさんの服がかかっていた。つい一週間前までお母さんが着ていたものばかりだから、柔軟剤のかおりがふわりとただよってくる。

ニットに、顔をうずめる。お母さんのにおいもうっすらと感じる。動悸《どうき》は落ちついてきたけれど、服を捨てるなんて考えられないと思った。

家のなかの静けさが、逆に、うるさい。こらえきれず、耳をふさぐ。2DKの部屋いっぱいに、お母さんの気配が充満している。今にも「ヒナ！」と、背後から優しい笑顔で呼びかけられるような気がした。

扉のほうをとっさに振り返った。誰もいなかった。鳥肌が立った。

こわくはない。会いたい。今すぐ会って抱きしめたい。全身の力が抜けて、ぺたんとフローリングの床に座りこんだ。もう泣かないと思っていたのに、涙が一気にあふれてきた。

あまりの寂しさに、誰かの声が無性に聞きたくなった。日向実は、リョーコーに電話をかけた。

「あっ……！　日向実？　どうした？　何かあった？　なんでも聞くぞ？」電話に出た途端、あわてた様子で、矢継《やつ》ぎ早《ばや》に聞いてくる。

言いようのない違和感を抱いた。まだ何も言わないうちから、やたらと親身な言葉をかけてくる。涙をふき、電話の向こうの気配に集中した。

「リョーコー、変。何かあったんですか？」

「いや、ちょうど日向実に電話しようと思ってたから、グッドタイミングだと思って」

まさか、和泉さんがあのことをしゃべった……？

ふと、そんな疑念がわいて出た。

弁護士だし、秘密は守ってくれると思ってたけど、甘かったかもしれない。子どもとの約束よりも、ときに大人は大人同士の都合や信頼を大事にする。

もちろん、邪魔をさせる気はない。気を取り直してお母さんの荷物のことを相談した。

「そうだなぁ……」電話の向こうのリョーコーは、すぐに落ちつきのある声を取り戻した。「じゃあ、トランクルームでも借りるか。運びきれない物は、そこに保管すればいい。そうすれば時間をかけて、街子の遺した物も、日向実自身の気持ちも、ゆっくり整理ができるんじゃないか？」

その提案を聞いて、少し気持ちが楽になった。リョーコーはたしかにダメな大人かもしれないけれど、私の気持ちをこうして尊重してくれる。言葉づかいはぶっきらぼうでも、心根《こころね》は優しいと思う。

たしかに、甲斐性はない。でも、お母さんが絵本で書いていた「ゾンビ」ではないんじゃないだろうか？

さっき、ファミレスで、「後悔してますか?」と聞いてみた。リョーコーは「だいぶね」と、答えた。

まったく同じ質問を今のお母さんにしてみたかった。「リョーコーと別れたこと、結婚しなかったこと、後悔してる?」

お母さんは、なんて答えるだろう? 「だいぶ」だろうか。「全然」だろうか。

お母さんとリョーコーが結婚していたら、私たちは最初から、仲の良い三人家族だったのだろうか?

「ウチの物置部屋の荷物も全部、トランクルームに移そう。空っぽの部屋に入ったほうが、日向実もいいだろ」

良行の言葉で日向実の空虚な想像は途切れた。

「ありがとう……ございます」

「あの部屋にあるのは、死んだオヤジの荷物が大半なんだけどさ、やっぱり何かきっかけがないと処分できないんだよな」

「そういうものなんですね」

「オヤジは新聞記者だったから、記事とか、本や資料がたくさん残ってんだけど、まったく読みやしないのに、なぜかとっておいてるんだよな」

スマホを耳にあてながら、お母さんの本棚に歩みよった。

たくさんの小説やマンガがならんでいる。さらに、今まで仕事で携《たずさ》わってきた作品の台本も、律儀に、年代順に、そろっている。

考えてみれば、不思議な話だ。

世界は死者であふれている。今まで死んでいった人々の、物や、写真や、思い出は、いったいいつの時点で、この世界から消滅するのだろう？

亡くなった人の子どもが保存する。となると、孫の代で処分することになるのか。やっぱり、引っ越しとか、何回忌とか、そういう節目《ふしめ》で捨てようという考えに至るのだろうか。

「じゃあ、これから車で向かうよ。しばらくかかるから、疲れてたら休んでな」

日向実は住所をつたえて、電話を切った。

開け放った窓のカーテンが、うねってふくらんでいる。入ってくる風は生暖かく、汗が頬にしたたり、涙とまざった。お母さんが使っていた机にスマホを置いた。

本棚のなかの、いちばん古そうな台本を何気なく手に取った。紙が茶色く変色していた。ぱらぱらとめくってみる。

そこで気がついた。

お母さんがアニメ制作会社に勤めていた時代の台本は、どこかに保存されていないだろうか？

もし、台本がなかったとしても、お母さんが制作進行に携わったマンガ原作の作品を調べてみればいい。制作会社の名前がわかれば、作品名だっておのずとしぼりこめるはずだ。お母さんが会社員だったのは、大学卒業後の数年間だけだと聞いていたから、そんなに難しい作業ではない。

光が見えてきた。私が、不自然で人工的な、この体をもって生まれてきた意味を照らし出す光だ。

お母さんを苦しめた男の名前が、台本やエンドロールに見つかるかもしれない。

5

良行は無事に日向実の未成年後見人となる手続きを終えた。翌日から待ち受けているのは、単調な日々の暮らしと、その準備である。

日向実が入る予定の部屋を、まずすっきりと片づける必要があった。いる物といらない物の仕分けは母にまかせるとして、良行はさっそく手頃なトランクルームをネットで検索しはじめた。

あとは、荷物を運ぶ男手を確保したい。数日後、良行は同じマンションの一階に住む、姉夫婦の家をたずねた。

この一〇一号室に関しては、合鍵を持っているので勝手に入室する。共働きの夫婦が仕事に出払った午前九時過ぎだった。長男で一人っ子の――良行にとっては甥《おい》にあたる惟吹《いぶき》に用事があった。夏休み中の受験生だから、塾でもないかぎり家にいるだろう。

「うぃっす」惟吹の部屋の扉をノックした。なかから激しいロックのリズムが漏れ聞こえてくる。

「調子どうよ？　勉強ばっかしてないで、たまには遊びに行こうぜ」

良行の算段としては、いとこの二人を引きあわせ、うまく打ち解けさせ、惟吹に荷運びの作業を手伝わせるつもりだった。

だが、扉の向こうからは、まったく応答がない。良行はそっと扉を開けてみた。

その瞬間、思わず立ちすくんだ。竹刀《しない》を体の前でかまえた惟吹が、髪を振り乱して一人で暴れていた。

素振りをしているわけではなかった。エアギターだ。スピーカーから流れる音楽にあわせて、右手首をスナップさせ、ギターに見立てた竹刀をかきむしっている。

むち打ちになるんじゃないかと心配するくらい首を揺すり、リズムにあわせて細かいステップを刻んでいる。汗が飛び散るほどの、渾身《こんしん》のエアーだった。おそらく、本人は今、満員の武道館のステージに立っている。

何か見てはいけないものを見てしまった気持ちになった良行は、「おい！」と怒鳴りながら、すでに開け放っているドアを拳でたたいた。

惟吹が振り返る。少し気の毒になるくらい、その顔が羞恥にゆがんだ。

「ノックくらいしてよ！」

「したよ」

「嘘だ！」

「嘘じゃない」

惟吹が竹刀を振りかぶり、襲いかかってくる。我を忘れ、まったく加減がきかなくなっているらしく、頭をガードする良行の腕を力いっぱい殴打してくる。

「ひどいよ、リョーコー！　あんまりだよ！」

「痛い、痛い！」良行はたまらず叫んだ。やっとの思いで竹刀の先端をつかみとる。「悪かったって！」

惟吹にむかしのロックやジャズを教えたのは、ほかならぬ良行である。良行だって、中学や高校の頃は、エアギターを光枝に目撃され、気まずい思いを何度もした。

「なんなら、いっしょにセッションでもするか？」良行は交差した両腕を上下させた。「俺はエアドラムでもいいぞ」

「やるわけないだろ」竹刀をベッドに放り投げ、惟吹はわかりやすくふてくされた。

惟吹が生まれたときから、良行は我が子のように甥をかわいがってきた。最近はかなり生意気になってきたが、中学生男子など、まだまだ子どもから大人へと離陸する滑走路を後先考えずに突っ走っている最中だと思う。

「お前、勉強しなくていいの？」

「実は、推薦がもらえそうなんだよ」

「おぉ、やったな。おめでとう！　じゃあ、ひさしぶりに、どっか遊びいくか？」

「えぇー？　まあ、べつにいいけど」惟吹はおもしろくもなさそうな顔で答えた。

中三ともなれば、たいして金も持っていない叔父と出かけることに、きっともう何のよろこびも見いだせないのだろう。むしろ平日にぷらぷらしている、哀《あわ》れな四十男の相手をしかたなくしてやってるという感覚なのかもしれない。ぴょんぴょん飛び跳ねながらあとをくっついてきた小学校低学年の頃がなつかしかった。

「どこ行くの？　暑いから、映画？」惟吹はベッドに腰かけ、シーツに寄ったしわを指先でなぞっていた。「そういえば、今やってるハリウッドのアクションのやつ、観たいと思ってたんだ」

「あれはダメだ」良行は即答した。「あの映画、すごく人が死ぬだろ。グロい描写が話題だってテレビでやってたぞ」

日向実を連れていく予定だから、内容はじゅうぶん精査しなければならない。セックスシーンは論外。肉親が死ぬ展開も今は絶対にさけたい。暴力的な描写は、日向実が「乱暴はダメです！」と怒りだしそうなので、不可。

そう考えると、映画は危険が多すぎる。

「でも、リョーコー、グロいの好きじゃん？」

「とにかく、今日はそういう気分じゃないんだ」

「じゃあ、海かプールは？」

「却下」

母親を亡くして、まだ二週間。日向実はきっと、水辺ではしゃぐ気持ちになど到底なれないだろう。そもそも、初対面の日向実と惟吹をいきなり水着で戯《たわむ》れさせるのはいかがなものかと思う。二人とも、もう中学生なのだ。

「なんだよ、ダメ出しばっかじゃん」惟吹は面倒くさそうに口をとがらせた。「だったらべつに、家でゆっくりしてりゃいいじゃん」

「それじゃ、ダメなんだよ！」良行は地団駄《じだんだ》を踏んだ。「絶対、出かけなきゃダメ！」

「いいよね、永遠の夏休みをエンジョイしてる人は」惟吹の侮蔑《ぶべつ》の眼差しが強くなった。「だいたい、リョーコーといっしょにいると、ママがうるさいんだよ」

「ママ、ママって……。お前、オカンの顔色ばっかりうかがってたら、女の子にモテないぞ」

「マジで余計なお世話なんですけど」

良行の姉の友香《ともか》や、その夫の恵一《けいいち》は、惟吹が良行とつるむことを極端に嫌っている。おそらく、惟吹がぐうたらの叔父に感化され、「役者になる」「バンドマンになる」などと言いだすことをおそれているのだろう。

そのくせ、姉夫婦は二人とも仕事にかまけて、惟吹が小さい頃から、食事などの面倒を光枝と良行に頼りきってきた。夏休み中の昼食や、両親が不在時の夕食は、惟吹が最上階の良行たちの部屋まで上がってくる。食事が済むと、良行の持っているマンガを読んだり、ゲームで遊んだりして過ごし、また一階に帰っていく。良行も光枝も、「勉強しろ」「宿題済ませたか」などと、いっさい言わないので、居心地が良いらしかった。

自然と良行と惟吹の仲も深まった。何しろ、保育園の送り迎えはほとんど良行の担当だったし、公園でキャッチボールやサッカーの相手もよくした。自転車の乗り方を教え、休日の遠出も数えきれないほどした。

同じマンションに住んでいるのをいいことに、弟をさんざんベビーシッター代わりにしたくせに、「リョーコーとは、もう金輪際かかわるな」と、去年、姉の友香は息子に厳しく言いわたした。きっかけは、良行が惟吹を競馬場に連れ出したからだった。

恵一は信用金庫勤務のファイナンシャルプランナー、友香はブライダルプランナーだ。他人の人生の計画ばかり考えて、自分の子どもをおろそかにするなと文句の一つも言いたくなるが、とにかく姉夫婦は息子を堅実な職業に就《つ》かせたいという野望だけは人一倍強いらしい。少しでも学校の成績が下がると、厳しく叱責《しっせき》されるのだという。

むかしから、姉はそうだった。新聞記者の厳格な父親に似て、成績優秀で勤勉だった。素行不良の良行は父と姉から目の敵《かたき》にされて生きてきた。母の光枝は、口だけは悪いが、良行を甘やかしてくれた。

なんだかんだ言って、良行は母に似ているのだった。光枝だって、どちらかと言えば、楽して稼ぎたい、苦労はなるべくしたくないというタイプなのだ。だから、むかしから父と姉グループ、光枝と良行グループという派閥が暗黙のうちに形成されてきた。

惟吹もこちらの陣営にぜひとも引き入れたいと、良行は目論んでいた。父親のまねごとをしながら、大らかで、男らしい人間に育てたいと願った。小学生の頃はどことなくなよやかで、頼りなかった惟吹だが、中学に入って剣道をはじめたあたりから、徐々に精悍《せいかん》な顔つきになってきた。できれば「ママ」だなんて軟弱な呼び方だけはあらためてほしい。

「実は、お前に会わせたい女の子がいるんだ」

「リョーコーの彼女？　事務所のマネージャーの人でしょ？　明里さんなら、俺、前に一度会ったことあるよ」惟吹は、良行が現在交際している女性の名前をあげた。

「違う人だよ」

「えっ、まさか、乗り換えたの？」

乗り換えなどという軽薄な語彙《ごい》を覚え、使いはじめる年頃らしく、嫌みな口調で責めたててくる。

「リョーコー、身の程をわきまえなよ。そんなに、ほいほいと彼女つくれる身分じゃないだろ」

「だから違うって！」

「じゃあ、誰だよ」

「お前のいとこだ。今、中二だから、仲良くしてやってくれよな」

「いとこって……」

「俺の娘だ」

きっぱりと告げる。

「俺の隠し子だ」

中学生相手に、精子提供などとまわりくどい説明をするつもりはなかった。この際、開き直って堂々と答える。

「今までその子を育ててた母親が突然亡くなった。これからは、上でいっしょに暮らす。だから、お前も親戚として、しっかり支えてやってくれ」

やはり人というのは理解不能な事態に直面すると、脳みそが一時機能停止してしまうらしい。惟吹は無表情のまま、まばたきだけを激しく繰り返していた。

「なんなら、今会わせようか？　上にいるから」

「……冗談でしょ？」

「そんなクソみたいな冗談、言わねぇって」

「えっ、どういうこと？　何？　えっ？　むす……えぇっ？」

惟吹は光枝とほとんど同じ反応を見せた。バラエティーのドッキリや、ドラマの驚きのリアクションというのは、所詮《しょせん》わかりやすくデフォルメした演技にすぎないということを思い知らされる。

「隠し子って……、最低だよ、リョーコー！」徐々に理解が追いついてきたらしく、惟吹は気色ばんだ様子で怒鳴った。「いくらダメ人間だからって、そんなこと許されるわけないじゃないか」

良行は、惟吹のとなりに腰かけた。その肩に腕をまわし、がっちりと抱きよせる。

「俺のことは、いくらでも最低って言ってくれてかまわないよ。でも、その子の前でそういうマイナスの言葉を吐くのだけはやめてほしいんだ」

真剣な表情でさとした。

「今、その子は最愛のお母さんを亡くしたばかりで、すごく傷ついてる。どこにも行き場がなくなって、ここにたどりついたんだ。いいか？　お前のいとこなんだから、優しくしてくれよ。同年代のお前が頼りなんだ」

惟吹がつばをのみ、硬い表情でうなずく。「よし、行こう」と、惟吹の肩をたたき、立ち上がった。

さっそく、惟吹を六階に連れていく。エレベーターに乗ると、なんだかこちらのほうがそわそわし、緊張してきた。動物園の檻《おり》のなかで、新しくオスとメスの個体を引きあわせる飼育員のような気分だと言ったら、日向実と惟吹に失礼だろうか。両者がどういう反応を見せるのか、まったく読めないのだ。

居間のドアを開けると、真っ先に光枝が顔をのぞかせた。

「さっき日向実ちゃんと話してたんだけど、お出かけ、バーベキューはどうかって」

「バーベキュー?」外は暑いし、面倒くさいだけだと思ったが、光枝の説明で考えをあらためた。

「新宿のビルの屋上でできるんだって。機材もレンタルだし、食材もそろってるから、手ぶらでできるらしいよ。子どもたちもよろこぶでしょ」

映画がダメ、海もプールもダメとなると、最善の選択かもしれない。日向実は食い意地が張っているし、いっしょに肉を焼けば自然と打ち解けるだろう。日向実とともに過ごす最初の夏休みの、いい思い出になる予感があった。

良行の後ろから、おっかなびっくりといった歩調で、おずおずと惟吹がついてくる。

「あら、惟吹、いらっしゃい」光枝がスマホを取り出した。「じゃあ、あたしさっそく電話かけて、今日の予約たしかめてみるわ」

まさかお前もついてくるのかと思ったが、何くれとなく世話を焼いてくれる光枝がいたほうが心強いかもしれない。

「リョーコー!」

リビングにみずみずしい声が響いた。日向実がリビングに出てきた。

「リョーコーの部屋にあった小説、勝手に借りちゃ……」

日向実と惟吹の視線がぶつかった。瞬間、互いにさっと目を伏せる。

良行はあわてて両者を引きあわせた。惟吹の体を小突いて、日向実の前に立たせる。

「惟吹、何、黙ってんだよ。お前から挨拶しないと。この子は、日向実。日向実ね」

「えっ、えぇ……、ちぃす、関《せき》惟吹っす」鳩のごとく、首と顎を何度も前に突き出すような会釈を繰り返すものの、まともに日向実を見ようともしない。

「ちぃす、じゃねぇよ。しっかりしてくれよ。同じ中学なんだから、ちゃんと夏休み明け、学校案内してやるんだぞ」

「いや……」惟吹は後頭部を荒々しくかきむしった。「リョーコーの娘っていうから、もっと、なんていうか、とんでもないヤツを想像してたんだ……」

とんでもないヤツとは、どういう意味だ。惟吹の頭のなかの想像をのぞいてみたかった。

「たしかにリョーコーに似てるけど、なんか……、すごくかわいいじゃんって思って」

惟吹はさらっと最上の誉め言葉を口にした。おそらく気持ちが舞い上がったまま、思わず口走ってしまったのだろう。惟吹のもらした自然で率直な感想に、日向実は例のごとく、顔から耳まで真っ赤になった。

惟吹も自分の言葉に、自分で照れたように、一人でしゃべりまくった。

「あっ、そのっ、かわいいっていうのはさ、一般的に見てだよ、一般的に。よく考えたら、リョーコーだって、イケメンだもんな。昭和のイケメンだけど」

「誰が昭和のイケメンだよ」良行は、この場をなごませるため、進んで道化となった。「だいたい、平成生まれのお前に昭和の何がわかんだよ」

顔のつくりが古くさい、だから売れないんだと、むかしから家族や友人によくからかわれた。五十年早く生まれていたら、銀幕スターになれたはずだと、ことあるごとに言われる。

「じゃあ、私も昭和顔ってことですね。知らなかった」

日向実も顔を赤くしたまま、冗談を返してくれた。頰を両手で包みこむ仕草が、かわいらしい。そのおかげで、初対面の二人のあいだにあった緊張もだいぶやわらいだ。

「私、都築日向実です、よろしくお願いします」

「よ、よろしく」

惟吹と日向実が見つめあう。せっかくの良いムードをぶち壊したのは、酒ヤケした光枝のダミ声だった。

「今日の予約とれたよ。昼はあいてなかったから、夕方から夜にかけての部にしたけど、いいよね？」

良行は舌打ちをしたくなるのをこらえて、無理に笑顔をこしらえた。

「暑いから、日が暮れてからのほうがありがたいけど……、あんたも来るの？」

「当たり前だろ。金を払うのはいったい、どこのどいつだい？」

「あなたです。すいませんでした」

夕方の五時スタートということで、昼食はごく軽めにすませた。

そのあと、良行は自室にこもり、炭を使った火の起こしかたをネットで徹底的に調べあげた。火起こしこそ、大人の男をアピールするいちばんの見せ場だ。バーベキューなどもう何年もしていないが、さらっとスマートに着火させ、カッコいい姿を日向実と惟吹に見せつけてやるのだ。

だが、そんなゲスな目論見は開始早々、粉々に打ち砕かれた。

新宿の複合ビルの屋上だった。それぞれのブースに、バーベキューコンロがすえられ、家族連れや若いグループでにぎわっている。

「あれ？　おかしいな」

「つかないぞ！　炭が悪いんだな、きっと」

良行は大汗をかきながら、炭用の火バサミを使い、ああでもない、こうでもないと試行錯誤をつづけていた。炭は灰色にぷすぷすとくすぶるものの、なかなか赤くならない。着火剤の炎がみるみるうちに勢いを失っていく。それにともなって、日向実と惟吹の期待のこもった表情も、みるみるうちに曇っていった。

「ったく」光枝がわざとらしく手のひらをテーブルに打ちつけ、あおってくる。「時間がもったいないよ」

「うるさいよ！　せかすなよ！」

「大丈夫ですか？」まだ二十歳そこそこの、おそらくアルバイトの女性が近づいてきた。「じゃあ、私のほうでつけちゃいますね」

炭を的確かつ迅速に組み上げ、新聞紙と着火剤を使い、あっという間に燃焼まで導く様は堂《どう》に入《い》っている。「おぉ！」と、日向実と惟吹が小さく拍手する。救われたという安堵の思いと、見せ場をとられてしまった悔しさに、良行はこの身が引き裂かれるようだった。

「それでは、ごゆっくりお楽しみください！」女性は笑顔で良行たちのブースを離れていった。

スタッフたちは片耳にイヤホンをつけ、無線機で連絡をとりあっている様子だ。先ほどの女性が、マイクに向けて何事かをささやいているのが見えた。「三番テーブルの男、まったく使えません」と、あざ笑われているような気がして、泣きたくなった。

こうなったら、ヤケ酒だ。飲み放題で、ビールやハイボールのサーバーまで用意されている。セルフだから、誰にも気兼ねせず、自分のペースで注ぎにいけるのがうれしかった。

全員の飲み物がそろったところで、良行は「乾杯！」と、叫ぼうとした。その寸前で、光枝が厳《おごそ》かな調子でつぶやいた。

「街子さんのこともあるし、乾杯はひかえましょう」

日向実が、静かにうなずく。

危なかった。大はしゃぎして、一気飲みするところだった。良行はさらに冷や汗をかいた。

「ようこそ日向実ちゃん、ということで、大いに食べて飲んで、親睦《しんぼく》を深めましょう！」

さすが、だてに年はとっていない。短く、いい雰囲気でまとめ、食事がはじまった。

夏の夕方五時過ぎだった。赤々と爆《は》ぜる炭が四人の中心で、しだいにぼんやりと浮かび上がっていく。

ビル風が吹き抜ける。日向実がトングを握り、「お肉！」と、叫んだ。届けられたカルビを大量に網の上に落としていく。「うおっ、日向実ちゃん、豪快」と惟吹が笑った。脂がしたたって、炭がばちばちと音をたてた。

「おーい、お前ら、ちゃんとお野菜も食べろよ」つい親みたいなことを口走ってしまった良行は、ビールを飲みながら、いとこ同士の微笑ましい光景を眺めていた。まさか、こんな日が来るとは夢にも思っていなかった。その気持ちは光枝も同じだったらしく、「友香とあんたが小さかった頃を思い出すわ」と、酒が入る前からしみじみと感慨にふけっている。

「日向実ちゃん、部活は？」惟吹が気をつかった様子で話しかけた。

「バスケ部です」

「そうなんだ、俺、剣道部。でも、高校入ったら、やめるけど」

「やめちゃうんですか？　もったいない」

「映画研究部に入ろうと思って。推薦も、映研があるとこ狙ってんだ」

「いいですね！」と、日向実は目を輝かせたが、良行は「おいおい」と、口をはさんだ。

「お前の母ちゃん、そのこと、知ってんの？」

「まだ話してない……」と、惟吹は途端に元気を失った様子でつぶやいた。「どうしよう？　いつか言わなきゃいけないんだけど」

惟吹の夢は、映画監督らしい。しかし、両親にはまだ打ち明けていないようだ。そんなことを知ったら、姉夫婦は怒りくるって大反対するだろう。

「まあ、黙ってるのが、いちばんだな。推薦で入っちまえば、こっちのもんだよ」

「なんで黙ってるんですか?」日向実が焼けた肉を取り分けながら、不思議そうにたずねた。

「素晴らしい夢なのに」

「こいつの親は、どっちもお堅い、超つまんないヤツらでね。母親は教育ママだし、父親のほうは堅実で無難な人生計画至上主義だから」良行は日向実の焼いてくれた肉を頬張った。

「実は、今、ママと……」惟吹は言いかけ、あわてて「母さん」と言い直した。日向実の手前、呼び方が恥ずかしくなったのだろう。「母さんと父さん、ケンカ中で、すげぇ険悪なんだ。二人ともものすごく機嫌悪いし、映画のことなんか言える雰囲気じゃないよ。リョーコーも、気をつけたほうがいいよ。その……、日向実ちゃんのこと」

「だよなぁ」良行は頭を抱えた。「惟吹、内緒にしててな」

日向実の存在が姉夫婦に知られたらと思うと、ぞっとする。精子提供だろうが、隠し子だろうが、友香は俺の判断と行為を不手際と決めつけ、厳しく糾弾《きゅうだん》し、責めたててくるだろう。

とはいえ、同じ場所に住んでいる以上、やはりいつかは告白しなければならないわけで、じゅうぶんに姉の機嫌の良いときを見計らいたい。

「それにしても友香たち、家のこと、まだモメてるの?」光枝が顔をしかめた。

「っていうか、むしろひどくなってる」焼くのかわるよ、と言って、惟吹は日向実の持っていたトングを受け取った。

姉夫婦は、今、将来の住処《すみか》をめぐって険悪になっているらしい。友香は、お金も貯まってきたし、一軒家を建てたいという。一方で、恵一は現状維持がいちばんだと主張している。何しろ世田谷区のそれなりの広さのマンションの一室を、親族だからという理由で、破格の賃料で借りているのだ。ファイナンシャルプランナーとして、一軒家や分譲マンションを購入するより、義母がオーナーの賃貸に生涯住みつづけるほうが無難だと考えるのは当然だろう。夫婦の仕事場にも近い。

友香は友香で、お金じゃない、夢の問題だとゆずらないらしい。少し郊外になってもいいから、自分たちだけの城を持ちたいのだ。お庭でガーデニングがしたいのだ。それに、惟吹をリョーコーから一刻も早く遠ざけないと、惟吹がずるずると悪の道に染まってしまう。

「なんじゃそりゃ」良行はビールを飲みきり、苦言を吐き出した。「今の惟吹を構成する要素の半分は、俺の影響でできあがっていると言っても過言ではないんだぞ。さんざん世話をまかせといて」

優れた小説もマンガも映画も演劇も音楽も、惟吹にレクチャーしてきたのは、この俺だ。文化面だけではなく、小さい頃からスポーツをさせ、体力の向上をはかってきたという自負もある。

良行は空になったジョッキを手に、勢いよく立ち上がった。

「ビール、ついでみたい！」日向実がついてくる。「おばあちゃんのも！」

残り少なくなっていた光枝のジョッキを受け取り、日向実とともにビールサーバーのもとへ行く。

「泡が重要なんですよね？」ジョッキを左手に、サーバーのレバーを右手につかみ、日向実は良行のほうを振り返った。

「そうだな。最初はちょっと傾けて、徐々にジョッキを真っ直ぐに……」なんだ、こいつ、かわいいぞと、良行は今さらながら思う。日に日に、日向実に対する情が深くなっていくのがわかる。

「あの……、私、やっぱり迷惑ですか？」

唐突に日向実がぼそっとつぶやいた。

「惟吹君のお母さん、私のこと知ったら怒るって……」

ビールがあふれそうになって、あわてた様子で日向実はレバーを戻した。

いつの間にか空がかき曇り、あたりがにわかに薄暗くなってきた。周囲に立ちならぶビル群の、たくさんの窓が発光している。

もしかしたら、今、日向実が明るく振る舞っているのは、大人たちをがっかりさせないための空元気《からげんき》なのかもしれないと、ふと思った。本当は悲しくて、寂しくて、たまらないのに、必死にこの家族にとけこもうと努力しているのだとしたら……。

「大丈夫だって」

日向実の肩に手を置いた。はじめてまともに、その体に触れたと気がついた。内側から燃焼するように、熱い体だった。

「俺とババアと、あと惟吹が、日向実のこと守るから」

柱と柱のあいだにロープがわたされ、万国旗のように色とりどりの小旗が飾りつけられていた。ざわざわと、風に揺れる。大学生らしき、若いグループのテーブルから、女の子の甲高い笑い声が響いた。

「だから！　そのババアをやめろって言ってるんですけど」

それでも「守る」という言葉に照れたのか、日向実の頰がほんのり赤くなっていた。席に戻ると、惟吹が笑顔で「リブロース来たよ、日向実ちゃん！」と叫んだ。

「やった！」と、日向実が明るい声で応じる。両手に持ったジョッキが揺れて、泡が少しこぼれた。

どでかい肉の塊《かたまり》が、テーブルに鎮座していた。さっそく、日向実と惟吹がコンロの前にならび、リブロースを焼きはじめる。良行の予想通り、「どのくらい焼けばいいの？」「わからない」「適当？」「うん、適当」などと、二人は打ち解けた様子で会話を交わしている。もう少しで肩がくっつきそうなほどの至近距離だった。

「成功だな」良行はつぶやいた。

「だね」口にビールの泡をつけた光枝がうなずいた。

「惟吹には、ずっと近くにいてほしいな」

「まあ、新しく家を建てるにしても、しばらく時間がかかるでしょ」

発熱する炭に下から照らされ、日向実と惟吹の顔は朱に染まって見える。前髪がつくる濃い影が目のあたりまで落ちて、瞳だけが爛々《らんらん》と輝いている。

「ところで、日向実の将来の夢は何なの？」良行はたずねた。

「うーん……」リブロースを網の上で引っくり返しながら、日向実は首をひねった。

肉が焼ける香ばしいにおいが鼻をくすぐる。たっぷり十秒くらいは、ぱちぱちと炭の爆ぜる音を聞いていた。

「脚本家……かな?」

日向実が答える。真っ先に反応したのは、惟吹だった。

「すげえじゃん!」

惟吹は、興奮した様子で、肉をつかむトングを開いたり閉じたり、カチカチと打ち鳴らした。

「俺たち、タッグ組めるよ。ってか組もうよ」

「タッグ……?」

「監督と脚本で、作品を作るんだよ」

良行は、惟吹の無邪気な反応を見て、自然と微笑んでいた。ヒナちゃんには、過去ではなく、未来を見すえてほしいと電話で語った和泉の言葉を思い出していた。惟吹ならきっと日向実の手を引いて、前を向かせてくれるような気がする。

「そのタッグに、俺もくわえてもらえると助かるんだが」冗談めかして言ってみた。「優れた役者も必要だろ?」

良行の発言は、完全に無視された。「今度いっしょに映画観にいこうよ」と、二人で盛り上がっている。

十年先に、二人が夢の第一歩を踏み出したとして、俺は五十歳。生きているかどうかも、正直さだかではないと思う。できれば、一人立ちする日向実と惟吹を、街子のかわりに見届けたい。

ささやかな夢だ。

一時間が経過すると、だいぶ酔いがまわってきた。椅子に尻がくっついたようになり、立ち上がるのが億劫《おっくう》になってきた。

日向実と惟吹は、ずっと立ちっぱなしの、焼きっぱなしだった。勝手に肉を追加注文し、アルミホイルに包まれたジャガイモにバターと醤油をたらし、とうもろこしを網の上で転がしていた。

それにしても、よく食う。

その様子を、光枝はさかんに写真におさめていた。

「よろしければ、皆さんでお撮りしましょうか？」最初に火をつけてくれた女性スタッフが近づいてきた。

「ありがとね」光枝はスタッフにスマホを手渡した。

「じゃあ、お父さんと、おばあちゃん、もうちょっと近づいてください」

せっかく撮ってくれるというので、二センチくらい尻をずらして、しかたなく光枝に寄った。

「お兄ちゃんと、妹さんは、もっと笑顔で！」

思わず四人で顔を見合わせた。その瞬間、全員がリクエストどおりの笑顔になった。

「いい表情ですね！　はい、チーズ」

おそらく、祖母、父、息子、娘の四人家族に見られた。当たらずとも遠からずではあるのだが、良行はなぜかそのことがおかしくてたまらず、笑いをこらえるのに苦労した。それは、ほかの三人も同じだったらしい。スタッフの女性が離れると、誰からともなく声を出して笑いあった。

こうして、少しずつ着実に、家族になっていく。

焦る必要はない。日向実との生活はまだはじまったばかりなのだ。


三時間はあっという間だった。花火がしたいと惟吹が言いだし、日向実がそれに賛成した。そこで、電車に乗る前に新宿のドン・キホーテに立ち寄って、手持ち花火を買いこんだ。

帰宅すると、普段は施錠《せじよう》されているマンションの屋上に上がった。良行はバケツに水を入れ、チャッカマン、蚊よけのスプレーも部屋から持ってきた。

日向実と惟吹がさっそく火をつける。闇夜に鮮やかな火花が散った。日向実は花火を持った腕をぐるぐると回転させた。光の残像が円になって、ちかちかと瞬《またた》いていた。

ちょっと泣きたくなるような、幻想的な光景だった。街子、見てるか？　日向実、笑ってるぞと、心のなかで語りかけた。

黄色いビニール袋を何やら惟吹がまさぐっていると思ったら、「本日の主役！」とでかでかと印刷された襷《たすき》を取り出した。おそらく、ドン・キホーテのパーティーグッズ売り場で仕入れてきたのだろう。恥ずかしがって屋上中を逃げ惑う日向実の背後に追いつき、さっとその肩にかける。

「バカ、惟吹！」思わず良行は怒鳴った。「無駄づかいすんな！　そんなもん、明日になったらゴミだぞ」

「じゃあさ、これからこの四人の誕生日が来るたびにパーティーしてさ、主役がこれをつけるってのはどう？」惟吹が言った。「で、その主役は次の主役の誕生日が来るまで、大事にこれを保管しておく。駅伝みたいに、次の人に渡していく。そしたら、今日のこと、ずっと忘れないでしょ」

まことに子どもっぽい発想だったが、惟吹のその発想のなかに彼の両親は入っていないらしい。

「次は誰ですか？」日向実が胸元の襷をにぎりしめる。「本日の主役！」のゴシック体にしわが寄った。

「いちおう、あたしだけど」光枝が手をあげる。「日向実ちゃんの誕生日は？」

「六月なので、もう過ぎてます」

「じゃあ、あたしが次だ。それ、つけるんだね」二人の孫にかこまれ、光枝は満更《まんざら》でもなさそうだった。「あと何年、『主役』ができるだろうね」

「ずっとだよ！」日向実が叫ぶ。「ずっと！」

日向実と惟吹が成人する頃には、襷のリレーはうやむやになってしまっているかもしれない。かつての写真を眺めながら、あのバーベキューの日、惟吹がバカなこと提案したんだよなぁとなつかしく思い起こすのだろう。

「じゃあ、日向実は十一月までこの恥ずかしい襷、保管な」良行はしわくちゃになった襷をきれいに伸ばしてやった。

四人で線香花火を持ち、円になってしゃがみこんだ。ちりちりと儚《はかな》い火花だったが、金色のモールで縁取りされた襷が、日向実の胸元で輝いた。

「夏だなぁ」思わず感嘆してしまった。「惟吹、学校がはじまる前に、夏祭り連れてってやれよ。もうすぐだろ」

「いや、ちょっと待ってよ。俺、友達と行きたいし」

日向実が「えぇー」と、口をとがらせた。

「好きな子に、日向実といっしょにいるとこ、見られたくないんだろ？」

「そんなんじゃないって！」叫んだ瞬間、惟吹の線香花火がいちばんに落下した。「ちょっと、リョーコー！　マジでやめてよ、変なこと言うの」

風が吹き抜けた。残り三人の花火も、次々と消えていった。少し焦げ臭い火薬のにおいも、あっという間に風にさらわれた。

「同じマンションに引っ越してきたばかりのいとこだ、近所を案内してやってるんだって言ったら、誰もとやかく言わないって」良行は燃え尽きた線香花火をバケツにつっこんだ。

「わかったよ。日向実ちゃん、夏祭り、行こう」

「やった！」

線香花火の二回戦をやろうと惟吹が提案した。最後の花火を四人が手にしたとき、非常階段をヒールで駆け上がってくる音が高く響いた。

「何やってんの！」

肩で息を切らして屋上に上がってきたのは、姉の友香だった。仕事から帰宅したその足でここまで来たらしく、大きな革のハンドバッグをさげている。

「屋上が煙ってるのが見えたから、あわてて上がってきたんだけど」

友香は目をぐっと細めて、惟吹をにらんだ。カバンからスマホを取り出して、ライトをつけ、惟吹を照らす。

「あんた、すごい日焼けしてない？　まさか、日中、出かけてたの？」

「夕方からだよ」強烈なライトに、惟吹は腕で顔をおおった。「消してよ、まぶしいから」

「あんた、勉強は？　こんなことしてる暇あるの？　推薦だって絶対受かるって決まったわけじゃないんだからね。一般受験も視野に入れて、きちんと勉強つづける約束でしょ？」

険のある目つきでまくしたて、今度は良行を見る。良行はあわてて答えた。

「たまの息抜きくらいいいだろ」

「合格決まったら、いくらでも遊べるんだから、何も今、連れ出すことないでしょ。人が必死になって働いてるときに、遊びまわって。本当にいいご身分だよね。信じらんない」そう言って、今度は光枝を見る。「お母さんも、お母さんだよ。リョーコーと惟吹を甘やかさないでって、いっつも言ってるでしょ。今が大事な時期なんだから」

「悪かったよ」と、つぶやきながら、光枝は日向実を守るように、前面にまわった。

その動きのタイミングが悪かった。余計に、友香の注意を引いてしまった。「誰、その子？」

と眉をひそめる。

「まさか、惟吹の彼女……じゃないよね？」

「違うよ！」惟吹は助けを求めるように、良行に視線をすべらせた。

息をのんだ。非常にまずい。暑さと満腹と酔いで、頭がまったくまわらない。

やはり夫婦仲がうまくいっていないらしく、友香はすこぶる不機嫌だった。更年期もあるのかもしれない。むかしは、ここまで刺々《とげとげ》しいオーラを放ってはいなかったと思う。

「親戚の子だよ。夏休みで遊びに来てんの」とっさに口から出まかせを吐いた。

「はぁ？」友香の眉間のしわが濃くなった。「なんで、お母さんとリョーコーが知ってる親戚の子を、私が知らないの？　誰の子よ。惟吹と同年代の子なんて、聞いたことないんですけど」

苦し紛れの嘘を瞬時に粉砕され、良行は迷いに迷っていた。花火の残骸が突き刺さったバケツに目を落とす。濁った水が、揺れていた。ついさっきまでの楽しい時間が夢のようだった。

日向実が光枝の背後からおずおずと顔を出した。

「あ、あの、はじめまして……。私は、リョーコーの……、良行さんの娘です」

小さい肩をさらに小さくすぼめた日向実が、何度も何度も頭を下げる。

「ここで、暮らすことになりました。よろしくお願いします」

「は？　娘……？　どういうこと？」いまだに嘘をつかれていると思ったのか、友香が日向実をにらみつけた。

「本当なんだ、姉ちゃん。俺の子なんだ。深い訳があってね、これからみんなで暮らすことになった」

友香が口をぱっくりと開ける。言葉が出てこないらしく、しばらくその口をあわあわと動かしていたのだが、ついに絶叫をもらした。

「信じられない！　何、それ！」

ヒールの音を威圧的に響かせて、日向実に歩みよる。

「本当だ、顔がそっくり」日向実のつけていた襷を、まるで胸ぐらをつかむように引っ張った。「本日の主役？　こんなのつけて、浮かれちゃって。顔だけじゃなくて、脳天気で、おめでたい性格までそっくりなの？」

「その襷は、俺がふざけて……」惟吹の言い訳は、母親の金切り声にかき消された。

「気持ち悪い！　ホントに気持ち悪い！」

日向実は襷をつけたまま、うつむき、打ち震えていた。「本日の主役！」の文字と金ピカのモールが、あまりに痛々しかった。

「じゃあ、何？　今の今まで責任とらずに、子どもほったらかして生きてきたの？　信じらんない。なんで相手の女に堕ろさせなかったの？」

「ちょっと、あんた、子どもの前で、堕ろすだなんて。いくらなんでも聞き捨てならないよ」光枝が日向実の肩に手をおいた。「ちょっと冷静になりなさい。日向実ちゃんは、望まれて生まれてきたの。きちんと事情を話すから」

「事情って何よ！」

友香が冷静なときなら、街子の抱えていた状況と、精子提供の話をしてもよかった。友香もある程度は納得してくれただろうし、日向実の苦境を知れば、きっとここまで辛辣《しんらつ》にはならなかっただろう。

タイミングがあまりに悪すぎた。しかし、友香の暴走を早くとめなければ、日向実の心がずたずたに切り裂かれてしまう。

「その子、ここで暮らすって本当なの、お母さん」

「そうだよ」

「あきれた。お母さん、自分の歳、考えなよ。リョーコーみたいな子どもがもう一人増えるんだよ？　惟吹にも悪影響だよ」

「この子は、良い子なの！　すごく、すごく良い子なんだから」光枝は盾になるように、日向実の体を前から抱きしめた。「あんた、何にも知らないくせに！」

「ほら。お母さんは、いつだってリョーコーの味方する」

家族の溝がはっきりと浮き彫りになった。友香が高校生くらいになると、光枝との仲がしだいにぎくしゃくしていった。光枝が良行ばかりに目をかけるからだった。

「あんた、本当にブライダルプランナーとしてやっていけてるの？　新婚さんがかわいそうだよ。こんな口の悪い性悪女に担当されちゃ」光枝は日向実を抱きしめながら、首だけで友香を振り返った。

こうして火に油を注ぐから、母と娘の溝は、さらに取り返しのつかないほど深くなっていくのだった。

「ふざけないでよ！　私はお客さんが幸せになれるように、必死になって頑張ってるの。疲れてるの。こうやって、私の知らないところで波風立てるから怒ってるんじゃない。お願いだから、これ以上イライラさせないでよ！」

「もう、ママ、行こう！」惟吹が友香の袖を引いた。「僕が悪かったよ」

渋々といった様子で、友香は屋上をあとにした。惟吹は去り際、日向実に向かってなのか、軽く頭を下げていった。

二人がいなくなると、日向実が消え入りそうな声でつぶやいた。

「ごめんなさい、私のせいで……」

「あやまる必要なんて、これっぽっちもないんだよ」

「おばあちゃん、私って気持ち悪いの？」

「そんなこと、あるわけないじゃない」光枝は日向実を抱きしめたままだった。日向実の嗚咽《おえつ》が響いた。

「おばあちゃん、私、消えちゃいたい……」

「ダメだよ、お願いだから、そんなこと言わないで」

「ここから、飛び降りたら……、楽になれるかな？　お母さんに……、会えるかな？」

「ダメだよ、惟吹が言ってたでしょ。その襷を大事に持ってて、あたしの誕生日に渡してくれないと。ねっ。約束だよ」

日向実は、光枝の服の裾をぎゅっと握りしめていた。

良行は夜空を見上げた。風が強く、暗闇のなかにうっすらと見える雲が速いスピードで流れていく。

俺は、間違ったことをしたのだろうか？

精子提供は間違いだったのか？

街子は一人で生きていくべきだったのか？

これから、日向実を連れて知り合いに会うたび、娘の存在を説明しなければならない。その場しのぎに隠し子だと言いつくろえば、気持ち悪いと非難される。きちんと精子提供であることを打ち明けたところで、何を言われるか予想もつかない。そのたびに、日向実の精神が危機にさらされる。

心に浮かんできたのは、婚約者の明里の顔だった。日向実のこともあって、ここ半月以上会っていない。

気が重い。彼氏の隠し子が突然目の前に現れるのだ。きっと、友香以上の拒否反応を見せるだろう。

正直、面倒くさいと思った。このままフェードアウトして、明里と別れることができないかと、良行は身勝手なことを考えていた。

6

私が勝手にいなくなったら、おばあちゃんと、リョーコーと、惟吹君に迷惑がかかる。人に迷惑をかけるのは、悪いこと。

日向実はその一心で、踏みとどまった。それでも、「気持ち悪い」という絶叫が頭から消え去ることはなかった。

夏祭りの日だった。

「いつか、女の子の孫ができるかと思って、友香の浴衣《ゆかた》をとっておいてあるんだけど……」おばあちゃんは言葉を濁した。「まあ、着るの嫌だよね。あんな女の浴衣」

「そんなことはないですけど」と曖昧にうなずいたけれど、どちらかというと、惟吹君のお母さんのほうが、断然嫌がるんじゃないかと思った。もう二度と着ない浴衣には違いないはずだけど、それこそ「私の浴衣着ないでよ、気持ち悪い」と、吐き捨てられそうだ。

マンションのエントランスで、惟吹君と合流した。

惟吹君も普段着だったからちょうどよかった。だいたいお祭りに浴衣なんて浮かれてるみたいで、お母さんに悪い気がする。

「じゃ、行こうか」惟吹君がさっさと先に歩き出してしまう。なんとなくお互い気まずく、目を合わせることもできなかった。

あわててあとを追いかけた。いまだに、この男の子が自分のいとこだということが信じられなくて、なんとなく半歩分後ろをついていった。

「悪かったよ。俺、あのとき、何にも言えなくて」惟吹君がこちらを振り返らずに言った。

「そんなことないよ。その気持ちだけでじゅうぶんだよ」

「ママ……じゃなくて、母さん、家のことだけじゃなくて、仕事でもストレスたまってるみたいでさ」

「ママでいいよ」

「ごめん……。ママ、ブライダル業界なんだけど、ウイルスのせいで、去年は結婚式がたくさん中止になっちゃって。今年はぽつぽつ式も挙げられてるみたいだけど、完全に元通りにはならなくて」

「そうなんだ。大変だね」

「ただでさえ、一生に一度の式だから失敗できないうえに、さらに気をつかうことが増えたから、めちゃくちゃぴりぴりしてるんだ」

神社が近づいてくると、しだいに人の数が多くなってきた。誰も彼も、笑顔だ。こんなに辛気《しんき》くさい顔をしているのは、自分たちだけかもしれないと思った。

「リョーコーが、パパとママにしっかり説明したから、ちゃんとわかってくれたと思うんだけどね。たぶん、ママ、引っこみがつかなくなってるんだよ」

リョーコーはあのあと一〇一号室を訪れて、惟吹君と、惟吹君の両親に精子提供の経緯《いきさつ》をすべて打ち明けたそうだ。

「リョーコーの娘っていうから、きっと何か訳があると思ってたんだ。しっかり説明してもらって、俺はよかったと思ってるよ」

「そう……」ある程度、誤解はとけたのかもしれないけど、お母さんと自分の秘密が親戚とはいえ、どんどん他人に拡散されていくことに抵抗を感じないでもない。

「ママはきちんと日向実ちゃんにあやまるべきだって、俺、言ったんだ。その……、ひどいこと言っちゃったし」

「いいです、べつに」バーベキューの日は、自然とタメ口で話せたのに、思わず敬語で答えてしまった。そのせいで、惟吹君との距離が、また少し離れた気がした。

近所の本屋に出かけたとき、マンションのエントランスで惟吹君のお母さんとすれ違ったことがあった。平日だったけれど、仕事が休みだったらしい。「こんにちは」とおそるおそる挨拶をした。買い物帰りなのか、エコバッグを持ったお母さんも「こんにちは」と返してくれた。しかし、視線は一切合わせてくれなかった。

「惟吹君も、精子提供のこと聞いて、気持ち悪いって思ったんじゃないですか?」

「そんなことないって!」惟吹君が突然立ち止まり、振り返った。「そんなことない!」

まるで、自分がののしられ、非難されたように、悲愴《ひそう》感に満ちた顔だった。その表情を見て、あぁ、この人がおばあちゃんやリョーコーに育てられたっていうのは、本当なんだなと、うれしいような、泣きたいような気分になった。

「もう二度と、自分のことをそんなふうに思わないで」

「ごめん……なさい」

「なさい、はいらないよ。あやまる必要もないし」

「わかった。ありがと」

私も最初から、あの家族といっしょだったら……。

参道に出店がぎっしりならんでいた。提灯《ちょうちん》が赤く灯っている。女の子たちの浴衣が、目に鮮やかだった。祭り囃子《ばやし》が、おそらく録音されたテープだろう、エンドレスで流れている。

お母さんが言っていたことを、ふと思い出す。

どんなに、日本中の街並みが変わっても、この夏祭りの光景だけはむかしから変わらない、と。そして、子どもたちの、そわそわした、わくわくした表情も変わらない。

「おばあちゃんに、五千円もらっちゃった」つとめて明るい声を出した。「惟吹君と楽しんできなさいって」

「また、ママが怒る」と、惟吹君は苦笑いした。「中学生にそんな大金渡して、甘やかすんじゃないって」

参道の敷石を、浴衣姿の子どもたちが行き交い、下駄《げた》が軽やかな音をたてる。なんだか、気が急《せ》くような、心が浮き立つような音だった。

「とりあえず、何か食べる？」惟吹君が食べ物の屋台がならんだ一角を指さした。

「もしかして、リョーコーに何か言われた？　あいつ、食いしん坊だからとか、そういうこと」

「うん、言われた。あいつはとりあえず何か食わせとけば上機嫌だって」

「……犬みたい」

焼きそば、たこ焼きと、定番の屋台をはしごする。最初はよそよそしかった惟吹君との空気も、しだいにバーベキューのときのように距離が縮まってきた。もしかしたら、私、本当にお腹減っていて不機嫌だったのかもしれないと反省した。ベンチがうまっていたから、ちょうどいい高さの縁石にならんで腰かけた。

なんてことないふつうの焼きそばやたこ焼きも、お祭りで食べるとおいしく感じるから不思議だ。宵闇のなか、それぞれの屋台を照らすオレンジ色の電球がやわらかく、温かく、この空間を包みこむように発光している。そこかしこで、発電機のモーター音が鳴り響いていた。

「あのさ、うやむやにしたくないから、きちんとつたえたいんだ、俺の気持ち」

惟吹君が言った。つまようじの先で、たこ焼きをいじっている。

「俺は、全然、気持ち悪いなんて思わない。おばあちゃんが言ってたけど、日向実ちゃんは望まれて生まれてきたんだ。それは、そこらへんにいるふつうの子たちと何も変わらないよ」

ふつうの子は、「そこらへんにいるふつうの子たちと何も変わらない」とは、言われない。私はふつうじゃないのに、ふつう扱いしてあげなきゃいけないと気をつかわれている。そんなふうにひねくれて考えてしまう自分が大嫌い。惟吹君は、一生懸命、なぐさめようとしてくれてるのに。

「日向実ちゃんのお母さんは、見ず知らずの人じゃなくて、リョーコーを選んだ。男の俺が言うのも変だけど、その気持ち、なんだかすごくよくわかる。リョーコーの甥として。生まれてから、ずっとリョーコーと接してきた人間として」

気分をまぎらわせるように、たこ焼きを頬張る。熱くて、思わずラムネを飲んだ。瓶のなかのビー玉が涼やかな音をたてた。

「ねぇ、惟吹君は生まれてきてよかったと思う?」ずっと気になっていたことをたずねた。

惟吹君は、少し面食らった表情で、それを押し隠すように顔を伏せた。

「そんなこと、考えたこともなかったよ。でも、最近は両親が険悪だし、厳しいし、なんでこんな家に生まれてきちゃったんだろうって思うこともあるかな」

ハーフパンツから出た、惟吹君の左の膝にかさぶたが治った古い痕があった。部活のときにでも転んでしまったのだろうか。

「まさか、日向実ちゃんは生まれてこなきゃよかったって思ってるの？」

最近、よく同じ夢を見る。

マンションの屋上から飛び降りる。自分の意志で飛び降りる。地面にたたきつけられて、まるで人形みたいに、肩や肘、股関節や膝がばらばらにもげ、私の体はアスファルトに散らばる。べつの自分が、屋上からそれを見ていて、あーあ、壊れちゃったと冷徹に思う。そのくせ、起きたあとの自分はものすごい汗をかいている。

「よくわからない」日向実は答えた。

それきり、お互い無言になって食べることに集中した。容器をゴミ箱に捨て、なんとなくそぞろ歩き、金魚すくいのブースに吸いよせられていく。

お金を払い、ポイを受け取った。水に対して、ポイを斜めに静かに入れて、何も知らずに泳ぐ金魚の下に潜りこませた。一気にすくい上げる。

「日向実ちゃん、うまいね」

そうつぶやいた惟吹君は、不器用で下手くそだった。逃げまわる金魚をさんざん水のなかで追いかけたすえに、引きあげた瞬間、紙が破れた。

思わず笑ってしまった。

「リョーコーに教わらなかったの？」

「リョーコーも下手くそだから」

「なんか、わかるかも。こういうの下手そう」

「炭に火もつけられないしね」

「あれは、マジでがっかりだった」

日向実は二匹つかまえた。おじさんに一匹ずつ分けて入れてもらった。惟吹君に片方をわたす。

小さなビニール袋のなかで、突然の環境の変化に戸惑ったように右往左往する金魚を見て、つい
ぽろっとつぶやいてしまった。

「私、金魚と同じなのかも」

こんなこと話しても惟吹君を困らせるだけだと思ったけど、しゃべってしまったものは取り返
しがつかない。

「品種改良とかあるでしょ？　人間の都合のいいようにつくられて、愛《め》でられて、すぐ死んでい
く」

惟吹君は真剣に話を聞いてくれている。

「私ね、自分の体が、どうしても人工的につくられたような気がしてしかたがないの」

「それは……、その……、精子提供で生まれたからってこと？」

「そうかもしれない。自分が人形みたいな、粘土細工みたいな、パーツの寄せ集めでつくられた
ような感覚」

惟吹君はビニールのなかの金魚を見つめていた。その金魚はどことなく困ったような顔つきでかわいらしい。

「なんか、ごめん、変なこと言っちゃって。忘れて」

うつむいて金魚を見つめていた惟吹君が顔を上げた。

「あのさ、困ったり、悩んだりしたときは、すごく大きな視点でものごとを見るといいんだって」

「大きな視点?」

「好きな理科の先生の受け売りなんだけどね。もしかしたら、日向実ちゃんも転校したらその先生の授業受けることになるかも」

宇宙から見たら、人間はちっぽけな存在だ。だから、くよくよ悩むな。てっきりそんなことを言われると思っていた。けれど、惟吹君の言葉は少し予想と違っていた。

「金魚の繁殖はね、放精《ほうせい》なんだって。メスが卵を産んで、オスが水のなかで精子をかける……って、日向実ちゃんが魚類みたいに生まれたって言いたいわけじゃないよ。生物には、いろんな繁殖方法がある。体外受精だって、自然界で見たら何も特異なものじゃない」

「惟吹君、もしかして理系?」

「そうだよ」惟吹はうなずいた。「まあ、もちろん厳密に言えば、日向実ちゃんの場合は体外受精じゃないけど……」

その直後、なぜか惟吹君は恥ずかしそうに顔を赤らめた。

「日向実ちゃんのお母さんっていう女性と、リョーコーという男性が出会った。それから……、その……、えぇっと……」

「なんでも言ってくれて大丈夫だから」やっぱり不器用ではあるけど、惟吹君は私のことを必死に励まそうとしてくれている。「言いにくいことも、恥ずかしいことも、なんだって、しっかり話したい」

「じゃあ、はっきり言うよ。セックスだろうが精子提供だろうが、俺はあんまり変わらないって思った。さっきも言ったけど、日向実ちゃんのお母さんはもちろん、リョーコーからも望まれて生まれてきたんだし、直接的か間接的かなんて、あくまで手段というか、方法にすぎないって思った」

惟吹君の主張はきっと正しいんだと思う。もともと、お母さんとリョーコーは交際していたんだし、直接的な性交でも、間接的な精子提供でも、あまり変わりはないかもしれない。でも、かすかに心に何かが引っかかって「でもさ」と、口をついて反論の言葉が出てきた。

「でも、そこには愛がないような気がして……」セックスなんてしたこともないし、中学生のくせに、一丁前に愛を語る自分が恥ずかしくて、手のひらで顔を懸命にあおいだ。「夫婦でその……、エッチ、みたいなことをするときって、愛しあってするものじゃない？」

惟吹君の顔も赤くなる。気まずさをごまかすように、あわてて言葉をつづけた。

「シリンジをつかって体内に入れるって、すごくドライっていうか、愛がないっていうか……。だからこそ、人工的につくられたっていう感じがするのかも」

「言いたいことはわかるよ。でも、本当にそうかな？　二人のあいだに愛はなかったのかな？

リョーコーは日向実ちゃんのお母さんを救おうとしたんだよ。愛みたいな感情とか、信頼関係がしっかりあったと俺は思うんだけど」

そうだ、リョーコーは精神的に参っているお母さんを助けたい一心だった。その気持ちに名前をつけるとしたら、それはたしかに「愛」だと思う。

その両者の合意のもと、私はつくられたわけだけど、もちろんつくられることを私はまったく「了承」していない。都築街子という女性を救いたいという意志をもって、私は生まれたわけじゃない。

しかも私という存在がつくられたあとに、私自身が「幸せ」になるか「不幸」になるかは、まったく考慮されていなかった。実際、お母さんは死んでしまい、私は不幸に転落してしまった。

違和感の源泉に、はじめてたどりついた気がした。

「ありがとう。なんだか、整理がついたような気がする」

問題は、精子提供という手段や方法じゃなくて、子づくりの目的そのものだったんだ。

精子提供で生まれたから、自分の体がつくりものだと感じていたんじゃない。孤独だったお母さんを救う目的での精子提供だったから、まるで「製造された」ような気分になるんだ。

すくう。救う。掬《すく》う。

頭のなかで、文字が明滅する。

お母さんは私を生んで、救われた。私は訳もわからないまま、金魚すくいのように、この世界に突然掬い上げられた。

困ったようにきょろきょろとあたりを見まわす金魚に親近感を覚えた。私はペットだった。飼い主が死んだ今、やはり私の存在意義は消滅していると日向実ははっきりさとっていた。

「おい、ブッキー！」

突然、背後から声がした。惟吹君がはじかれたように、振り返った。

「ブッキーさぁ、俺らと祭り行くの断って、なんで女子連れてんだよ。俺ら来るのわかってんのに、マジでいい度胸だな」

三人の男子中学生だ。目つきでわかる。にやにや、笑っている。嫌な感じ。

「いや……、この子は、いとこで……」途端におどおどと落ちつきがなくなり、惟吹君の顔にこびたような笑みが貼りついた。

「おごってくれるって言ってたじゃん」飛び抜けて背の高い一人が、惟吹君の肩をつかんできた。

「まあ、いいや。俺ら、腹減ってんだよ」

「いや、そんなお金ないし……」

「ふざけんなよ、コラ！　財布出して、見せてみろって」

三人に取り囲まれた。

バーベキューの日、マンションの屋上で、惟吹君はいっしょに夏祭りに行くことを渋っていた。そのときの惟吹君の複雑そうな表情を思い出した。こいつらにからまれるのを、私に見られたくなかったんだ。普段から、たかりや、いじめにあっているのかもしれない。

案外、人間社会のなかに、日常生活レベルでゾンビは多く生息している。強いゾンビ、賢いゾンビ、集団で圧倒するゾンビ。

しかし、執拗《しつよう》にからんでくるこいつらは、あきらかに雑魚《ざこ》ゾンビだと思った。

私が製造された目的の第一が、お母さんを救うことだった。でも、その目的は消滅してしまった。

でも、まだ第二の目的が残っているじゃないか。近しい人と団結して、ゾンビを斥《しりぞ》け、明るい日向に足を踏み入れさせないこと。心の優しい人を助け、悪い人間を駆逐し、正義を守ること。

「ねぇ、今、惟吹君といっしょにいるんだから、邪魔しないでくれます？」惟吹君の腕に、自分の腕をからみつけた。体をぴったりと寄せる。

どうせ、私は気持ち悪い存在。とことん、吹っ切れてしまえばいい。

「はぁ？　お前、誰だよ。見ねぇ顔だな。中学どこだよ」

「お前こそ誰だよ。知らねぇよ」いちばん背の高い男子を、下からにらみつける。袋のなかで金魚が暴れた。

吹っ切れた演技というのは、キャラの設定に整合性があればそこまで難しくないと、リョーコーが話していた。

それは、リアルでも言えることなんじゃないか。大切な人を守るという目的のためなら、人はいくらでも一線を踏み越えられる。

「ちょっと！　ヤバいって！」惟吹君がもぞもぞと体を動かした。

さらに腕に力をこめた。離さない。二度と。私が守る。守らなければならない。

「消えてよ、マジで、この世から」自分の声が暗く沈んでいくのを、自分の声でないかのように聞いた。「邪魔なんだよ、お前らみたいなゴミが生きてると」

「ふざけんなよ！」大柄な男子がこちらに手を伸ばそうとした。

「叫びますよ、この場で」

その言葉に、相手の手がとまった。ますます冷静になっていく。周囲の雑踏の喧噪が、ふたたび耳によみがえる。

「恐喝、暴力、窃盗。私、ためらいなく、警察に言いますから。学校とか先生とか関係ないし」

チョコバナナの屋台からただよう甘いにおいが、鼻をくすぐる。早く食べたい。リンゴ飴も食べたい。目の前から、さっさと消えてくれ。そう願うまま、スマホをポケットから取り出した。

画面を写真に切り替え、シャッターを切る。

「やめろよ！」男子たちが、レンズをさえぎろうとした。「わかったって！」

写真を撮ったとしても、今のところ何の証拠にもならないわけだが、こちらの本気がつたわったらしい。三人の男子は「死ねよ」などと捨て台詞《すぜりふ》を吐いて去っていった。

惟吹君が安堵の吐息をもらした。汗ばんだ肌を感じながら、惟吹君の体から離れた。

「びっくりしたよ、マジで」

「私も」

「どっちが本物？」

「本物って？」

「行儀のいい、大人しい日向実ちゃんと、さっきの日向実ちゃん」

「どっちも本物だけど」

答えながら、さっきの写真を消去する。一秒でも長くあいつらの顔を残していたら、スマホが腐ると思った。

「さっき、日向実ちゃんが聞いたこと……」惟吹君がためらいがちに言った。「生まれてこなければよかったたって」

「うん」

「実は、最近よく思うんだ。生まれてきたって、何もいいことないんじゃないかって」

「じゃあ、私と同じだ」

「お願いがあるんだけど、俺の親とかリョーコーには、このこと……」

「うん、わかった、言わないよ」

帰りに金魚の餌《えさ》を買っていこう。金魚鉢は家にあるかな。リョーコーに電話をかけて、たしかめよう。

「じゃあ、黙ってるから、そのかわり私も秘密のお願いがあるの」

「えっ、何？」

「ある男の人を探してるの。それを、手伝ってほしくて」

7

帰宅後、惟吹はむかし亀を飼っていた水槽を、クローゼットの奥から引っ張り出した。風呂場できれいに洗い、水を張り、金魚を放す。

私、金魚と同じなのかも。

そうつぶやいたときの、日向実の悲しそうな表情が、さっきから脳裏を離れない。尾びれを振りながら泳ぐ真っ赤な金魚を見つめながら、惟吹はベッドの縁に呆然と座りこんでいた。

あまりにいろいろなことが起こりすぎた。日向実に打ち明けられた「お願い」のせいで、しつこくからんできたヤツらのことは、ほとんどどうでもよくなっている。

俺はどうしたらいい？　日向実に協力したほうがいいのだろうか？　リョーコーに話さなくても大丈夫なのか？　金魚に語りかけたところで、答えが返ってくるはずもなく、「あー！」と一人で叫びながら、ベッドに寝転がると、スマホが震えた。

リョーコーからの電話だった。

「おおぉい、惟吹！　ちょっと顔出せ！」明らかに酔っ払っている声だった。うんざりした。日向実が悩んでいるときに、この男はあまりに脳天気すぎる。

それでも、日向実のことをそれとなく相談するチャンスかもしれないと思い直した。惟吹はふたたび家を出た。

しばらく歩くと、商店街の名前がプリントされた大型テントの下で大人たちが酒を飲んでいた。

「おぉ、来た来た！」赤い顔のリョーコーが手招きした。「こいつ、俺のかわいい甥っ子」

周囲の男たちに、勝手に紹介をはじめる。まったくそんな気分じゃないのに、つくり笑いを顔にへばりつかせて「どうも」なんてお辞儀する自分が情けなくなってくる。

ビールケースをひっくり返した即席の椅子に座っていたリョーコーが、ラムネを手渡してきた。一口飲むと、ついさっき日向実といっしょだったときの、やるせない気持ちが一気によみがえってきた。

リョーコーが立ち上がった。突然がっちりと肩を組まれ、テントの隅に連行される。

「日向実の様子、どうだった？」リョーコーが声をひそめて、たずねてきた。「さっき電話がかかってきて、家に金魚の水槽があるか聞かれたんだけど、そのときの声がな、なんというか、平板というか、抑揚がないっていうか、こわいくらい冷たかったから、どうしたのかって思って」

さすがに腐っても役者なだけあって、人の感情や声のトーンには敏感なのかもしれない。

「うん……、でも、ちょっとは元気になったっぽいよ」

「そうか。姉貴のせいで、ずっと落ちこんでたからな」

「いや……、それは、ごめん」

「お前があやまることじゃねぇだろ」

それはそうだけど、ママの不用意な発言さえなければ、日向実がここまで精神的に追いつめられることにはならなかったわけで、もう何をどうしていいのかわからなくなる。

「俺の同級生はさ……」手に持った缶ビールをあおりながら、リョーコーがつぶやいた。「もう年齢的に、けっこう子持ちが多いわけよ。そいつら、どれだけ子どもがかわいいか、めちゃくちゃ話してくんだよ。携帯の待ち受け見せてきたり、かわいいエピソード自慢してきたり。そのたびに、こいつらバカか、自分がいちばんかわいいに決まってるだろって思ってたわけ」

「うん」

「でもな、日向実と出会って、そいつらの気持ちが、だんだんわかりはじめてる。そんな自分がなんだかこわい。日向実のことが心配で心配でたまらないし、かわいくて、かわいくてしかたがない。日向実は気持ち悪いって言いそうだけど、今すぐ写真撮って待ち受けにしたい」

思わず笑ってしまった。何、笑ってんだよと、リョーコーが頭をたたいてくる。

ほんの少しだけ気持ちが揺らいだ。

きっと、リョーコーのいい加減で自分勝手な性格は、死ぬまで直らないと思っていた。堅苦しい家庭で育ったからこそ、ブレない叔父さんの生き様にちょっと憧れる気持ちがないわけではない。でも、そんなリョーコーのもとに、突然娘が現れた。そして、少しずつではあるけれど、男親としての自覚や成長の兆しを見せつつある。甥に「成長」なんて言われたら、絶対怒りそうだけど。

リョーコーに、さっきの日向実の「お願い」を打ち明けたら、うまく立ちまわって、解決してくれるんじゃないか……。

「ねぇ、リョーコー」

無意識のうちに口が動いていた。

「日向実ちゃんが……」

あわててラムネを飲んだ。寸前で踏みとどまった。

「いや、なんでもない」

「なんだよ。言えよ。気になるだろ」

「リョーコーは、金魚すくいも射的《しゃてき》も下手くそなんだって話したら、日向実ちゃんが、あぁ、たしかにめちゃくちゃ下手そう、幻滅するわぁって、あきれてた」

「この野郎！　余計なこと言うな！」リョーコーが、笑いながらヘッドロックしてくる。

痛い、痛い！　とおどけて、リョーコーの腕をタップしながら、これでいいんだと自分に言い聞かせた。

やっぱり、無理だ、言えない。約束したんだ。

たぶん、日向実は俺が同級生から金をたかられていることを、絶対に誰にも言わないだろう。日向実のお母さんに暴力を振るった男を探す。それをリョーコーにチクったら、明確な裏切りだ。

惟吹は、日向実に抱きつかれたときの、柔らかい胸の感触がまだはっきりと残っている、自身の腕をさすった。

言えない。言えません。ごめん、リョーコー。

リョーコーがどんなに日向実のことを大切に思っているとしても、関係ない。

たぶん日向実は、まだリョーコーのことを親だと思っていないから。

8

父の書斎の荷物を、母の光枝は案外あっさりと大量に処分した。

「いい加減、踏ん切りつけないとね」光枝は少し寂しそうだった。「あたしも、いつかはいなくなることだし」

光枝も死ぬということが、なかなか想像できなかった。必ず訪れる未来を頭のなかで打ち消すように、良行はロデオボーイの座面をたたいた。

「で、なんでこれだけは捨てないわけ?」

「使うかもしれないじゃない」

「使わねぇだろ!」

日向実と惟吹もくわわって、残った荷物を契約したトランクルームに移すと、今度はあわただしく日向実の引っ越しにとりかかった。さすがに机や本棚もあるので、引っ越し業者に依頼した。

日向実は、光枝と違って、荷物の処分になかなか踏み切れずにいた。

当然だ。まだ、母親を亡くした気持ちの整理は到底ついていないだろう。

「じっくり時間をかけていいよ。受験生の惟吹はともかく、俺たちは暇なんだし、八月いっぱいかけてここを引き払えれば」良行は日向実に言った。「トランクルームも広いし、捨てられなかったら、とりあえずそっちに移せばいいんだし」

「はい……」

「これは、全部うちのほうに持っていくの？」良行は街子の書いた台本が詰まった段ボールを指差した。「トランクルームじゃなくて？」

「きちんと初期の頃から読んで、勉強してみたくて。だから、家に持っていきます」日向実は無表情で答えた。

「じゃあ、これは業者に運んでもらおう」

マンションに運ぶ荷物と、トランクルーム行きの荷物を仕分けしながら、良行はある違和感をぬぐいきれずにいた。

なんだか、あの夏祭り以来、日向実と惟吹の様子がおかしい。

「日向実ちゃん、ガムテープ取って」手伝いに来ている惟吹が、日向実のほうを見ずに段ボールのふたをたたんでいる。

「ほい」日向実もやはり相手に一瞥《いちべつ》もくれず、ガムテープを車輪のように床の上に転がした。

「あんがと」

「いえいえ」

どこがどうおかしいかと聞かれても、具体的に言葉にはしがたいのだが、二人とも妙に大人びた気がする。

中学生の夏休みだ。劇的に変化する年頃だと言われれば、たしかにそうだ。だが、二人同時に、示しあわせたように、まるで達観したような、物静かなオーラを身につけた気がする。

とくに惟吹のほうは、目に見えて大人しくなった。竹刀でエアギターをしていた二週間前のあいつは、いったいどこに消えてしまったのだろうと思う。それに、祭りのテントの下で、日向実について何か言いかけたのも気にかかる。冗談のようにごまかされたから、ますますあやしい。

言葉や態度にはあらわれない、二人の親密な空気も感じる。

可能性その一、二人は好き同士になった。

じゅうぶん考えられることだ。あれから、日向実と惟吹は、友香に黙ってこっそり映画や美術館に出かけているようだ。それ自体は悪いことではないのだが、まさか両親の出払った一〇一号室で、ちゃっかりやることをやってるんじゃないかと心配になってくる。

考えられるもう一つの可能性は、より最悪のものだった。

弁護士の和泉が教えてくれた、日向実の不穏な動きがやはり気にかかる。日向実の生まれた事情を知って同情した惟吹が、DV男探しに加担するということは考えられないだろうか。

それとなく鎌をかけ、探ってみるか。それとも、冷静な惟吹がうまく日向実の手綱《たづな》を握ってくれることを期待して、放置するか。

迷いに迷ったすえ、良行はトランクルームに向から車のなかで、血迷った提案をした。

「あのさ、みんなでショートフィルム撮ってみない？」

信号が赤になり、ゆるやかにブレーキを踏みこむ。バックミラー越しに、後部座席に座る日向実と惟吹の反応をちらっとうかがった。

「監督が惟吹で、脚本は日向実、出演は俺だ。夏休みの思い出つくろうぜ」

せめて夏休みのあいだは二人の行動に注意をはらいたかった。とくに日向実に対しては、しっかり見守っているというメッセージを発しつづけたい。地道に信頼関係を築いていきたい。

「今じゃ、スマホでもそれなりにいい画像が撮れるからな。みんなで、良い作品をつくろうじゃないか」

「嫌だよ、面倒くさい」惟吹が吐き捨てた。

「夏休みの思い出って……」日向実も鼻にしわを寄せて答えた。「中学生相手に、はしゃいじゃって、リョーコー、ちょっとイタいです」

こっちはお前らが心配で心配で、したくもない提案をしてんだぞと、あやうく叫びそうになったが、なんとかこらえた。目の前の信号が青になり、良行はレンタカーで借りたハイエースを発進させた。大量の荷物を後部に積んでいるので、いつも運転している乗用車とくらべて初動が鈍《にぶ》い。

「それより、明日、ロケですよね？」

後ろの席から、日向実が身をのりだしてきた。

「ねぇ、リョーコー、私ついてったらダメですか？　撮影、見てみたい」

「えぇっー」と、良行は口をとがらせた。「見てもつまらないよ。今をときめく有名人が来るわけじゃないんだし」

「おもしろいか、つまらないかは、私が決めることです」良行との距離感にも慣れてきたのか、最近ではかなりきっぱりと自分の意見を言うようになった。

正直、この子が何を考えているのか、さっぱりわからない。友香の「気持ち悪い」という発言からは立ち直れたのだろうか。それとも、ショックを引きずったまま、こちらを心配させまいと空元気を出しているのか。惟吹に探りを入れても、まったく日向実の内面が見えてこない。

明日は、やはり再現ドラマの撮影だった。ディレクターは、何度もプライベートで飲みに行っている気心の知れた相手だから、一言断りを入れればおそらく問題はないはずだ。スタッフも全員顔見知りの、アットホームな現場である。

むしろ、日向実といっしょにいる時間が増えたら、うれしい。表情には出さないが、めちゃくちゃ、うれしい。

しかし、ドラマの内容が問題だった。番組は国内外で実際に起こっためずらしい出来事や事件をVTR形式で紹介するバラエティーだ。明日良行が演じるのは、経理部長という立場を利用して会社の金を十年間で十億円も横領した犯人役。いわば、クズ中のクズ男の再現である。

なんか、嫌だ。どうせなら、自衛隊の爆弾処理班なんかの、カッコいい役を見せたかった。

「いいじゃん、そのくらい」惟吹が日向実に加勢する。「ケチ」

「わかったよ、わかった」ハンドルを握りしめ、良行は渋々うなずいた。「そのかわり、朝早いぞ。寝坊したらおいてくからな」

カーナビの機械的な案内の声に従いながら、交差点を左折する。

好奇心が旺盛なのはいいことだ。日向実の興味が、過去から未来に転じてくれれば何も言うことはない。再現ドラマの撮影で心ときめくようなことはないに違いないが、今はなるべく日向実から目を離さないでおきたかった。

翌朝、五時に起床し、準備をはじめた。キャリーケースには、入るだけ服をつめこんだ。昨日の荷運びのせいで筋肉痛がひどく、思うように腕が上がらないのがつらかった。

「なんで、そんなに大荷物なんですか？」寝ぼけまなこの日向実は、ぴょこっと跳ねた寝癖を手でなでつけていた。

「衣装さんが衣装を用意してくれるなんて待遇は、警官役とか、歴史物じゃないかぎり、再現ドラマの世界ではほとんどないからね。事前のディレクターの要望に沿って、今日はスーツ二着と、普段着を夏物、冬物、数着ずつ用意しなきゃいけないんだ」

しかも、今回はしだいに金持ちになっていく犯人の役だから、服のグレードにバリエーションをもたせなければならない。ぺらぺらの安いリクルートスーツと、高価な生地のオーダースーツを持参することにした。

「メイクさんも、ヘアメイクさんも当然いない。自分の世話は、全部自分でする」

「えっ、でもマネージャーさんは？　リョーコーって大手のタレント事務所に所属してるんですよね、いちおう」

いちおう、という言葉には、気づかないふりをする。

「マネージャーなんか、ついてくるわけないだろ。はじまりと終わりをメールで連絡して、あとは完全放置だ」

日向実はわかりやすく肩を落とした。

「かわいそうにもほどがあります……」

「言い方、気をつけようか。撮影前にテンション下がっちゃうから」

集合場所は制作会社のある麴町《こうじまち》だった。早朝ということもあって、まだすいている電車を乗り継いで、地下鉄のホームから、地上へ上がる。エスカレーターがなく、足の筋肉痛のせいで、キャリーを抱えながらおじいさんのような足どりになってしまった。

停車しているロケバスの前に、ＡＤの加賀《かが》が立っていた。白いタオルを、バンダナのように頭に巻いている。

「おはよう、加賀君。瀬古《せこ》さん、いる？」

「おはようございます。なかにいますよ」

さっそく日向実をともなって、車内に足を踏み入れた。ディレクターの瀬古は、スポーツ新聞を広げていた。

「瀬古さん、おはようございます。突然、見学をお願いしてすみません。親戚の子なんですけど、ご迷惑をかけないようにしますんで、よろしくお願いします」

日向実の設定は、やはり「親戚の子」ということにした。芸能界に興味があって、地方から東京に遊びに来た思い出に撮影を見学させてやりたいと、昨日瀬古に連絡を入れておいた。

「おつかれちゃん」

瀬古は、現場では最近少なくなった、バブルを知る世代のディレクターだ。挨拶や言葉づかいが、若干古くさい。レンズに薄く色の入った眼鏡を鼻の先まで下ろして、日向実を見つめる。日向実も「おはようございます。お世話になります」と頭を下げた。瀬古の凝視《ぎょうし》に、ひるんでいる様子だ。

「いやいや、いいねぇ、この子。ちょうどよかったよ」

「何がですか？」

「子役が一人、熱出しちゃったみたいで、急遽休みになってさ。まあ、そこまで出番ないし、ナシでもいいかなと思ったんだけど」瀬古はこともなげに、さらっと重要な決定を下した。「その子、代役ね、シクヨロー」

良行の「えっ？」と、日向実の「はい？」がきれいに重なった。

「加賀！」ロケバスの窓を開けて、丸めたスポーツ新聞をぐるぐるまわした。「代役、オーケーだから。女の子のセーラー服とか、普段着、適当に見つくろって持ってきて。なるべくゴージャスなやつね」

命じられたADは、駆け足で目の前の建物に吸いこまれていった。会社にもいくらかは衣装のストックがあるらしい。

「ちょっと、瀬古さん、この子、素人《しろうと》ですよ。いくらなんでも、いきなりは……」良行はあわてて訴えた。

「いいの、いいの。どうせセリフなんかないんだし、画面のなかに立っててくれれば」指を打ち鳴らしてから、手のひらをカメラのレンズのように日向実に向ける。「ホントに親戚の子？　リヨーちゃんにそっくりだから、親子役、ぴったりだよ」

あれよあれよという間に、話が進んでいく。

「おい、どうするよ」小声で日向実に聞いた。とはいえ、ここまで乗り気の瀬古をとめることは、事実上、この場にいる誰にも不可能だった。

「どうしよう……」日向実は今にも泣きだしそうだった。「だって、全国放送ですよ」

十億円横領男の娘役である。事前に調べたところによると、一人っ子の娘は父の犯罪を知らないまま、豪華な海外旅行や、高級レストランの外食を享受《きょうじゅ》していたようである。父の本性を知ってしまった心痛を考えると不憫《ふびん》でならないが、今は日向実の心配をしなければならない。

再現ドラマの台本は、きちんと製本されたものが用意されることはない。たいていはメールに添付されたものが、所属事務所から転送されてくる。最悪の場合、ペラの紙のコピーがホッチキスで綴《と》じられ、当日の朝にいきなり手渡されることさえある。このドラマの「主役」である良行でも、ワンシーンのなかで一言、二言程度のセリフしかないので、根をつめて覚える必要もない。

良行はあわてて台本を確認した。

午前がオフィスシーンの撮影。午後は犯人の家庭や銀行、高級クラブなどその他のシーンに分かれている。娘役は、瀬古の言うとおり、ただその場にいればいいくらいの、ほとんどエキストラに近い役まわりだった。

そうこうしているうちに、役者たちがバスのなかにそろい、席がうまっていく。加賀が朝の弁当とお茶を配りはじめた。

「とりあえず、朝メシ食え。日向実の分も余ってるみたいだから」

おにぎりが二つと、簡単なおかずとたくあんが、透明のパッケージに入っている。全員に行きわたると、ロケバスは出発した。

行き先は、川崎《かわさき》の貸しスタジオだった。オフィスシーンに特化したスタジオで、小規模のビルの一棟に、様々な形式のオフィス、ポスターの貼られた廊下、会議室、倉庫、食堂、社長室や応接室など、一連のシチュエーションの撮影が行えるようになっている。オフィスには、机や椅子、パソコンや電話、ファイルの詰まった棚、コピー機、ホワイトボードなどがあらかじめ備えつけられているから、撮影する側は用意する手間がはぶけるわけだ。オフィスの再現ＶＴＲでは、よく使われる場所だった。

良行は、さっそく控え室で安いほうのスーツに着替え、出番を待った。

スタッフは最小の人数編成である。ディレクターの瀬古とアシスタントディレクターの加賀、カメラマンとカメラアシスタント、そのほかに音声さん、照明さんが各一人だ。

良行は最初のシーンの進行を、台本でチェックした。犯人の男は、大企業の経理部に勤めていたが、かなり規模の小さい子会社へと出向《しゅっこう》になった。経理部長と言えば聞こえはいいが、事実上の左遷《させん》である。その鬱屈《うつくつ》が事件の動機の一端となったと男は語っているようだが、やはりいちばんの要因は、出向先の会社で経理を担当していたのが、実質、犯人一人だけだったというところにあるだろう。

物珍しそうにセットを見まわしている日向実を、カメラの後ろに下がらせ、最初のカットにとりかかった。

新しい会社に、拍手で迎え入れられるシーン。男は笑顔でお辞儀をするが、体の横にたらした拳はかたく握りしめられ、震えている。

《こんなはずではなかった。男はそう思った。》

後日、編集された映像に、アフレコでナレーションや、良行の心の声を吹きこむ。

再現ドラマは、わかりやすさが第一だ。作品のクオリティーなどほとんど要求されない。ふつうのサラリーマンだった男が十億円横領の泥沼にはまっていく過程は、ほとんどナレーションが説明してしまう。

ワンシーンを撮り終えるごとに、カメラや照明の位置が変わり、そのあいだにディレクターの瀬古が、役者の動きを指示する。たいていは、一回テストが行われ、そこで問題がなければ、瀬古が本番の指示を出す。

「はい、カメラまわった。本番、よーい、スタート!」

良行はパソコンをにらみ、眉間にしわを寄せる。手に持った帳簿と見くらべ、経理の穴を発見するシーンだ。

《これ、もしかしたら、いけるんじゃないか……?》と、ここもあとで良行の心の声のアフレコが入る予定だ。「いける」とは、横領ができるんじゃないかということで、ここではじめて男は犯行を思いつく。

「はい、オッケー、チェック入ります」

今撮ったシーンが、モニターに再生される。瀬古がそれを確認し、声を張り上げる。

「はい、チェック、オッケー！」

その繰り返しだ。今日一日ですべてを撮り終えるので、進行のペースは速い。ちらっと日向実のほうをうかがうと、緊張しているのか、険しい面持ちでカメラの背後の、オフィスの隅に突っ立っている。

数時間もすると、オフィスのシーンは佳境《かきょう》に入っていった。高価な仕立てのスーツに着替え、小道具で与えられた金の腕時計をつける。髪型は、前髪を下ろしていたのを、ワックスでオールバックにした。犯人はゴルフが趣味だということで、濃いドーランを塗り、ほうれいせんをうっすらと口の両端に描きくわえた。ぐっと見た目の年齢が上がり、貫禄《かんろく》がつく。

「いやー、競馬で大穴当てちゃって」と、同僚に腕時計を見せびらかすシーン。「ロレックスなんだよ」と、いやらしく自慢する犯人に、年下の同僚役は「すごいですね！」と、目を丸くする。

「はい、オッケー！　チェック」

「チェック、オッケー」

犯人の救いがたい虚栄心がにじみ出る大事なシーンだが、しっかり役づくりをし、気持ちを入れる余裕はほとんどない。セリフを間違えたり、噛んだりしなければ——あとは外部の飛行機の音やパトカーのサイレンなどが入らなければ、撮り直しになることはまずない。すべては時間とのシビアな戦いだ。

長年いっしょにやっているから、瀬古がここではどんな演技を欲しているのかだいたいわかる。今の腕時計の自慢のシーンも、あまり大げさにはせず、ちょっとこわいくらいに淡々と、冷静に演じる。

しかし、オフィスの最終シーンに入ると、さすがに瀬古も細かい指示を出してきた。犯人の横領が露見する場面だ。いくぶん豪華なつくりの社長室に場所を移して、セリフ合わせと、動きの確認が行われた。

社長役の年かさの男性が、問いつめる。最初はのらりくらりと追及をかわしていた犯人も、解約したと偽り、会社側に隠し通していた口座の存在を指摘され、ついに横領を認める。

「じゃあ、リョーちゃん、次、土下座シーンね」瀬古の癖の一つなのだが、丸めた紙をぐるぐるまわして、ADに指示した。「加賀、目薬と汗、お願い」

犯人は罪を認め、社長に泣きながら膝をつき、あやまったと報道でつたえられている。加賀が、良行の額にグリセリンの水溶液をガーゼで塗りつけた。照明が当たると、ちょうど脂汗がにじんだように見える。目薬は自分でさした。

「じゃあ、ここは、ちょっと大げさなくらいでいいから、リョーちゃん、気合い入れていこうか」

「わかりました」

テストののち、本番に入る。もう一度、目薬をさす。ぴりっと緊張した沈黙が、途端にスタジオ中に張りつめた。

「はい、カメラ、まわった」

人間の業《ごう》の深いところまで、一瞬で入りこんでいかなければならない。

「よーい、スタート！」

動かない。数秒ののちに、大きくまばたきをする。水滴が頬に流れ落ちた。

「泣きたいのは、こっちのほうだよ！」社長が、机を拳でたたいた。「なんとか言ったらどうなんだね！」

「すみませんでした……」

最初はようやくしぼり出したような小声でつぶやいた。

「いったい、君はいくらの……」

最後は、社長の声をさえぎりながら、大声で叫ぶ。

「申し訳ありませんでした！」

膝を折る。床にくずおれる。

両手をついた。十億円もの金を頭に思い浮かべたが、想像の範疇《はんちゅう》を軽く超えていた。もしかしたら、犯人だって十億を横領しつづけた自覚は、最後のほうにはほとんどなかったのかもしれない。

「申し訳……、ありませんでした」

開いていた手のひらを、床の上でかたく握りしめる。額をこすりつけた。

静止。空調の音が、静かに空間を包んでいる。

「カット！」

瀬古の声がとどろいた。

「チェック！」

台本の紙で頭上にひさしをつくって光をさえぎり、瀬古がモニターをのぞきこむ。

良行は顔を上げる。立ち上がり、振り返った。

真っ先に目に入ったのは、日向実の突き刺すような視線だった。


ロケバスは次の撮影場所に向けて出発した。午後の一発目は、いよいよ日向実の登場する犯人の家庭のシーンだ。昼のロケ弁が配られ、川崎から都内への移動中に食事をすませる。

日向実はなぜか、ぶすっとしていた。窓際に座り、流れる景色をときどき眺めながら、仏頂《ぶっちょう》面《づら》でアジフライをかじっている。

「車酔い、大丈夫か？」

「はい」

「緊張してるのか？」

「いえ」

「下痢なら、早めに言えよ。バス停めてもらうから」

「…………」

川崎の工業地帯の風景が移りかわり、徐々に民家が目立つようになってきた。瓦屋根が夏の陽光を反射してまぶしい。洗濯物が風に躍《おど》っていた。

「だいたい撮影の流れはつかめただろ。瀬古さんの指示に従っておけば問題ないから」

「だから、緊張はしてないですって」

割り箸でつまんだアジのしっぽとともに、日向実は大きく、深いため息を吐き出した。

「リョーコーは、なんのために生きてるんですか？」

「はい……？」

「何を目的に生きてるんですか？」

なぜいきなりそんな哲学的なことを聞いてくるのか、さっぱりわからなかった。しかも、やはり日向実はちょっと怒っている。

先ほどの犯人のクズな生き様に憤《いきどお》っているのだろうか？　だとしたら、俺に怒りをぶつけるのは筋違いだ。良行はうろたえながら答えた。

「目的とか、意味がないとダメ？」

「ダメです」

良行は弁当についているしば漬けを口に放りこんだ。ロケバスが揺れて、あやうく舌を嚙みそうになった。

「なんでそんなこと聞くの？」

「がっかりしたからです」

「がっかりって……」頭にカッと血がのぼった。「あのさぁ、明確な意志とか目的を持って生きてる大人なんてそうそういないと思うんだけどな」

「こんなやっつけ仕事だとは思わなかった……」日向実が唇を突き出すようにして、つぶやいた。いじけた子どもみたいな表情だった。

「日向実が、どんなたいそうな撮影を期待してたかわかんないけどさ、俺だって……」

良行の言葉を、日向実が途中でさえぎった。

「お母さんの仕事の関係で、アニメの録音の現場、見させてもらったことがあるんです。声優さんが演技をすると、映像に命が吹きこまれるんです。もちろん、アニメの映像もきれいなんだけど、お母さんが書いたセリフを、声優さんが心をこめてしゃべると、もう空気が一変して引きこまれるんです。めちゃくちゃ感動したんです。声優さんたちも、納得がいかなかったら、何度も何度も録り直して、妥協することなんかなかった」

そんな華やかな現場とくらべられたら、たまったもんじゃない。頭にのぼっていた血は、またたく間に全身へ散っていった。良行はうつむいた。

「たまに撮影に呼ばれて、適当に演技して、お小づかいみたいなお金もらって、あとはぶらぶらしてるだけじゃないですか。リョーコーはそんなふうに生きてて、嫌にならないんですか？」

日向実は、やはり怒りにまかせるように、ご飯を一気に頰張る。

「これで、リョーコーが本気で撮影に取り組んでるんだったら、私、認めてた。えらそうかもしれないけど、私、親になる人のこと、尊敬できなきゃ嫌だ」

「いや……、俺はいつだって本気だよ」声がかすんでしまう。

本当にそうだろうか？　繰り返し、自問する。すぐに忘れられてしまう再現ドラマだからと、無意識のうちに手を抜いた演技をしていなかったか？　それを、日向実に見透《みす》かされたのではないだろうか？

「ほとんど流れ作業じゃないですか。泣くのは目薬だし、ほとんど一発オーケーだし」

ああ、このまま、帰っちゃいたい……。午後の撮影をともにする気力がなえかけたとき、前の席のヘッドレストからはみだしていた後頭部が、くるりと振り返った。

「ちょっと、ちょっと、話聞いてたら、何？　その生意気な言いぐさは」瀬古だった。箸の先を日向実に向け、指揮棒のように振りまわす。

面倒くさい人に聞かれたと、良行はさらにげんなりした。「親になる」という日向実の言葉をもしかしたら聞かれていたかもしれないと焦ったが、どちらかというと瀬古はこの現場をけなされたことに憤っているらしかった。

「流れ作業だの、やっつけ仕事だの、聞き捨てならないなぁ……」箸の先が、良行に向く。「で、リョーちゃんは、なんで何も言い返さないわけ？」

「はぁ……」食欲がなくなり、ロケ弁を半分残したままフタをした。手首にはめていた輪ゴムをはずし、弁当の容器をくくる。

「日向実ちゃんだっけ？　君さぁ、テレビ局から我々に、いったいどれだけの制作費が下りてきてるかわかってる？　いちいち言わないけど、お金も、時間も極端にかぎられてるの」

弁当と箸をとなりの席に置いた瀬古は、完全にこちらに向き直り、ヘッドレストを抱きこむようにして日向実を見下ろす。

「そのかぎられた資源のなかで、ベストを尽くさなきゃいけないの。連続ドラマみたいに、きちんと予算と人員が下りて、専用のセットも組めて、撮影にのぞめる現場とはそもそも性質が違うの。わかる？」

今度は日向実が「はぁ……」と、曖昧な返事をした。日向実も、面倒なヤツにからまれたと思っているのかもしれない。

「あのね、ここにいる全員がプロだから、あまりにも簡単に進行してるように見えるだけ。じゃあ、君がディレクターやる？　カメラマンやる？　ＡＤやれるのって話」

ゆるやかにロケバスのブレーキがかかり、交差点で停止する。となりにならんだ乗用車のなかの子どもが、不思議そうに車高の高いこちらのバスを見上げていた。

「演者もふくめて、みんながプロだから、流れ作業に見えるの。うまいギタリストがさらっと簡単そうに弾いてるから、自分も挑戦してみたら、あまりに難しい曲で断念することってあるでしょ？」

「ない」とは言えず、日向実は苦し紛れに「そんなの、詭弁《きべん》です」と、つぶやいた。顔と耳が、やはり赤くなっている。精いっぱいの反論だった。

「詭弁じゃないよ。たとえば、小学校の教室の再現ドラマなんか、こんな簡単にいかないよ。想像してごらんよ。子どもばっかの現場で、てんやわんや。時間かかって、しょうがない」

日向実は涙目だった。それでも、瀬古は矛《ほこ》をおさめようとしない。

「リョーちゃんをはじめ、今日の役者のみなさんは、みんな次に自分が何をすべきかわかってるから、こうしてありがたいことに時間が押さずにすむんだよ。本当はきちんと相応のお金を払ってあげたい。それだけが、心苦しいけどね」

「いやいや……、それは……」正直、もっと欲しいと思うが、恐縮した態度をよそおった。

むしろ、羞恥心が腹のなかで燃え上がっていた。

本当は、瀬古が言ったこと全部、俺がつんと言わなければならなかった。日向実、お前は何もわかっていない。大人の現場をナメるな。俺たちは本気でやっているんだ、と。

しかし、言えなかった。

胸を張って、自分の仕事を誇れなかったからだ。

「まあ、リョーちゃんの生きてる意味は、俺には知ったことじゃないけどね、少なくとも再現Vには、意義や意味がきちんとあると思ってる」

「何ですか?」日向実が視線を上げた。手の甲で、目元をぬぐう。

「たとえば、今日の件。横領なんて、自分には関係ないって思ってる人がほとんどだけどね、ふとした何かのきっかけで、人はいつだって一線を越えてしまう可能性がある。一度踏み越えたが最後、引き返せなくなる。犯人は根っからの悪人じゃなくて、むしろ臆病で地味な、ふつうのおじさんだったらしいからね。それをしっかりつたえるんだ。ただいっとき大金を得て贅沢をしたところで、本当に幸せになれるわけじゃない。むしろ、反動でどん底に沈みこむ。この男のあわれな末路をしっかりお茶の間に届けるんだ。これ以上、同じような犯罪者を出さないように」

良行は、自分のほうが説教をされているような気分におちいっていた。弁当の輪ゴムをはめていた手首に、くいこんだ痕が残っていてかゆかった。しきりに爪でかいた。

「いいかい？　これから、君が演じる女の子は、この日本に実在するってことを忘れちゃいけないよ」

瀬古は眼鏡を鼻先にずらして、日向実を上から見下ろした。

「父親が捕まって、たぶん逃げるように引っ越しして、罪悪感にさいなまれながら、それでも生きてる。おそらく、息をひそめるように、目立たないように。父親のせいで、人生めちゃくちゃにされてしまった。そのことの意味をしっかり想像するんだよ」

日向実は、ハッとした様子で、瀬古を見つめている。

「わかったら、よろしい。君くらいの年齢は、これからいろんなことを吸収できる。なんでも最初からわかったような気になってたら、損だよ」

こくこくと、素直に日向実がうなずく。涙の粒が、デニムの膝に落ちて、しみができた。

「まあ、君みたいな気の強い子、嫌いじゃないけどね」

瀬古が前に向き直った。すると、すぐに振り返って、今度は良行に話しかける。

「気が強いって言えば、西荻《にしおぎ》のフィリピンパブの、あの若い姉ちゃん、リョーちゃんにすごく会いたがってたよ。近いうち、行くぞ」

「あの……、それ、今言わなくてもよくないですか？」

「ところで、あの子、名前なんだっけ？」

「……モニカですかね？」

「そうそう、モニカだ。あの子、いいケツしてるんだよなぁ。揉《も》みてぇなぁ」

満足したらしく、瀬古はふたたび前を向き、弁当をつつきはじめた。

瀬古のことを尊敬の眼差しで見つめていた日向実だったが、腰を浮かせ、さらに体を窓側にぴたりと寄せ、最大限となりに座る良行と距離をあけた。完全に瀬古と同類だと思われたようだ。あんたがモニカに会いたいだけだろと、良行は瀬古を恨《うら》んだ。


日向実がグランドピアノの前に座った。背筋がぴんと伸びている。

「あの……、私、ピアノ弾けないんですけど」

「いいの、いいの。ここは音が入らないから、それらしい感じで手と指を動かしてくれれば」瀬古はピアノを弾く真似をした。

「それらしい感じ……、ですか？」鍵盤に両手をおいた日向実は、不安そうに瀬古と良行を見くらべている。

「全部、ナレーションにつぶされるから」

日向実は、いかにも金持ちのお嬢様といった、ひらひらのワンピースを着ている。髪にはリボンをつけた。犯人の妻役の女性が、日向実のヘアメイクをしてくれたのだ。

良行は台本を確認した。日向実が登場する一連のシーンには、大部分にナレーションが入る。

《娘には、高価なグランドピアノを買い与えた。有名な講師のもとでマンツーマンレッスンを受けさせ、ゆくゆくは音大に進学させるつもりだったという。》

要するに、一人娘を溺愛《できあい》していたわけだ。まあ、その気持ちだけはわからんでもないと、良行は思う。

「ちょっと、たどたどしい感じも残しつつ、それでもふつうに弾きこなすくらいのイメージで」

日向実が、こわばった顔でうなずいた。

「じゃあ、テストね」

日向実がピアノを弾き、かたわらに立つ犯人とその妻は、うっとりとした表情で娘の演奏に聴き入る。我が子がナンバーワンとでも言いたげな満面の笑みで、演奏後に拍手をする。

「よーい、スタート」瀬古が紙の束で膝をたたいた。

でたらめなフレーズが鳴り響く。みずから奏でる不協和音に引っ張られるように、日向実の眉がつり上がり、眉間のしわがますます濃くなっていく。

良行は思わず笑ってしまいそうになった。日向実は歯を喰いしばり、血走った目で鍵盤をたたいている。

後ろ姿しか映っていないにもかかわらず、どうやらがちがちに緊張しているらしい。瀬古がたまらずカットをかけた。

「ちょっと、ちょっと！　ロボットみたいなんだけど。君の腕と手首、鋼鉄でできてんの？」

瀬古がなれなれしく日向実の肩を揉んだ。先ほどのモニカの尻の発言が頭をよぎり、良行は「おい！」と叫びそうになった。気安くさわるんじゃない、早く手を離せと、心のなかで念じる。

「はい、リラックス、リラックス。そのまま弾いてみて」

日向実がふたたび鍵盤をたたく。徐々に力が抜けてきた。

「はい、弾いて、弾いて。軽いタッチでいいから。そうそういいね」

さすがに、瀬古は子役の扱いに慣れている。日向実に指示を出しながら、自身はカメラの背後に退いた。

「じゃあ、このままカメラ回しちゃおう。本番ね。日向実ちゃんは、その感じで弾きつづけて。はい、とめない、とめない」

良行もあわてて父親の表情をつくる。日向実を見つめ、ときどき妻役の女性に微笑みかけ、うなずきあう。

「じゃあ、自然な感じで演奏をとめようか。両親は拍手ね」音声は入っていないから、本番中でも瀬古はしゃべりつづける。「はい！　そして三人は笑顔で視線を交わしあう」

演奏を終えた日向実がこちらを見上げる。唇の端が不自然につり上がり、頰がぴくぴく震えている。後頭部しか映っていないので、宇宙人に遭遇した瞬間のような、引きつった笑みでも問題ないだろう。

「はい、オッケー！　チェック」

はじめてだもんね、緊張しちゃうよねぇと、妻役の女性が優しい言葉をかけてくれているうちに、チェックもオーケーが出た。

いったいどうやって借りる都合をつけてくるのか、一軒家の豪邸でのロケだった。グランドピアノが置かれたリビングは、ゆうに三十畳以上はあるだろうか。撮影クルーが入っても、広々と余裕がある。

ときどき、家の持ち主らしき男が顔を出した。撮影で使われる外車も、この男の所有らしい。ガレージには、マセラティのオープンカーが停められていた。

「じゃあ、家族三人で楽しそうに乗りこんで、走り去るシーンね」瀬古が丸めた紙を良行に向けた。「そこの角まで真っ直ぐ進んだら、カット。いい？　間違っても傷つけないでよ、リョーちゃん。自分で弁償だからね」

数千万の外車を前に、今度は良行の笑顔がこわばった。マニュアル車など、教習所以来運転していない。持ち主の男性が心配そうに見つめてくる。その視線をさえぎるように、ティアドロップのサングラスをかけた。ラルフローレンのポロシャツの襟《えり》を立てると、これで立派な成金に見える。手にはブランド物のセカンドバッグ、足元は素足にモカシンである。

豪邸、高級外車、海外旅行、ブランド物の腕時計、クルーザー、ギャンブル、銀座や六本木の高級クラブ。

男はどれだけ贅沢をしても、満足することはなかった。もっと求めた。食らいつくした。横領さえしなければ、最愛の妻と娘を失うことはなかっただろう。たとえ満足な金が得られなかったとしても、家族で仲良く暮らしていければ幸せだったはずなのに。

「ねぇ、リョーコー」家のなかに戻ると、日向実がつぶやいた。「犯人の娘さん、お父さんのこと、恨んでるかな？」

先ほど瀬古に言われたことを考えているのだろう。日向実は真剣な表情で、言葉をつづけた。

「お父さんに、復讐したいって思ってるかな?」

いよいよ家族三人の別れのシーンが近づいている。良行は言った。

「どうだろうな。いくら知らなかったとはいえ、その子だって他人《ひと》の金でさんざんいい思いをしてたわけだし。下手したら、罪悪感にさいなまれてる可能性だってあるよな」

妻と娘には、株の投資で大儲けしていると説明していたらしい。子会社への出向も隠していた。嘘で塗りかためられた家族だった。

横領が発覚し、男は妻と離婚した。妻と娘は真実を知り、逃げるように豪邸をあとにした。その後、男は業務上横領の罪で、警視庁捜査第二課に逮捕された。

三人で暮らした豪邸も、娘に弾かせていたグランドピアノも、人手に渡ったはずだ。しかし、残っているものすべてを売り払っても、十億もの金は到底弁済しきれなかった。ほとんどは複数の愛人に貢がれて、あぶくのように消えていった。

「幸せになってるといいな」日向実が鼻声で言った。

「だな」と、うなずいた良行だったが、わざわざこうしてテレビでとりあげ、掘り返すことが、その女の子を追いつめやしないかという心配もある。

しんみりした空気を打ち破ったのは、緊張感のない瀬古の声だった。

「じゃあ、この家のラストシーンね。妻と娘が出ていっちゃうよー」

犯人の男は玄関にたたずむ。妻と娘は、それぞれキャリーケースを引きながら玄関から出ていく。カメラは男の背後に位置している。全員が背中しか映らない。

妻と娘は、男に対する未練も憐憫《れんびん》も感じさせず、いっさい後ろを振り返らない。玄関の扉が閉まると、男はへなへなとその場にくずおれ、肩を落とす。あまりに広い玄関に、丸まった男の背中が痛々しい。そんなシーンだ。

「はい、本番いこう！」

日向実が扉のほうを向く。

「よーい、スタート！」

テストでは何の問題もなかった。このまま、スムーズに撮り終わると思っていた。ためらいなく家を出ようとする二人。しかし、いきなり日向実が母親の袖を引っ張った。母親は驚いた様子で立ち止まる。

良行は息をのんだ。

日向実がゆっくりと振り返った。そして、良行を見つめる。当然、台本にはない。まったくのアドリブの行動だ。

無言で見つめあう。日向実は何かを言おうとしている。何かを訴えようとしている。

「ひどい！　最低だよ！」と、今にものしられるような気がした。「お父さん、やり直そう」と、泣き出す寸前の表情にも見えた。吸いこまれそうなほど、暗い目だった。

結局、何も言葉を発しない。日向実は口元をゆがめたまま、ただじっと良行を見る。悲しんでいるようでも、うっすら笑っているようでもある。

瀬古はカットをかけない。奇妙な間が、奇妙な緊張感をもたらしている。

すまなかった——そんな言葉が、もう少しで良行の口から出かかった。その瞬間、妻役の女性が、日向実の背中に手をかけ、「さぁ、行きましょう」とうながした。

今度こそ、あっけなかった。くるりと前を向いた日向実は、母親とともに玄関を出て行った。

一気に力が抜けた。

膝をついた。まったく演技ではなく、両手で顔をおおい、震えた。本当に、日向実に愛想をつかされ、おいていかれたような気がしたのだ。

「はい、カット！　オッケー！」

背後から声が響く。一気に現実に揺り戻される。

瀬古は少し興奮しているように見えた。カメラマンとうなずきあっている。チェックも問題なくクリアした。

撤収がはじまった。あのとき何を考えて、あんなアドリブをしたのかと日向実に聞くのは野暮だと思った。瀬古も同じ気持ちらしい。日向実が着替えているあいだ、瀬古が耳打ちしてきた。

「あの子、どっか事務所に入る予定ないの？」

「えっ？」と、驚いたふりをしたが、本当はまったく驚いていなかった。

「鳥肌立った。つい見入っちゃって、カットかけられなかった」

「正直、俺もです。何もできなかった」

「そういう子、たまにいるんだよ。さっきはあれだけ緊張してたのに、スイッチが入ると、一言もしゃべらなくても画面が一気に映えるというか、しまるというか。飛び抜けてかわいいってわけじゃないのに、カメラ通した途端に、一気に魅力的になる」

彼女の意志の強さに、存在の説得力が宿るのか……。いくら予定にはない突然の行動だったとはいえ、役者歴二十年の俺が、素人の小娘の放つオーラにのまれて、ただただ硬直していた。

ロケバスに戻ると、着替えを終えた日向実が、余った昼のロケ弁を食べていた。本日二個目である。

「よく食うなぁ」良行は、なかばあきれてつぶやいた。

「お腹減っちゃって」日向実は照れたように笑った。「そういえば、リョーコー、カツサンド食べたい。まい泉《せん》っていうところの」

まい泉のカツサンドは、ロケでよく出る定番弁当だ。きっと演者の誰かから噂を聞きつけたのだろう。

「それなら、近所のスーパーに売ってるの、よく見かけるよ。買って帰るか？」

「やった！　明日の朝ご飯にしよう！」

食うだけ食うと、さすがに疲れたのか、日向実はバスの移動中に寝入ってしまった。無防備な寝顔は、どこにでもいるふつうの女子中学生そのものだ。先ほどの、何かを訴えかけるような迫真の表情の片鱗《へんりん》も感じられない。

「しかし、よく太んないよな」と、良行は独り言をつぶやいていた。

すべての撮影を終え、事務所に連絡を入れようとスマホを手に取ると、マネージャーの明里からメッセージが入っていた。

〈麹町、着時間教えて！　瀬古さんに挨拶したいから〉

厳密に言うと、明里は前マネージャーである。今はチーフに出世して、現場を離れつつあった。

〈べつにお前が挨拶する必要ないだろ。俺がしとくから〉と返信したものの、〈いいから教えて〉と明里はゆずらない。瀬古に挨拶するというのは口実で、逃れられない状況でこちらを問いつめる腹づもりだろう。

いよいよ、来るべきときが来てしまった。

明里は俺の婚約者だ。彼女に強引に押しきられるかたちで婚約を交わしてから、約一年半が過ぎていた。売れたら籍を入れるなどと、のらりくらりとかわしてきたが、そろそろ限界が近づいている。

結婚が嫌なのではない。男としての責任が発生するのがこわかった。

そうこうしているうちに、日向実が我が家にやって来た。最近は、日向実と明里の対面を考えると胃が痛く、明里からの連絡をほとんど無視しつづけている。明里がしびれを切らすのは時間の問題だとわかっていながら、それでも良行は決定的な破滅の瞬間を先延ばしにしてきた。もはや、明里と交際をつづけたいのか、別れたいのかもよくわからなくなっている。

「日向実」良行は覚悟を決めた。「このあと、明里と会ってくれるか？」

その一言で、日向実も察したらしい。明里の存在は、すでに打ち明けていた。

「私、もう何を言われても平気だから」日向実は決意のこもった、強い口調で言った。「リョーコーが結婚しても、私はおばあちゃんと暮らしていくから。邪魔しないから」

そうきっぱり言われると、明里からも日向実からも見捨てられ、哀れな五十路《いそじ》をたどる、暗く寂しい未来しか見えてこない。先ほどの撮影で、妻と娘に出て行かれた犯人の末路が、嫌でも自分自身と重なってしまう。

日向実の「がっかり」という言葉が、ずっと脳内で反響しつづけている。娘に失望されるのが、これほどまでにショックだとは思ってもみなかった。四十歳にしてはじめて、まともな職に就くことを真剣に考えた。とはいえ、この齢で雇ってくれるまっとうな会社があるとは到底思えなかった。

そうこうしているうちに、ロケバスが制作会社の前で停まった。ガードレールに腰かけていた女性が立ち上がるのが、窓越しに見えた。

「瀬古さん、ご無沙汰しております」

扉が開くと、明里が深々とお辞儀をした。バスを降りた瀬古が、すっとんきょうな声を上げる。

「どうしたの、明里ちゃん。わざわざこんなところまで」

「実は、わたくし、このたび異動になりまして」恭《うやうや》しい仕草で、名刺を差し出した。「新しく立ち上げたお笑い部門のチーフになりました」

「おぉ、おめでとう！」

「というわけで、なかなかお会いできる機会も減ってしまいますし。今度のスタジオ収録、うちの藤島《ふじしま》がお世話になるので、そのご挨拶に。あと、藤島のアンケートもお持ちしました」

「わざわざ悪いねぇ。ファックスか、メールでもよかったのに」

藤島というのは、良行と同じ事務所に所属する若手俳優だ。秋からはじまる連続ドラマで準主役を演じる。事務所イチ押しの――というか、良行の目にはゴリ押しに映る――人気俳優だ。

二十代の若手が、こうしてドラマの番組宣伝でバラエティーのスタジオ収録に呼ばれる。芸人のＭＣとともに良行の再現ドラマを見て、「十億横領なんて、信じられないですねぇ」などと、コメントをするわけだ。

悔しくないわけがない。年上の俺が再現で、年下の若手がスタジオ収録。俺だって月９に出たい。ちやほやされたい。再現ドラマになんか出たくない。しかし、これが現実だ。

「明里ちゃん、このあとどう？」瀬古が杯《さかずき》を傾けるしぐさをした。

「あっ、それが、実は……」

「わかってるよ」瀬古が明里の肩をたたいた。「リョーちゃんに用があるんでしょ」

明里が恐縮した様子で頭を下げた。瀬古は明里の婚約者が良行であることを知っている。

お疲れさまですと、口々に挨拶が交わされるバスの前で、良行は明里と向かいあった。明里はハンドバッグの持ち手を肩にかけ、それを片手で握りしめ、子どものようにもじもじと上半身を揺すっている。何かを言い出したくて、切り出せない、そんなアピールのしぐさだ。

しかたなく、こちらから口火を切った。

「なかなか連絡できなくて、ごめんな」

「いいよ、いいよ。忙しかったんでしょ？」良行が忙しくないことを知っていながら、明里は優しく受けとめる。むしろ良行が素直にあやまったので、ぱぁっと顔を輝かせたくらいだ。

こんなに怒らない女性を、良行はいまだかつて見たことがない。いったい俺のどこがいいのかと思うのだが、どれだけ仕事をせずにぶらぶらしていても——デート代や飲食代をつねに払わせても、いつもにこにこしている。厳しい言葉一つ、ぶつけてこようとしない。むしろ、「私が稼ぐから、リョーちゃんは好きなことつづけていいんだよ」と、だらしない俺を全肯定してくれる。

「実はさ、明里に話があって」あわよくば、日向実の件もさらっと受け入れてくれるんじゃないかと期待しないでもなかった。

良行は日向実をとなりに立たせた。「この子のことなんだけど」

「驚かないで聞いてくれ。この子、俺の娘なんだ……」

この告白、いったい何度目だと思う。しかし、たとえ何度同じことをしゃべったとしても、このシチュエーションに慣れることはなさそうだ。じっとりと、手のひらに汗をかいている。

「勘違いしないでほしいんだけど、今まで結婚はしたことないし、隠し子でもない。これだけは、信じてほしい。ちょっと事情がこみいってるから、よかったらこのあと……」

明里は激しいまばたきを繰り返し、良行と日向実の顔を見くらべていた。すると、突然明里の喉から「はんっ」という、変な音の息がもれた。

それが、合図だった。明里の目にぶわっと涙が浮かんだ。直後、「あーん」と、赤ん坊のような大声で泣き出し、その場にしゃがみこんでしまった。車から荷物を下ろしていた瀬古や、ADの加賀が何事かと駆けよってくるほどの号泣だった。

良行もあわてて片膝をつき、「今から、ちゃんと説明するから！　だから、ちょっと冷静になってくれ！」と、なだめるが明里が泣きやむ様子はない。

さすがの日向実もおろおろしていた。しかし、次の明里の一言で、その困惑はさらに深まったようだ。

「違うの！　うれしいの！　私、うれしいの！」

「えっ……？」明里の背中をさすりながら、良行は耳を疑った。「どういうこと？」

「リョーちゃん、子どもが嫌いなのかと、ずっと思いこんでた。私、いつも子どもほしいって言ってたじゃない？　それが嫌で、重たくて、結婚をためらってるのかと思ってた。こわくて、聞けなかった」

なんだか、いろいろと誤解されている気がする。

「ちょっと……、きちんと説明させてくれる？」

「私も、子どもつくっていいんだよね？　私たち、結婚できるんだよね？」

明里が潤んだ目で見上げてくる。良行はもちろん、「そういうのが重たいんだよ」とは言えない。

瀬古が「とりあえず、会社入りなよ。会議室使っていいから」と、勧めてくれた。良行としては、情緒不安定な明里を連れて喫茶店や飲食店に入るより、人目をさけられるほうがありがたかった。けれど、瀬古が下世話な好奇心丸出しで「あとで、俺にもきちんと話してよね」と、肘で小突いてくるのには閉口した。

明里には、日向実の了承を得て、何もかも洗いざらいしゃべった。それでも、明里の前向きな興奮はさめることがなかった。

「日向実ちゃん、これからよろしくね」

熱烈な視線で、日向実をなめまわすように見つめる。勝手にその手をとり、ぎゅっと握りしめた。

「つらかったよね、悲しかったよね。これからは、私に頼ってくれていいんだからね」

光枝に最初に手をとられたときとは違って、日向実は終始胡散臭《うさんくさ》げな表情だった。光枝は日向実にとって祖母だが、明里は赤の他人だから当然と言えば当然だ。そんな日向実のよそよそしい態度に気づいていないのか、明里はまたぼろぼろと泣き出した。

明里の見た目の印象をたとえて言うなら「かわいい怪獣」だ。目が離れていて、口が大きい。でも、どこか愛嬌がある。今は目のまわりの化粧がぐずぐずに崩れて真っ黒なので、完璧に怪獣に見えた。良行は一度会議室を出て、加賀にクレンジングシートを頼んだ。

「あのさ……」部屋に戻り、おそるおそる明里にたずねる。「怒らないの?」

「なんで怒るの?」明里はきょとんとしている。「だって、精子提供をした時点で、彼女はいなかったんでしょ? たとえば奥さんがいるのに、相談もなしに黙ってそういうことをしたなら責められるべきだと思うけど」

加賀がノックをして入室してくる。パンダ状態の明里を見て、ぎょっとした様子だったが、何も言わずに立ち去った。やはり店に入らなくてよかったと心の底から思った。

「リョーちゃんは優しいよ」シートで顔をふきながら明里が言った。「私はそのときのリョーちゃんの判断、正しいと思う」

べつに怒られたいわけではないけれど、なんとなく釈然としないのもたしかだった。早く結婚したいがために、明里が無理に自分自身を納得させているように見えたからかもしれない。

「日向実ちゃん、生まれてきてくれてありがとね」すっぴんになった明里が屈託のない笑みを見せた。

日向実が、そういった口先だけのありきたりな言葉を毛嫌いしていることを、すでに良行は熟知している。案《あん》の定《じょう》、日向実の顔が露骨にゆがんだ。

姉の友香のような拒絶反応も問題だが、明里のように存在丸ごと肯定するのも、どうやら日向実のお気には召さないらしい。扱いが難しすぎる。

「ねっ、今度三人でお出かけしよう」

「なんでそんなことしなきゃいけないんですか？」吐き捨てるように言った日向実は、さっきから明里の顔を見ようともしない。

「だって、私たち家族になるんだよ」

「血がつながってないのに？」

「リョーちゃんの子どもは、私の子どもだよ」

「まだ結婚もしてないのに？」ますます日向実の機嫌が悪くなる。「リョーコーが引いてるの、わからないんですか？」

「ちょっと、ちょっと！」良行はたまらず日向実の言葉をさえぎった。明里には「引いてないから」と、懸命に釈明した。

「ホントに……？」明里が、また鼻をぐすっと鳴らす。「ホントにリョーちゃん、引いてない？」

「引いてないよ」

「じゃあ、私たち大丈夫なんだよね？　結婚できるんだよね」

「あー、じゃあ入れちゃおうか、籍」

「今年中？」

「今年中」

おざなりの返事を繰り返したにもかかわらず、明里の顔が今日いちばんで輝いた。前のめりの姿勢になり、指で空中に字を書きはじめる。

「私ね、私ね、男の子と女の子の名前、それぞれ考えてるの。大守っていう名字の画数を考えるとね……」

明里は、今年三十四歳になる。子どもは二人以上ほしいそうだ。焦る気持ちも、わからないではない。ところが、日向実は鼻白んだ表情を隠そうともしなかった。ほとんどつっかかるような口調で明里にたずねる。

「なんでそんなに子どもがほしいんですか？」

「なんでって……」人差し指を顎にあてて、明里は首を傾げた。「子どもがほしいのは自然なことじゃない？　何か理由が必要かな？　子どもがいたら絶対楽しいし、遊びに行ったり、旅行に行ったり、家族でわいわいできるでしょ？」

「本当に自然なことですか？　人が一人、この世に生まれてくるんですよ？　幸せになれる保証なんかどこにもないのに」

「大丈夫。私が幸せにする。何がなんでも。もちろん、日向実ちゃんのことも」

「だからっ！　なんでそう断言できるんですか？　いじめられるかもしれないのに。犯罪者になるかもしれないのに」

「日向実ちゃん、暗いほうばっかり向かないで。私はどんなかたちであれ、生きていてくれればそれでいいと思う」

「生きてれば、不幸でもいいんですか？　十億横領して、人に迷惑かけてもいいんですか？」日向実の息が荒くなる。「じゃあ、逆に殺されちゃったらどうするんですか？　お母さんは、二度殺されました。一度目はＤＶをした男に。二度目は車の暴走に」

　明里は途端に黙りこんだ。良行も口をはさむことができなかった。日向実の主張は極端かもしれないけれど、間違いではない。生活が一変してしまうような挫折も不幸も経験したことがない大人二人は、まったく反論するすべを持たなかった。

「そんな苦しみを味わうんだったら、最初から生まれてこないほうがいい！」全身で拒絶をたたきつけるように、金切り声を上げる。

　会議室のホワイトボードには、企画会議をした直後なのか、びっしりと細かい文字で番組のアイデアが書きこんであった。良行はそちらに目をそらしたが、漢字やひらがなの羅列がばらばらにほどけて、文章の内容が右から左に頭を素通りしていった。

「でも……」明里がおずおずと口を開いた。「暴力を振るわれても、街子さんはリョーちゃんに救われたと思う。日向実ちゃんが生まれて、いっしょに暮らして、そのあいだは確実に幸せだったと思う」

「すくわれた……」日向実がつぶやいた。「なんで、あなたにそんなことわかるんですか？　お母さんのことまったく知らないのに……！」

そっぽを向いた日向実から、目に見えない怒りの湯気がたちのぼっているようだった。このままでは、どこまでも話は平行線をたどるだけだ。良行は大きくため息を吐き出した。

「日向実さ、お前、今楽しいことないの？」

「……ないです」

「嘘だろ。母親亡くしたばかりだからって、意地張る必要ないんだよ。少なくとも、惟吹といっしょに出かけてるときは、楽しいだろ？」

「それは……」日向実は下唇を嚙んで、目を露骨にそらした。

「惟吹もきっと同じはずだよ。あいつもお前と出会えて、よかったと思ってるはずだ。でも……」

良行は、わざと気軽な、なんでもないという口調でつづけた。

「もし、お前が生まれてこなかったと仮定しよう。俺が街子に精子を渡さなかった。そしたら、今、惟吹が感じてるはずの幸福も消滅してしまう。そうは思わないか？」

「そんなの……、それこそ、詭弁です！」

「ホントにそうかな？　じゃあ、俺のお袋は？　日向実がウチに来て、生活に張りあいができたらしくて、あいつ、めちゃくちゃ生き生きしてるよ。生きる目的ができて、マジで毎日楽しそう。でも、もしお前が存在しなかったら、あいつの感じてるあらゆるよろこびも消えてなくなる」

日向実の瞳が左右にさまよった。

「惟吹君は……」日向実は少し迷った様子で、口を開いた。「惟吹君も、生まれてこなければよかったって、そう言ってるもん」

「あいつが、そう言ったのか？」良行は耳を疑った。

惟吹は、今までまったくそんな素振《そぶ》りを見せてこなかった。家のなかは少しぎくしゃくしているけれど、そこまで惟吹が悲観しているとは思わなかった。ネガティブな日向実にただ調子を合わせているだけなのか、それとも家や将来のことよりも、もっと大きな悩みがあるのか……。

良行は気を取り直して言葉をつづけた。とりあえず、今向きあうべきは、揺らいでいる日向実の魂だ。

「だったら、なおさらだろ？　互いの存在がもしなかったとしたら、もっと現状はひどかったかもしれない」

明里が向かいの席でしきりにうなずいた。

「言っとくけど、出会えたのが奇跡だとか、そういう安っぽい話じゃないぞ。ただ、お前が生まれてなきゃ、周囲への影響がプラスだったのがゼロになってた――もしかしたらマイナスだったかもしれないっていう、ごく単純な算数だ」

静かに目をつむった日向実は、何かに思いを巡らせているようだった。

「生まれたくなかったたって言うけど、お前らまだ中学生だぞ？　これからも、たくさんの人に出会う。いろんな経験をする。そして、多くの人によろこびをもたらす。まだ見ぬ人たちがお前を通して感じる幸福だって、街子がお前を生まなきゃゼロになる理屈だ」

「私は、そんなたいした存在じゃない」まぶたを開いた日向実がかぶりを振る。ロケのときからそのままの、ハーフアップの髪につけた細いリボンが揺れた。ギャラが出ないということで、かわりにもらったらしい。

「たいしたもんだよ」別れのシーンの日向実の、凜とした立ち姿が目に焼きついていた。「俺もお前と出会って、このままじゃマズい、何がなんでも変わらなきゃって思ったんだ」

はっきり思い出した。

精子提供の件で、街子と何度も話しあいをしたときのことを。

シングルマザーとして子どもを生むことに、しだいに消極的になっていった街子を説得したのは、この俺だった。

*

「ねぇ、もし人類が滅びるとしたら、短期間に一気に死に絶えると思う？　それとも、ゆるゆる減少していって、最後の一人になるまでこの世界はつづくと思う？」

十五年前だった。

街子にそう問いかけられて、そのときの良行はなぜか懐かしさを感じていた。交際していた大学時代は、そういったスケールのでかいバカ話をよくしたものだ。もし超能力を何か一つ手に入れるとしたらどんな力を選ぶ？　とか、動物に生まれ変わるとしたら何がいいか？　とか。

「俺はゆるやかに絶滅すると思うな」良行は答えた。

カフェで最初に精子提供をもちかけられてから、こうして何回か二人で会っていた。選択的シングルマザーになることについて、議論を重ねていった。季節は冬から春に変わっていた。たしか、そのときはめずらしくお酒が飲みたいと街子が言い出し、居酒屋に入ったのだ。

「ヨッシーは、なんでそう思うの？」

「明確な理由はないけど、そっちのほうがなんとなくドラマになる気がして。最後の一人っていうところにロマンがある」

「最後になる人はたまったもんじゃないけど、ヨッシーの言いたいことはわかるかも」

焼き鳥をそれぞれ、串から直接かじり取る。気心の知れた相手だからこそできる食べ方だなと、あらためて思った。

串を串入れにさした街子が、少しためらいを見せながら言った。

「大げさかもしれないけど、私自身がね、人類が滅びるか滅びないか、その最初のきっかけをつくる人間の一人かもしれないって思うときがある」

「……どういうこと？」街子は、最初にカフェで再会したときよりは、だいぶ生気を取り戻しているように見えた。顔の血色がいい。それでも、こういう突拍子もない発言をされると、まだ精神が安定していないのかと、やはりどきっとする。

「生まれてくる子どもが、もしかしたら不幸になるかもしれない。だから、つくらない、生まない。この先、ますます異常気象、貧困、戦争、災害、未知の病気……、そういう脅威が増えていって、過酷な思いをさせるくらいなら、いっそ最初から子どもをつくらないっていう選択肢をとる人が、先進国から途上国まで広がっていったとしたら、このまま人類はゆるゆる滅んでいくんじゃないかなぁって」

脚本家らしい発想だが、何百年か先にはもしかしたら現実になっているかもしれないと思った。ディストピアのＳＦ映画なんかではありそうな設定だ。

「反対にね、どんなにこの世の中がひどくなっても、それでも家族をつくりたい、小さな幸せの火を灯しつづけたいって願う人がこの先も減らなかったとしたら、人類はどんな厳しい状況に追いこまれても、生物としてしぶとく生き残っていくと思うな」

たしかに、それもそれでじゅうぶんありえるだろう。太陽が地球をのみこんだとしても、人間はどこかべつの惑星でサバイヴし、繁殖をつづけていくのかもしれない。

「私が、ヨッシーから精子をもらうか、もらわないか。意図的に子どもをつくるか、つくらないか。そのせめぎあいって、この先の人類が絶えず直面していく大きな課題の一つになっていくんじゃないかっていう気がしてならないの。私は、今、そのとば口に立ってる」

「うん……」良行は腕組みをしてうなずいた。「たしかに大げさな思考じゃないかもな」

「子どもをつくらないって、これから多くの人が決めていくのなら、もはやユルホロでもいいのかなとも思う」

「ユルホロって?」

「ゆるやかに滅ぶこと」

「勝手に言葉をつくるなよ」

目を見合わせて、笑った。今の街子と相対していると、緊張を強いられる。下手なことが言えないから、つねに気を張っている。どれだけ飲んでも酔わないのだが、このときは少しだけ気持ちがゆるんだ。

「べつに、人間が滅んだところで、地球や宇宙にとってはどうでもいいし、むしろ歓迎すべきことなんじゃないかって」

「まあ、あらゆる悩みや苦痛が、きれいさっぱり消えてなくなるのは、たしかだな」

その直後、街子がつぶやいた。「ゾンビが勝って、人間が滅ぶか……」

「えっ……?」よく聞き取れなかった。「何?　ゾンビ?」

「いや……」街子はあわてた様子で、かぶりを振った。「なんでもない。映画の話。ゾンビが優勢になっちゃった世界でさ、人間がかろうじて生き残りをかけて、コミュニティーを形成して戦うんだ。当然、長い戦いだから子どもも生まれてくる。でも、ゾンビだらけの過酷な世界で、そもそも子どもを生むのが正しいのかって葛藤があるよね。将来的に、その子がゾンビになっちゃうかもしれないっていう恐怖もあるし」

「たしかに、大切な人がゾンビになっちゃうのは、こわいな。ましてや、結婚相手とか自分の子がってなると」

「やっぱり、そうだよね……」街子がうなだれた。

ここが、踏ん張りどころだ。街子の心を救う。一人寂しく暮らしていく未来と、子どもとともに泣いたり笑ったりしながら暮らしていく未来――今がその分水嶺《ぶんすいれい》だと良行は感じていた。俺の説得一つで、流れていく時間は、どちら側にも転ぶ可能性がある。

「でも、ちょっとずつ人口が減って、たとえゆるやかに滅んでいくんだとしても、俺たちは生きてるし、子どもはこれからも生まれつづける」

「次の世代への責任とか、そういうことを言いたいわけ？」

「いや……、違うな」まだ二十代だった良行は、懸命に頭をふりしぼった。「じゃあ、俺もとんでもない仮定の話をしていいかな？」

「どうぞ」街子もリラックスしているのか、爪を手の甲に突き立てる癖も出ていなかった。

「たとえば、将来、タイムマシンができたとする」

「また、大きく出たね」

「まあ、聞いてよ」苦笑して、言葉をつづけた。「街子が、子どもを生んだとする。その子が年をとって、さらに子どもを生んだ頃に、タイムマシンができる」

「うん」

「タイムマシンのある未来に生きてるその子や、さらにその子孫が、自分の存在が消滅してしまうという危機感を持ったら、たぶん今、この瞬間にタイムスリップしてきて、なんとしても俺に精子を出させるように、説得したり、工作したりするだろうなぁって思って。俺と街子の判断一つに、そいつらの存在の命運がかかってるからね。実際に、今、未来人っぽいヤツが周りにいるかもしれない」

　良行はおどけた仕草で、居酒屋の周囲の席を見まわした。現代人の身なりをした老若男女が、それぞれ楽しそうに談笑していた。

「街子が子どもをつくらないという決断をしたら、その子から先の子孫の存在は完全に消滅しちゃうし、その子孫の配偶者とか友人たちが受ける影響や幸福も同時に、一切合切消滅してしまうことになる。たしかに、不幸になる可能性があるから、子どもをつくらないって選択肢も納得できるかもしれないけど、逆にその子孫たちの幸せをあらかじめ取り上げてしまうっていうのも、ある種エゴイスティックで暴力的なことだと俺は思うけどな」

「ヨッシーは、生まれてくる子だけじゃなくて、その子が出会う人たちの恩恵まで考えてるのね」

「さすがに、飛躍しすぎかな」

「いや、そんなことないと思う。だって、誰かが存在することで、もたらされる恩恵ってきっとあるはずだし、私そのものが今、ヨッシーの存在に救われてるから。もし、ヨッシーがいなかったら、私は今頃、ここにこうして存在しなかったかもしれないから」

重い言葉にどう反応を返したらいいのかわからず、ビールを飲もうとした。が、グラスは空だった。笑いながら、街子が店員を呼んでくれた。

「気兼ねなく、前借りしたらいいんだよ」届けられたビールを一口飲んで、良行は言った。

「前借りって？」

「街子が生む決断をしたのなら、それは幸せの前借りをしたということで、子どもが生まれたら、たっぷり利子をつけて返してあげればいい。未来の人たちの幸福が消えないためにも。それが、みずから選択してシングルマザーになるって事の意味だと思うんだ」

街子が顔を上げる。いつになくやわらかい笑みを浮かべている。

「私……、頑張ってみようかな」

その笑みは、春風に揺れるレースのカーテンを、良行に想像させた。ほの暗い店内の照明のもと、白い顔が、その一瞬、ふわりと優しく浮き上がる。

＊

あのとき、二人で決断を下した。その時点では未来だったはずの時間を、こうして日向実とともに生きている。

薄汚れた会議室が、撮影のセットのように、どこかつくりものめいて見えた。良行は小さく笑った。それをごまかすように、人差し指で鼻の下をこすった。

「まったく、似てるよ、お前たち親子は」

日向実が顔を上げる。生命力に燃えた、強い眼差しを送ってくる。

「考えてみたら、まったく同じこと言ってるんだよ、お前と街子」

「私とお母さんが？」

日向実の問いかけに良行はうなずいた。

「精子提供を頼まれたとき、最初は街子も明里みたいなことを言ってたんだよ。何がなんでも生まれてくる子を幸せにするんだって」

あのカフェの情景を、日向実が目の前に現れてから、何度も思い起こしている。

「でも、だんだん街子は不安になってきて、何度か話しあいを持つうちに、子どもを生むことに消極的になっていったんだ。そのときは、さっきの日向実とまるっきり同じことを言ってた。親のエゴで、勝手に子どもをこの世界に産み落として、もしかしたら不幸になる可能性だってあるのに……」

日向実が驚いた様子で、パイプ椅子の背もたれにあずけていた上半身を勢いよく起こした。

「傷ついた自分の心を救いたいがために、子どもをつくるなんて、暴力的なことかもしれないって」

良行はつづけた。

「だからさ、明里の言うことも、日向実の言うことも、どちらも母親になる女性のなかに、当然にある期待と不安なんじゃないかな。もちろん程度の差はあるだろうけど」

「そうだよ」明里がすかさずうなずく。「私だって、当然楽しいことばっかりじゃないってわかってる。なにせ、リョーちゃんみたいな、ろくでもない人間が父親になるんだもん。大変なことのほうがたくさんあるって覚悟してるよ」

「言い過ぎじゃね？」良行は唾を飛ばした。「まあ、その不安、正しいけれども」

良行は十五年前の居酒屋での街子との会話を、日向実に話した。日向実の顔つきが、みるみる変わっていった。

今なら、なぜ街子がちょっと過剰とも思えるほど、日向実を厳しくしつけてきたのかわかる。周囲に良い影響を及ぼす人間になるようにと、日々、祈りにも似た思いで日向実と接してきたのだろう。

「人類がゆるやかに滅んでいくのだとしても」

良行の話を聞き終えた日向実がつぶやいた。

「自分が不幸だったとしても」

小さな拳を膝の上で握りしめる。

「私は周りの人を幸せにするためにつくられた」

そう言って、良行を見た。

「私は間違ってなかったんだ……！」

その目を見て、日向実がしっかり立ち直ってくれたと、良行は確信した。

「言っとくけど、お前が不幸になるのは許さないからな。街子に顔向けできないし」

日向実がうなずくより先に、明里が大きく手をたたいた。

「じゃあ、これからご飯食べに行こうよ！　私、おいしいもの食べてるときが、いちばん幸せ」

明里は裏表のない、天真爛漫《てんしんらんまん》な性格だった。嫌みなところがないから、タレントに信頼されるし、仕事先のディレクターやプロデューサーにもかわいがられる。

「ねっ、日向実ちゃん、いいでしょ？」

「ええ、まあ……」ぶっきらぼうに答えたが、どこか険のある悩ましげだった顔つきが、やわらかい表情に変わってきたのはたしかだった。

「昇給したんだし、明里のおごりな。三人で食事したら、今日の俺の薄給が全部吹き飛んで、さらにマイナスになる」

「こんな人のどこがいいんですか？」日向実が顔をしかめて、明里を見た。「理解できないんですけど」

「包容力があるとこ？」と、半疑問形で明里が答える。

「どこが」日向実はあきれた様子で、首を大きく左右に振った。

三人で焼き肉を食べた一週間後、良行はとある人物に電話をかけた。

このままではいけない。だらしない自分を変えなければならないという思いが強くあった。人の幸せがどうこうと、えらそうに日向実に説教をたれてしまった手前、みずから行動を起こさねば示しがつかない。

家族ができるのだ。日向実が誇れるような父親にならなければ、街子に申し訳が立たない。

呼び出し音のあと、警戒し、探るような「もしもし？」という声が聞こえてきた。無理はない。こうして話すのは約九年ぶりだ。むしろ、電話に出てくれたことが奇跡に近かった。

「もしもし、乃村《のむら》さんですか？　良行ですけど」

一拍、間があいた。その直後、電話の相手は「お金は貸せないからね」と、ぴしゃりと言い放った。

良行は苦笑した。

「もっとさ、『お元気でしたか』とか『久しぶり』みたいな会話から入らないか、ふつう」

「いらないでしょ。私とリョーコーの仲で」

たったこれだけのやりとりで、九年ものブランクを飛び越え、一気に距離が縮まるのが不思議だった。

「で、何の用？」

「実は頼み事があって」

「だから、お金は無理」

「金じゃないんだって。相変わらずだな、このみは」

乃村このみとは、三十手前の頃、舞台で共演した。このみは主役で、良行はかろうじてキャストに名前が上がる程度の端役《はやく》だったが、妙に馬が合った。舞台が終わったあとも、二人で飲みに行くようになった。

周囲からは交際説もささやかれていたようだが、男女の仲になったことは一度もない。豪放磊落《ごうほうらいらく》で、男勝りなこのみは、良行のタイプからは大きく外れていた。むしろ、悪友として朝まで飲み歩くほうが楽しかった。

二十代のはじめ、このみは連続ドラマの主演を何度もつとめ、ブレイクしたのだが、どれも視聴率はいまいちだった。そのうえ、生意気ととられがちな勝ち気な性格も災《わざわ》いした。徐々にテレビの露出が減っていって、もっぱら舞台が主戦場になった。

その後、このみは有名な実業家と結婚した。あっさりと芸能界に見切りをつけ、このみ自身も複数の飲食店を経営している。

「俺、役者やめて、働こうと思って」良行は言った。「このみの店、人手どう？　下働きからでかまわないからさ」

社会人の経験もなく、特筆すべきスキルもない自分に、一般企業のサラリーマンは不可能だ。料理なら多少はできるし、接客だって苦手じゃない。甘いと言われるかもしれないが、飲食系がもっとも現実的だと考えた。

「リョーコー、正気？」煙草を吸っているのか、ふぅーと、息を吐く音がスマホのスピーカーから聞こえてくる。

「いたって、正気。ちょっと事情があって」

「結婚するとか？」

「それもあるんだけど、もっと重大な事情」

「子ども、できちゃった？」

「まあ、そんなとこ」

このみの結婚後、疎遠になって連絡も途絶えた。何回かこのみの経営する店に飲みに行ったこともあったが、彼女は不在だった。

「ちゃんと働けるの？　ウチも正直、厳しいの。ウイルスの騒動がまだ尾を引いてるから」

「それは、重々承知。死ぬ気でやるから」

「死ななくて、結構」と、このみは淡泊に返す。「まあ、とりあえず久々だし、今度会いましょう。その事情ってのを聞かせてちょうだい」

そう言って、このみは一週間後の金曜、良行に車で迎えに来るように命じた。なぜ、車？　とは思った。面接なら、店ですればいい。

とはいえ、気が変わりやすいこのみの機嫌を損ねたくなかったので、良行は二つ返事で了承した。

9

惟吹君がロデオボーイにまたがっている。

それだけで、なんだかかわいいと思ってしまうのが不思議だ。

モードは「強」になっていた。惟吹君は足の力だけで踏ん張り、手にはスマホを持っている。

眉にかかっている長い前髪が揺れていた。

「酔わないの？」日向実は聞いた。

「うん、大丈夫」

夏祭り以来、惟吹君と二人で何度も出かけている。むかしから仲の良いいとこ同士みたいに、ずっと同じマンションで育ってきた感じがするのは、互いの秘密を共有したからかもしれない。

扉の向こうから「スイカ切ったよ。二人とも、おいでー」と、おばあちゃんから声がかかった。惟吹君とそろって、「はーい」と、同時に明るく返事した。

今日で夏休みが終わる。あきれるほど、のどかな日常だった。お母さんが死んだことを、ふとした瞬間に忘れそうになる。新しい日常に慣れていくのがこわい。日向実は遺影を見つめた。

引っ越しは、無事完了した。

ずっと使っていたベッドや机が運びこまれ、見慣れなかった部屋が一気に、自分の色に染まった。変化といえば、お母さんの遺骨と遺影があること、ロデオボーイがあること、本棚にお母さんの所有していた小説やマンガがずらっとならんでいること、そして夏祭りですくった金魚が水槽のなかで泳いでいることだ。

四十九日には、納骨をする予定になっていた。リョーコーとおばあちゃんが話しあって、お寺の運営する納骨堂を契約することに決めたらしい。

「ねぇ、行こう」いつまでもロデオボーイから下りようとしない惟吹君の、シャツの袖をつまんだ。「おばあちゃん、呼んでる」

「ちょっとその前に、これ見て。マジで大発見」

惟吹君がスマホの画面をこちらに向けてきた。揺れていてよく見えない。横からロデオボーイの電源を切ると、惟吹君の体がゆるやかに停止する。

「ついに、見つけたんだよ」

「これが、ＤＶ男？」

「かなり可能性は高いと思うんだよね」

スマホに表示されているのは、ビジネス誌のウェブ版の記事だった。大手出版社が発行するマンガ雑誌の編集長がインタビューに答えている。

その雑誌は、一時期売り上げが低迷したものの、今の編集長が就任してからヒット作を連発し、見事に再興を果たした。その立役者である編集長は、業界では有名人らしい。記事では、ヒットマンガを生み出すノウハウについて語られていた。

写真が載っている。眼鏡をかけた面長《おもなが》の中年男性が、自信に満ちあふれた表情で、雑誌を胸の前にかかげていた。優しそうだ。とてもじゃないけど、暴力を振るうようには見えない。

プロフィール欄を確認した。

東京大学卒業。『週刊少年シャイニング』第十二代編集長。現在、四十四歳。

「良い人そうに見えるけど……」

「だまされちゃダメだよ、日向実ちゃん。優しそうに見えるヤツほどヤバいんだって」なぜか惟吹君は知っているような口ぶりで、それがちょっとおかしかったけれど、笑いはしなかった。

探していた人物が、もうすぐ、手の届くところにいる。

ＤＶ男を捜索するにあたって、手はじめにお母さんがアニメ制作会社にいた頃の台本を確認した。お母さんが会社に所属していた数年間で、マンガが原作の作品は二作だけだった。どちらも、台本にはスタッフの名前が印刷されていた。が、「○○製作委員会」というアニメの題名と、出版社名が記されているだけで、編集者の名前までは記載がない。

惟吹君が動画配信サイトで、該当する作品を確認してくれた。オープニングやエンディングのクレジットにも、台本と同じく出版社側の人間の氏名はなかったらしい。

「それで、いろいろ検索かけてたら、昨日の夜、この記事を見つけてさ。この人が担当してきたおもな作品も紹介されてるけど、台本があったアニメ化のマンガもばっちりふくまれてるんだ。しかも出身大学と、だいたいの年齢も合ってるしね。ほぼ間違いないんじゃない？」

惟吹君はスマホをポケットにしまった。

「でも、この先どうしたらいいかわかんないんだよね。まさか会社にのりこんで、会ってくれるとは思えないし。マンガでも描いて、持ち込みしてみようかな」

「編集長は読んでくれないでしょ」

「じゃあ、どうする？」

「そんなの簡単だよ」日向実は、自身のスマホを手に取った。「電話かける」

平日の午後三時。お盆休みは過ぎてるから、外出していないかぎり、会社にいる可能性は高い。お母さんの遺骨に手を合わせた。力を貸してください。

「ちょっと！」惟吹君があわてた様子でロデオボーイから下りた。「いくらなんでも、いきなりすぎない？」

「じゃあ、いつかけるの？　そんなこと言ってて、ぐずぐず先延ばしにしてらんないよ」

「いや、だからって、いきなりはマズくね？」

「惟吹君は、私のことを手伝いたいの？　それとも、とめたいの？　どっち？」

「それは……」惟吹君が、うつむく。「俺は、どこまでも日向実ちゃんの味方だよ。だから、ここまで調べたわけだし」

「じゃあ、決まり。黙ってて」

惟吹君が午前中に買ってきてくれた雑誌に、編集部直通の電話番号が記載されていた。ためらうことなく番号を入力し、通話ボタンを押す。惟吹君に向かって人差し指を立て、口元にあてる。

こうでもしないと、道は開けない。失う物は、もう私には何もない。

相手はすぐに出た。喉元で一度咳払いをし、声色をぐっと高くした。

「もしもし、いつもお世話になっております」

言葉づかいも、いつもお母さんがかけていた仕事の電話を真似た。

「わたくし、マンハッタン・アニメーションの都築と申しますが、尾澤《おざわ》編集長いらっしゃいますでしょうか？」

惟吹君が唖然《あぜん》とした表情で見つめてくる。ふたたび人差し指をそっと口にあてた。窓の外から蟬《せみ》のさかんな鳴き声が聞こえてくる。

「申し訳ありません。ただいま、尾澤は席をはずしておりまして」電話の相手は若そうな女性だった。「よろしければ、折り返しご連絡いたします。すみませんが、もう一度お名前、よろしいでしょうか？」

さすがに、心臓がばくばく鳴っている。落ちつけ、落ちつけと、自分に言い聞かせる。

「はい、マンハッタン・アニメーションの、都築街子です。電話番号も申し上げます」

お母さんが所属していた会社名と自分の携帯番号をつたえ、電話を切った。相手の女性は、メモか何かを編集長の机に残すのだろう。

「マジで、すごい度胸だね」惟吹君は目を丸くしていた。「何かつっこまれたら、どうするつもりだったの？」

「電話に出るのって、たいてい若手社員かバイトの人なんだって。だから、大丈夫。何か言われたらすぐに切ればいいだけの話だし」

「それにしたって……」

「だって、こうでもしないとたしかめられないし。私、もう何があっても、ひるんだりしないって決めたんだ」

この前、リョーコーからお母さんが私を生む決断をしたときの話を聞いた。そこで、覚悟が決まった。

私は間違ってなかったんだ。

ゾンビの数がどんどん増大していく、このひどい社会。理不尽な暴力を受けて、涙を流す人、命を落とす人はあとを絶たない。だからこそ、戦いをやめちゃいけないんだ。大切な人が幸せになるために、私はつくられた。私自身は、犠牲になってもいいと思った。それこそが、お母さんの遺した願いなんだ。

けれど、一つ疑問は残った。

お母さんとリョーコーは、私が周囲の人に良い影響や幸福をもたらすことを大前提として、子どもをもうけることを決意した。

ゾンビを駆逐することは、はたして世界に良い影響をもたらすのか？　それとも悪なのだろうか？　「ゾンビ」はあくまで比喩《ひゆ》であって、相手は生身の人間だ。いくら罪なき人を虐《しいた》げる最低人間でも、怪我を負わせれば、こちらが捕まる。

けれど、野放しにはできない。お母さんが傷つけられた。子どもも殺された。ＤＶがなければ、私はこの世界に生まれずにすんだのに。お母さんはきっと、べつの男性と結婚し、べつの子どもを生んで、幸せに暮らしていたはずなのに。

「スイカ、ぬるくなっちゃうよー」おばあちゃんの声が再度響いた。

惟吹君とともに、あわててリビングに出た。リョーコーは撮影で不在だった。

スイカは甘くて、おいしかった。いちばん甘い部分を残すために、皮に近いところから、スプーンを使ってトンネルを掘っていたら、おばあちゃんがにこにこしながら話しかけてきた。

「始業式、明日だね。あたしも式に参加したいくらいだよ」

「なんで？」

「だって、日向実ちゃんにとっては、入学式みたいなものじゃない。写真、撮りまくりたい」

新しい制服が届いたときに試着をしたら、そのときにも、いろんな角度から写真を撮られた。孫ってそんなにかわいいものなのだろうか？

ちょっと心が痛んだ。私がＤＶ男に何かをすれば、おばあちゃんとリョーコーが悲しむんじゃないか？　迷惑がかかるんじゃないか？　そうなったら、私が周囲の人にもたらす影響は、プラスではなく、一気にマイナスになってしまう。

そんなことを考えていたときにスマホが鳴ったから、飛び上がるほど驚いた。あわててつかんで、自室に駆け戻る。背後で何かおばあちゃんが言っていたが、耳に入らなかった。

惟吹君もついてきた。緊張した面持ちで見つめてくる。

こんなに早く折り返しがあるとは思わなかった。かけ直してくる可能性も低いんじゃないかと思っていた。相手がもし本当にＤＶ男だったとして、不審に思ったら折り返しの要求なんか無視すればいいだけの話なのだ。

スイカの果汁でべとべとした口元を、手の甲でぬぐった。手のほうもべとべとした。かまわず通話ボタンを押した。

「もしもし……」

声が震えてしまった。

「街子さん……？　街子なのか？」

相手の声を聞いて、息をのんだ。ネットの写真に写っていたあの男が――お母さんと交際していた男が、今、受話器の向こうにいることがにわかには信じられなかった。

男は言った。

「街子？　今は脚本家をやってるんだろ？　ときどき君の作品、観るよ。もしかして、マンハッタン・アニメーションに戻ったの？」

考えてみれば、相手はお母さんが死んだことを知らないのだ。

日向実は、声を落としてつぶやいた。

「都築街子は、亡くなりました」

「は？」

「私は、都築街子の娘です」

「娘？」

事態がのみこめていないのか、その後、無言がつづいた。臆《おく》すな、ひるむな、お母さんを壊した男を、この世界から退場させなければならない。

「交通事故で亡くなりました。あなたのことを恨んだまま、死にました」

「俺のことを？　恨む？　いったい、何のことかな？　というか、亡くなったっていうのは本当なの？」

「身に覚えがないんですか？　あなたがした仕打ち！」

「ちょっと……！　いったい、どういうこと？」

怒りが爆発しそうになった。思わず、親指の付け根を口に突っこんだ。そうでもしなければ、叫び出してしまいそうで――でも、実際に叫んでしまい、ふさいだ口の内側で獣のようなうなり声を上げた。

惟吹君がそっと背中に手をそえてくれる。冷静になれと、その手のぬくもりが訴えかけてくる。鼻から息を吐き出し、口に突っこんでいた手を離した。

くっきりと親指の付け根の皮膚に、歯の痕がついていた。

「一度、会って話せませんか?」

「それは……、一向にかまわないけど。こちらも忙しいから、ちょっとスケジュールを調整させてもらえないかな」

とぼけているのか、それとも本当に忘れてしまったのか。どちらにしても救いがたい。

もちろん、救う気もない。気持ちはかたまった。

ゆっくりと水槽に歩みよった。もともと熱帯魚を飼っていたという水槽は、金魚一匹には大きすぎた。

真っ赤な金魚が、広い世界に戸惑うように、右往左往と泳いでいる。ガラスをつんつんと、つついた。

突然、この世界に掬い上げられた本当の意味を今、示すときがきたのだ。

10

「ねぇ」惟吹は電話を終えた日向実に語りかけた。「その金魚と、俺の部屋の金魚、いっしょにしてあげない？」

なんで自分が突然そんな提案をしようと思ったのか、まったくわからなくて、それでもなぜか今それを言わなきゃ取り返しのつかないことになりそうで、惟吹は必死に訴えた。

「その広い水槽に一匹は、ちょっとかわいそうじゃない？」

「惟吹君が、お世話したくないだけでしょ」日向実があきれた様子でつぶやきながら、スマホをポケットにしまった。その親指の付け根には、くっきりと歯形がついていた。

どれだけ強く噛んだら、あれだけの痕が残るのだろう？　日向実に嫌われたくないという安易な動機だけで、あの男のことを調べるんじゃなかった。惟吹は激しく後悔していた。

正直、日向実を見くびっていた。

あの夏祭りの出来事から、日向実が吹っ切れた言動をするのはじゅうぶんわかっていたはずなのに、まさか大人にまで同じ態度をとることなどないだろうと高《たか》をくくっていた。

「いや、俺もきちんと世話するよ。この金魚ってさ、もともと兄弟っていうか、家族っていうか、同じ親から生まれたかもしれないわけだろ。だったら、同じところにいたほうが寂しくないんじゃないかなって思ったんだ」

日向実がじっと、こちらを見つめてくる。そして、思ってもみない質問をぶつけてきた。

「ねぇ、惟吹君は今、幸せ？　どういうときに、幸せを感じる？」

「へ……？」

「いいから、答えてみて」

考えこんだ。答えを間違うと、それこそ日向実がとてつもなく遠いところへ、一人で離れていってしまうような気がした。日向実の腕をつかむような勢いで、祈りをこめて気持ちをつたえた。

「日向実ちゃんが、笑ってるとき」

自分でも頬が熱くなるのが、わかる。それでも、言葉をつづける。

「日向実ちゃんが、幸せなら、俺は幸せ」

てっきりよろこんでくれるかと思ったら、日向実は眉間にしわを寄せていた。日向実がつぶやく。

「それじゃあ、堂々巡りじゃん」

「えっ？　堂々巡り？」

「私はね、私と知り合った大切な人を幸せにするために、つくられたの」

「うん」とうなずいたものの、どういうことなのか、いまいちわからない。というより「つくられた」という言葉がどうしても不自然で引っかかる。

「でも、惟吹君は私が幸せなら、幸せだって言う。それって、どういうことなの？」

「どういうことって、言われても……」

「ねぇ、あとで屋上行かない?」

途中で放り出していたスイカを食べ終え、日向実に言われるまま、惟吹は非常階段を使って屋上へ出た。ダイヤル式の南京錠で格子状の扉が施錠されている。花火をした日、おばあちゃんが番号を教えてくれたから、それ以来、天気のいい日にはちょくちょく開放的な気分を味わいに、日向実と屋上に上がっていた。

おくれて、日向実がやってきた。日向実は、子どもの頃からずっと大事にしているという絵本を持ってきた。自分の生まれた秘密を教えてくれる、お母さんの手作りの絵本らしい。

風でめくれそうになるページをおさえながら、丁寧に読み進めた。最初はゾンビという言葉と絵に面食らったけど、日向実のお母さんのつたえたいことはじゅうぶんつたわってきた。

「でもさ……、なんで日向実ちゃんがゾンビを倒さなきゃいけないの?」

「それは……」日向実は少し言いよどんでから答えた。「あの男の犠牲になる人がいたら悲しい。お母さんみたいに傷つく人を、これ以上出さないようにする。それは、この世界にとって、絶対プラスになることだから」

「じゃあ、本当に倒そうと思ってるんだね?」

倒す、という言葉が、いったいどれほどの行動を意味するのかわからないが、日向実は無言だった。風になびいた髪を左の耳にかけている。ときどき、ぞっとするほど大人びた表情と仕草を見せるから、そういうときはあわてて目をそらすので精いっぱいだ。

惟吹は夏の終わりの空気を、思いきり鼻から吸いこんだ。

「俺がやめろって言ったら、やめてくれる？」

「じゃあ、なんで手伝ってくれたの？」日向実が涙目でにらんできた。

「それは、日向実ちゃんの役に立ちたくて……」

「うれしいよ。惟吹君が味方なら、私、頑張れる気がする」

「でも正直言って、これ以上何かしようとするんなら俺はうれしくない。だって、俺の幸せを考えてくれるんだろ？　だったら、もうこれ以上はやめてほしい」

日向実が下唇を嚙みしめて、そっぽを向いた。その勢いのまま、屋上の端まで歩いていく。

屋上の周囲は、腰の高さくらいの柵が張り巡らされている。

「やっぱり、堂々巡りだね」

日向実があっという間に柵を乗り越えた。

「ちょっ……、危ない！」惟吹は叫んで駆けよった。

柵の向こうは、三十センチほどコンクリートが高くなっている縁があるだけだ。その上に立った日向実がつぶやく。

「その堂々巡りを、どこかでぶつっと切断するためには、リセットボタンを押す勇気が必要なのかも」

その不穏な言葉は、ここから真っ逆さまに転落する日向実のイメージと直結した。

「なんで、切断しなきゃなんないんだよ！」日向実ににじり寄る。手を伸ばす。「お願いだから、こっちに戻ってきてよ」

「考えておくよ」一度下をのぞきこんだ日向実は、ふたたび軽い身のこなしで柵を乗り越え、あっけなくこちら側に戻ってきた。「このことは、自分の胸にしまって考えておくから」

安堵のため息をもらした。日向実は何事もなかったかのように、非常階段を下りていく。あわてて、その背中を追いかけた。

日向実は、まだお母さんを亡くしたばかりだ。不安定な情緒が落ちつけば、きっと自分の幸せをいちばんに考えてくれるようになるはずだ。

そう信じ、祈るしか、今の惟吹にできることはなかった。

11

いったい、俺はどこで道を踏み外したんだ……？　良行は頭を抱えこんだが、脳が混乱して、正常な思考がままならない。

今朝、大至急事務所に来てと、明里から連絡が入った。一大事だという。事務所に到着すると、訳もわからないまま社長室に連行された。

クビを言い渡されるのかと焦ったが、そもそも役者をやめようと思っていたわけだから、むしろ堂々と開き直って社長の前に立った。

六十代の社長はジムに通うのが趣味で、いつもパツパツのTシャツを着ている。太い腕で、無言のまま、一枚のコピーを手渡してきた。

どうやら、週刊誌の記事らしい。そこには、でかでかと見出しが躍っていた。〈元大物女優・乃村このみの不貞と裏切り！　お相手は再現ドラマの帝王！〉写真が載っていた。運転席の良行と、助手席の乃村このみが笑みを浮かべている。ナンバーにモザイクがかかった自分の車と顔がくっきり写っている。嘘だろ、何かの冗談だろと、良行はいまだに目の前の事態が信じられない。

「これ、明日発売の週刊スクラッチに載るんだよね」社長は苦々しい表情を浮かべた。「まったく、大した稼ぎもないのに、スキャンダルだけは一人前だな」

一気に冷や汗をかいた。「いや、その、えぇっと……」と、まったく口がまわらない。これでは、十億円横領を社長に問いつめられた犯人と何も変わらないではないか。

記事に目を走らせた。〈乃村このみ（40）と言えば、数々の連続ドラマで主演をつとめ、一世を風靡《ふうび》した超有名女優だ。現在は実業家である夫の支援を受けて、飲食店を複数経営しているという。そんな乃村このみが自身の店をそっちのけで、男遊びに精を出しているという情報をキャッチした編集部は、さっそく不貞の現場を目の当たりにした。お相手は写真の男。名前は知らなくとも、誰もがこの顔にピンとくるのではないかと思う。この日、乃村このみを呼び出し、ホテルへ誘い出したのは、再現ドラマの帝王こと、大守良行（40）だった。〉

怒りのあまり、紙を握りつぶしそうになった。震える手で、社長の机の上にコピーを放り出した。

「誤解です！　誘ってきたのは向こうです！」良行は必死に訴えた。「それに、俺みたいな三下《さんした》役者に、スキャンダルもクソもないでしょ」

「自分で言わないでよ」明里はすでに泣いていた。「私まで悲しくなっちゃうから」

「たぶん、不倫よりもこっちのほうがセンセーショナルだったんだろうな。君みたいな再現V役者でも、じゅうぶん記事にする価値があると判断されたんだろう」社長が記事の中段あたりを指差した。

〈この帝王、取材を進めるととんでもない人物だということが判明した。なんと、二十代の中頃には、精子提供で自分の種を世間にばらまいていたのだという。〉

そこには、大守良行がシングルマザーに精子提供をしたと、はっきり書かれていた。流産に悲しむ女性の心の隙間につけいり、みずからのＤＮＡを残すことを画策。相手は学生時代に交際していた女性で、未練を断ち切れず、自分の子どもを生ませようとしたのだ。大守良行は「俺は人助けをしたんだ」と「豪語」しているという。

記事はこうしめくくられていた。〈大守良行にはいったい何人の「子ども」が存在するのだろうか？　いずれにせよ、再現ドラマの帝王は、夜も帝王だったというわけだ。〉

「これ、事実なの？」苛立《いらだ》たしげに、記事を指先でとんとんとたたきながら社長が問うた。

「そんなわけないでしょ！」とはいえ、精子提供をしたことは事実だ。

筋トレが日課の社長は、この部屋にもダンベルを置いている。いっそのこと、大きなダンベルの上に倒れこみ、角に頭を打ちつけて死んでしまいたかった。

「このみだ！　あいつ……！」と叫んだものの、彼女も写真を撮られた側の人間であって、情報を週刊誌にリークする意味がわからない。

良行はあの晩の出来事を反芻した。


車で来るよう言われた良行は、指定された六本木《ろっぽんぎ》交差点付近に停車した。しばらくして、べろべろに酔っ払った乃村このみが、助手席にすべりこんできた。

「とりあえず、走らせて。ドライブしたい気分」

就職を頼んでいる手前、このみの要求には逆らえない。レインボーブリッジが見たいというわがままにうなずいて、首都高に乗り、湾岸方面へと車を走らせた。

「で、そこまでして職を得たいリョーコーの事情って何なの？」

酒臭い車内に我慢しながら、良行はかいつまんで日向実と明里のことを話した。街子については、さすがにＤＶのことまでは打ち明けなかったものの、流産してショックを受けているところに精子提供の相談をもちかけられたこと、そんな街子の未来を救いたい一心で、精子を渡したことを説明した。

「リョーコーは、優しいのね」

「まあ、人助けみたいなもんだよ」と、たしかに良行は言った。

が、豪語はしていない。絶対に。かなり控えめに言ったはずだ。

日向実の未成年後見人になったところまで話を終えると、カラフルに発光する大きな橋が見えてきた。暗い海面とのコントラストが綺麗だった。

このみは、まるで子どものように車窓にかじりついて橋を見つめていた。そして、つぶやいた。

「あの橋を渡りきったところに、ホテルがあるの知ってる？」

「ベイサイドの……？」嫌な予感がさっとよぎった。

「部屋、とってあるの。夜景が綺麗だから、寄っていきましょう」

「はい？」なぜそんな展開になるのか、理解ができなかった。

「はい？　じゃないでしょ。全部、言わせる気？」このみの手が伸びてきた。

膝や太ももをさすってくる。良行はこのみを見た。このみは、真っ直ぐ前を見つめている。良行も運転中なので、すぐに視線を前方に戻した。

レインボーブリッジにさしかかる。心臓が高鳴り、下半身に血液が集中していく。良行はつばをのみこみ、アクセルを一心に踏んだ。

車が橋に突入する。渡り終えるのは、あっという間だ。対向車線のヘッドライトが幻のように通り過ぎていく。

いっしょに飲み歩いているときも、男女の関係にはならなかった。たしかにこのみは女優としても一線級の美人だったが、だからこそと言うべきなのか、自分なんかが相手にされるなんてハナから思っていなかった。

あの当時、このみのほうはどうだったのだろう？　まさか、こちらが口説いてくるのをずっと待っていたのか……？

ＣＸと呼ばれる、フジテレビの球形展望台が視界に入った。このみには懐かしい場所かもしれないが、良行にとってはどこまでも縁遠い建物だ。首都高の出口を目指した。指定されたホテルの車止めには入らず、その手前の道に停車させた。ハザードを点灯させる。

「悪いけど、俺は行けないよ」

「なんで……？」

「言っただろ。婚約者と、娘がいる。裏切れない」

「何、それ」

「お前だって、夫がいるんだし」

ハザードのリズミカルな音が、静寂を強調するように響いていた。

「寂しいの。夫はもう、全然家に帰ってこないし」

この前の横領犯といい、人間の幸せというのはいったい何なのだろうと考えてしまう。

このみは、短期間とはいえ一流女優として脚光を浴びた。その後は金持ちと結婚し、だいぶ羽《は》振《ぶ》りのいい生活を送っているらしい。四十歳を過ぎた今も、誰もがうらやむような美を保ちつづけている。

「ねっ、すぐに正社員で採用してあげるから。今晩だけ」

このみは、こんなダサい女じゃなかった。孤高の存在で、気に入らないものにはノーを突きつけて、自分のスタイルを頑《がん》として崩さなかった。

寂しさが、人をこんなにも変えてしまうのか。そう考えると、良行のほうがうら寂しさに襲われて、胸がしめつけられた。

ささやかでいいと思った。大金はいらない。日向実と明里を大切にしよう。

「頼む、降りてくれ。俺は行けない」良行はドアロックをはずした。

「あっ、そう」最後の矜持《きょうじ》なのか、このみはまったく食い下がらなかった。「ハローワークにでも行きなさい。きっと相手にされないから」

このみの後ろ姿が、ホテルのエントランスに消えていった。良行は途端に力が抜けて、ハンドルに突っ伏した。


という顛末《てんまつ》を、社長と明里に、必死に説明した。明里は涙をぬぐって、「よかった」とつぶやいた。

「全然よくないよ、まったく！」ロマンスグレーの髪を荒々しくかき上げながら、社長が怒鳴った。「この記事と、今の説明がまったく嚙みあわないじゃないか」

「おそらく、リョーちゃんは、スケープゴートにされたんじゃないかと」と、明里は社長相手におずおずと持論を展開した。「私、さっきまで乃村このみの噂について、いろいろ業界の知人にリサーチかけてたんですが、彼女、ここ最近不倫疑惑があったらしいです。夫と不仲で、若手俳優やミュージシャンと、三股で体の関係を持っていたとか。おまけに、薬物疑惑もあって……。だから、記者が定期的に張ってたらしいです」

なるほど、あいつ、たしかに欲求不満そうだった。どうせ俺に断られたあと、べつの男をあのホテルに呼びだしたに違いない。

「そこに運悪く、リョーちゃんが現れた。その決定的瞬間をばっちり撮られちゃった」

どれだけ運が悪いのかと、自分の運命を呪いたくなる。はっきり言ってこんな不運ばかりで、人生で一度も良いことがあったためしがないのだ。

「記者はその写真をもとに、まず乃村このみに直撃した。乃村このみは、自分がホテルに誘われたことにして、さらにリョーちゃんの精子提供のことを、かなり盛って説明したんだと思います」

明里の推理はつづく。

「記者にしてみれば、乃村このみは有名人とはいえ、所詮は元女優で、何股の不倫をしたところで、そこまでニュースバリューがあるわけじゃない。そもそも記者のほうは、乃村このみをエサに、人気若手俳優やミュージシャンのほうを釣り上げるのが狙いだったはずですから」

「俺が来て、記者はがっかりだっただろうな」

「とはいえ、いちおう大守良行は多くの人が顔を知る存在。そんな男が、精子をばらまいていたとなると……」

「ばらまいてない！」

「たぶん、乃村このみは、リョーちゃんに断られたのがショックだったのね。その腹いせもあったんだと思う。そこは腐っても元女優、どうせ写真掲載が免れないのならと、リョーちゃんの精子提供に注目が集まるように巧妙に仕向けた」

「たまったもんじゃないよ。俺は就職活動のつもりだったんだから」

「じゃあ、そもそも役者をやめる気なんだよね？」社長がずばり、核心をつく。「それなら、話が早いんだけど」

「いやいや、まるで引責辞任みたいなかたちになるのは、不本意なんですよ。俺、何にも悪いことしてないし」

「どうせ君のことなんか、世間は一週間で忘れ去るよ、安心していい。安心して、すぐにやめてくれ」

ひどい……。

「引退のかわりと言ったら何だけど、マネージャーになる？　君、やたらと業界に顔が広いらしいし、現場のことも知りつくしてるでしょ」

「えっ……、いいんすか？」思わぬ提案だったが、怪我の功名とはこのことだ。

「言っとくけど、いちばん下っ端からのスタートだよ。二十歳くらいの若手タレントとうまくやってける？」

そう言われると自信がないが、やると決めたからには、やるしかない。日向実のためだ。

とりあえず態度を保留して、良行は社長室を出た。明里が「どうするの、このあと」と、心配そうに聞いてくる。

「俺には、いつでも話を聞いてくれる、敏腕弁護士がいるのさ」颯爽《さっそう》とスマホを取り出した。

さっそく和泉に電話をかけてみる。こうなったら、いい加減な記事を出した記者に謝罪させなければ気がすまない。徹底抗戦だと息巻いていたが、良行の説明を聞き終えた和泉は「アホですか、あなたは」と吐き捨てた。

啞然とした。この世界に、誰も俺の味方はいないのだろうか。

「大守さん、なんであなたはそんなに脇が甘いんですか？」

「俺さ、自分が有名人だっていう自覚に乏しいんだよね。だから、脇が甘いとか言われてもピンとこない」良行も開き直って答える。

「ヒナちゃんのことで相談があれば、連絡してきていいですよとは言いましたけど、あなたのピンチなんて知ったことじゃありませんよ。こっちは忙しいんですよ」

「これは仕事の依頼ですよ。なんとかしてください、このデタラメ記事」

「無理です。黙殺がいちばんです」

「そこをなんとか。有名人はよくやってるじゃないですか、名誉毀損で訴えるとか」

「ダメです。必要以上に事を荒立てると、ヒナちゃんが傷つきますよ」

そう言われて、良行はぐっと答えにつまった。たしかに、この記事にさらに注目が集まるのは得策ではないかもしれない。

「いいですか？　記事は明日には出るんですよね？　ヒナちゃんに黙っているのが、いちばんマズいですよ。どこからヒナちゃんの耳に入るかわからないですからね、あらかじめ説明するんですよ。もし必要なら、私も都合をつけて行きますから」

電話を切られた。横で聞いていた明里も、だいたいの話の成り行きはつかめたのだろう。ほら見たことか、という顔をしている。

事務所の廊下には、ずらっとポスターが貼られている。所属タレントの出演する映画やドラマ、舞台のポスターだ。俺の顔、ここに一回でも掲示されたことがあっただろうかと反芻するが、記憶になかった。あげくの果ては、週刊誌に顔が載る始末だ。

自分の人生なんだから、こうなったのはある程度自分の責任なのだが、しかしツイてない生涯だったよなと、まるで死ぬ寸前かのように悲嘆する良行だった。

事務所を出た。いったい日向実にどう説明しようかと思案しているところに、いきなり道をさえぎられたものだから、危うく相手にぶつかりそうになった。

「大守良行さんですね？」芸名のほうの「リョーコー」で呼ばれ、ハッとした。

顔を上げると、目の前にカメラのレンズがあった。

「週刊スクラッチのウェブ版です。お話よろしいですか？」

思わず小走りになった。ハンディカムをかまえた男が、ぴたりと並走してくる。これでは本当に俺がやましいことをしたみたいじゃないかと後悔したが、一度足を速めてしまったせいで、とまるタイミングを失ってしまった。

「我々、週刊スクラッチでは精子提供について特集を組む予定でおります」

勝手にやってろと心のなかで吐き捨て、無言で突き進む。

「精子提供を行ったというのは、事実なんでしょうか？　どのような理由や心境で？　いったい何人の女性に精子を分けたのですか？」

「やめてください」いっしょに事務所を出てきた明里が、レンズをさえぎろうとした。「取材でしたら、きちんと会社を通していただけますか」

男は器用に反対側にまわりこみ、明里の手をよけた。灰色のTシャツには、濃い汗染みができている。

暑いなか、俺みたいな小者を追いかけて駆けずりまわっているんだと思うと、少し気の毒になった。こいつだって生きるため、幸福になるため、懸命に働いているんだ。そう自分に言い聞かせて、苛立ちが表に出ないようにつとめた。

歩道を行き交う人々が、何事かと足をとめる。注目が集まる。明里がタクシーを停めようと、車道側に寄り、手を上げるのが見えた。

良行は立ち止まった。不意打ちと急ぎ足のせいで、心臓がばくばくと暴れている。

「事実ですが、あの記事にはかなり誤解がふくまれています」

何を逃げているんだ。べつに法を犯したわけではない。堂々と振る舞えばいいんだ。

「誤解というのは？　くわしくお聞かせください」

「話せません。実際に生まれてきてる子どもがいるんですから。その子のプライベートのこともふくまれるので」

「いったい、精子提供で生まれた子どもは何人いるんですか？」

「話せません」言った瞬間、しまったと焦った。これじゃあ、本当に精子をばらまいているように聞こえてしまう。

タクシーが停まる。明里が乗車をうながした。

「失礼します」

男がなおも立ちはだかった。

「どいてください」

男の横をすり抜けようとした。相手はそれでも「説明をお願いします」と、執拗に道をふさいでくる。頭に血が上って、男への同情の気持ちが消え失せた。

「邪魔だよ、どけ！」

肩と肩が触れあい、男は大げさに「うわっ！」と、よろめいた。かまわずタクシーに乗りこむ。明里もすべりこみ「とりあえず出してください」と、運転手に告げた。

窓越しにレンズを向けてきた男が、あっという間に遠ざかっていく。

「マズいよ。なんで、もうちょっと冷静に対処できないの？」

「だって、こんなのはじめてなんだもん」まるで子どものような口調になってしまった。

「誰だって、こんな経験、一度すればじゅうぶんだよ」明里もふてくされたように、スマホを取り出し、そっぽを向く。

タクシーの運転手が、バックミラー越しにちらちら視線を送ってきた。「で、どちらへ？」という問いかけに、明里が自宅の住所を答えた。

貧乏揺すりがとまらなかった。その後は明里の家に泊まり、日向実にどう説明するか作戦会議を行った。

「大炎上です」明里が大守家の面々を前にして頭を下げた。「私の責任です。申し訳ありませんでした」

結局、何の作戦も思いつかず、正直に告げるのがいちばんだという結論に達した。翌日、良行は明里とともにマンションへ帰った。

そうこうしているうちに、昨日の動画が記事とともにネットに公開された。

「邪魔だよ、どけ！」苛立ちの声を上げる再現ドラマ俳優が、カメラに向けて手を伸ばす。その直後、記者の「うわっ！」という声が聞こえ、画面がぶれる。白い雲が一瞬映り、タクシーに乗りこんだ男の険しい表情がふたたびアップになる。

相手を手荒く押しのけて車内へ逃げた三流役者に、ネット上で批判が噴出した。精子提供で自身のDNAをばらまき、元女優の人妻を口説き、記者に悪態をつく、とんでもない男に仕立てあげられてしまった。

「全部、こいつが悪いんですよ」光枝が苦々しい表情で言った。

光枝と明里は初対面だった。良行が婚約者だと紹介すると、光枝は手放しでよろこんで歓迎してくれたのだが、週刊誌の一件の告白ですぐに重苦しいムードに包まれた。

同席しているのは、日向実と惟吹だ。日向実は、うつむいたまま黙りこんでいる。明里がお土産で買ったケーキに、誰も手をつけようとはしない。

「リョーちゃんも、私と日向実ちゃんのためを思って就職しようとしてくれたわけですし、今回のことは乃村このみが性悪だったってだけで……」

「明里さん、本当にこの男を甘やかさないほうが、この先のためにもいいですよ」光枝は、自分が息子をさんざん甘やかしてきたことを棚に上げて言った。「もうね、間違いを犯す前提で、びしばしケツをたたいてやらないと、ロクなことしでかさないんですから」

光枝に対しては悪態の一つもつきたくなるが、さすがに今回は立場が立場だけに、良行は神妙に肩を落としていた。が、日向実の一言で、顔を上げた。

「なんでですか？」

日向実が、腹の底からしぼり出したような低い声で問いかけてくる。

「ねぇ、なんでなの、リョーコー」

日向実のストレートな「なんで？」は、心にずっしりと重く響いた。

「なんで、私とお母さんのこと、関係ない人にべらべらしゃべるの？」

良行は日向実の視線をさけて、ふたたびうつむいた。

「就職するっていうのは、いいと思う。でも相手がその店のオーナーだからって、そこまで全部しゃべる必要あるの？　結婚するからって、その一言でじゅうぶん済むんじゃないの？」

中二の少女に、ここまで正論で問いつめられると、己の愚かさが身にしみて実感された。良行は頭を下げた。

「面目ない。まったくもって、そのとおりだと思う」

「お母さんを助けたって、救ったって、そんなに自慢したいの？　そんなに、日本中に向けて豪語したいの？」

「豪語はしてない！」

「書いてあるじゃん、豪語したって！」日向実がテーブルをたたいた。「最悪！」

良行が何か言うより先に、日向実が立ち上がった。そのまま、自室に入ってしまう。惟吹がそのあとを追いかけた。

大人三人は、同時に大きなため息をついた。誰も有効な打開策は思いつかなかった。その直後に、和泉から電話がかかってきたものだから、良行は藁《わら》にもすがる思いで緑色の通話ボタンをタップした。

「ヒナちゃんの様子はどうですか？」

「それが……」良行は口元を手でおおった。日向実の部屋は、しんとしている。「やっぱりショックだったみたいで、すごい剣幕でなじられてしまいました」

「やはり、そうですか……」

昨日の辛辣な和泉からはほど遠い控えめな調子に、良行は違和感を覚えた。案の定、和泉は言いにくそうに週刊誌とは別件の話を持ち出してきた。

「実は、さらに厄介な事態が出来《しゅったい》してしまいまして」

「なんですか？」

「厄介と言ってしまうと、先方には失礼なんですが、実は街子さんのご両親とようやく連絡がとれまして」

良行は息をのんだ。日向実のもう一方の祖父母の存在をすっかり忘れていた。

「街子さんが亡くなったことを知って、かなり取り乱した様子でして。先方は茨城にお住まいなんですが、今すぐそちらに行く、と。街子に線香をあげさせてほしい、ヒナちゃんに会わせてほしいとおっしゃって。もう、出発してしまっているようなんです」

「今日ですか！」良行が急に大声を出したものだから、光枝と明里が何事かとこちらを見た。「今、ちょっとバタバタしてるんです。日向実も不安定だし、なんとか後日にできないですかね」

「私も重々それはわかってるんです。でも、娘さんが亡くなったと知って、すぐ駆けつけたいと思うのは、親として当たり前の感情ですし」

「……ですよね」

「私も、もともと今日はそちらにうかがおうと思ってましたから、街子さんのご両親と合流して……、そうですね……」腕時計を確認したのか、衣擦《きぬず》れの音がした。「三時くらいには、到着するかと思います。事前にまた連絡致しますので」

良行も壁時計を見た。今は午前十一時。明里の買ってきたケーキをいったん冷蔵庫にしまい、早めに昼食をとることにした。

光枝が日向実の部屋の扉をノックした。

「あのね、急なんだけど、実はこのあと街子さんのご両親が来ることになったの。つまり、日向実ちゃんの母方のおじいちゃんとおばあちゃん」

「えっ、マジで？」と、いっしょに室内にいる惟吹のほうが、最初に反応を示す。

「弁護士の和泉さんといっしょにいらっしゃるらしいの。だからね、早めにお食事済ませておかない？　何か出前をとろうと思うんだけど」

「会わない」日向実は押し殺すような声で言った。「私のおばあちゃんは、おばあちゃん一人だから」

光枝はそれを聞いて満更でもなさそうだったが、「でもねぇ、街子さんにお線香をあげたい、日向実ちゃんにぜひ会いたいっておっしゃってるんだよ」と、なおも説得をこころみた。

「だって、今までお母さんのことずっと放っておいたのに、死んでから来るなんておそすぎる」

日向実の言い分はよくわかる。しかし、いつかはきちんと会って話をし、乗り越えなければならない相手なのだ。扉の前でずっと聞き耳をたてていた良行は、思わず口をはさんだ。

「お前が出しゃばってくんなって思うかもしれないけど、言わせてもらうぞ」

反応はない。良行は言葉をつづけた。

「今言った日向実の気持ち、そのまま全部相手にぶつけてやればいいんだよ。それでケンカになるなら、それはそれでよし。街子と両親のあいだで何か気持ちの行き違いがあって、その誤解がとけるんだったら、なおよし」

良行は扉を軽くたたいた。

「おーい、惟吹も出てこい。ちゃんと食わないとケンカもできねぇぞ。臨戦態勢、整えろ」

「記者にケンカ売ったリョーコーが言うと説得力ある」惟吹がつぶやくと、日向実が「ムカつくけど、言えてる」と同調した。

「ケンカ売ってないから！　相手をよけようとしたら、そいつが俺の進路に無理やり入ってきたんだって」

良行はぐっと声のトーンを落とした。

「とはいえ、本当にすまなかった。もう、絶対に誰にもしゃべらない。俺たちのこと」

街子もきっとどこかで聞いている――そんな気持ちで訴えかけた。

「あと、真面目に働く。実は今の事務所からマネージャーにならないかって言われてるんだ。明里の部下になって、一からやり直すから」

「リョーコー、生意気な若い俳優とケンカするでしょ」惟吹が言うと、日向実が「絶対やる」と、ふたたび同調する。

そういえば、社長もまったく同じ心配をしていた。どれだけ俺は信用がないのかと思ったが、今まで積み重ねてきた自分の行いを考えると当然かもしれない。

「絶対に仕事でトラブルは起こさない。神様と街子に誓って」

「言ったね。俺が証人だからね」惟吹の声が聞こえる。

良行は光枝と目を見あわせた。もしかしたら、惟吹は部屋のなかで必死に日向実の気持ちをほぐそうとしてくれているのかもしれない。

「リョーコーもおばあちゃんも、私の味方になってくれる？」不安そうな声で日向実がたずねてくる。

「もちろん」と、二人は同時に即答した。

ゆっくりと扉が開いた。「出前、おそばがいい。鴨南蛮食べたい」と、扉の隙間から照れたような笑みをのぞかせる。

「相変わらず、おっさんチョイスだな」思わず余計なことを口走ってしまった。「出前と言ったら、子どもは真っ先にピザだろ」

「うるさい」日向実は、もう泣かなかった。「おっさんに、おっさんって言われたくないし」


三時の少し前、和泉とともに、街子の両親がやって来た。

さすがの和泉も場をわきまえているらしく、例の異様なテンションを封印していた。緊張した様子で、両者を引きあわせてくれる。良行のほうも、光枝や明里を紹介した。惟吹は昼食のあと、二階に帰らせていた。

深々と腰を折った街子の両親は、光枝と同年代の七十代後半に見えた。二人とも喪服を着て、遠慮がちに手土産を渡してくる。恐縮しながら、光枝が受け取った。

街子の母親は、日向実を見て「ずっと会うことができなくて、ごめんね……」と、言葉をつまらせた。その目にはうっすらと涙が浮かんでいた。しかし日向実は「こんにちは」と、ごく淡泊な挨拶を返しただけだった。

たしか、街子は一人っ子だったはずだ。この老夫婦にとっては、日向実が最初で最後の孫ということになる。

「とりあえず、街子に線香をあげさせてください」街子の父が言った。

遺骨が安置されている日向実の部屋に通す。喪服姿の老夫婦は、正座し、目をつむり、一心に手を合わせていた。母親のほうは、やはりずっと「ごめんね、ごめんね」と、呪文のように繰り返して、ハンカチで涙をぬぐっていた。

重苦しいムードが、よりいっそう濃くたれこめる。とてもじゃないが、街子との不仲の理由を問いただせるような空気ではなかった。

居間に戻ると、光枝がお茶をいれた。食卓の椅子には、街子の両親と、その向かい側に良行、日向実が座った。和泉は両者を調停するように、テーブルの短い辺の席についた。光枝と明里は、少し離れたソファーに腰をかける。

「街子との再会がこんなかたちになってしまって、本当に無念です」申し訳程度に、お茶に口をつけ、街子の父親はつぶやいた。「孫との対面も、もっと早く……」

そう言ったまま、言葉をつまらせてしまった。一方の日向実は自分の殻に閉じこもったように黙りこみ、テーブルの木目を見つめている。

九月中旬の、真夏並みに暑い日だった。クーラーが盛んに冷気を吐き出しているが、良行はじっとりと汗をかいていた。

「今日はお願いがあって参りました」父親はテーブルの縁に両手をかけ、頭を下げた。「街子をこちらの先祖代々の墓に引き取らせていただきたいんです」

「えっ……」と、戸惑った様子で日向実が顔を上げた。

まるで母親を取り上げられるような気持ちになったのかもしれない。日向実が会おうと思えば、いつでも会いに行けるように、お骨は都内の最新式の納骨堂に納める予定だった。

「日向実ちゃんも、できればうちに来てほしい。いっしょに、私たちと暮らしていかないかな？　ちょっと田舎だけど、海の近くのいい場所だよ」優しい声音で、上半身をテーブルの上にのりだし、日向実にぐっと体を近づける。

逆に日向実は背もたれのほうへのけぞった。

最初に反応したのは、明里だった。ソファーから立ち上がり、すでに泣きそうな潤んだ目で訴えかける。

「私と良行さんは、結婚します。日向実ちゃんを養子に迎えるつもりです。日向実ちゃんは、街子さんの子どもであると同時に、良行さんの子どもなんです。それが、いちばん自然なことなんです」

「そちらの言い分は、重々わかっているつもりです」街子の父親は、態度や言葉こそ控えめなものの、きっぱりとした口調を崩さなかった。「日向実ちゃんは街子が大事に育ててきた娘です。私たちはその遺志をなんとしても引き継ぎたいんです」

相手も相手で、もう二度と同じ過ちは繰り返さないという覚悟をもって、ここを訪れている。その気持ちは、じゅうぶんすぎるほどつたわってきた。

「ここに来る途中、和泉さんから、良行さんのことを聞きました」今まで黙っていた母親が口を開いた。「はっきり言って、週刊誌に不倫の写真を撮られるような人に、きちんと親がつとまるとは思えません」

「あれは……」明里が口を開くのをさえぎって、街子の母親はつづけた。

「日向実ちゃんのことをいちばんに思っての提案だということをわかってください」

「もう良行さんは、正式な後見人なんです」明里がなおも訴える。

「それも和泉さんから聞きましたけど、後見人は遺産の管理が適切に行われているか、監督人の和泉さんに報告の義務がある。でも、養子にしてしまえば、遺産も賠償金も事実上、親のものになるそうじゃないですか。ほとんど仕事のない男の人に、日向実ちゃんを託すことが心配だって言ってるんです」

「たとえ、日向実ちゃんを養子に迎えても、財産には絶対に手をつけません。良行さんもそれはわかっているはずです」

「そんなうわべだけの言葉、信用できませんよ」

こういう醜い争いをいちばん日向実に見せたくなかった。今すぐ、日向実の目と耳をふさいでしまいたかった。

「法律的にはどうなんでしょう?」街子の父親が、和泉に視線を向けた。「どちらが養親としてふさわしいか、答えは出るんでしょうか」

和泉が答えた。

「都築さんご夫婦がどうしてもとおっしゃるのなら、家庭裁判所で争うこともできるでしょう。たしかに、良行さんは街子さんの公的な遺言で指定された後見人であり、実父でもあります。しかし、先ほどお母様がおっしゃったように、収入面や、週刊誌の記事は問題ですし、争点になるかと思います」

和泉が眼鏡を押し上げる。レンズの奥の瞳が、いつになく厳しい光をたたえていた。

「しかしですね、日向実ちゃんは物や財産ではありませんので、渡す、渡さないの争いはできればやめていただきたいですね。私が申し上げたいのは、ヒナちゃんの意志をいちばんに尊重してほしいということです」

この場にいる全員の視線が日向実に集まる。

「ヒナちゃん、ちょっと酷かもしれないけど、あなたはどうしたい？　言ってみて」やはり日向実に対しては厳しい表情を崩し、和泉は優しく微笑んだ。

日向実が顔を上げた。その表情に迷いは感じられなかった。きっぱりと、向かいに座る夫婦に視線を向ける。

「私を罪滅ぼしの道具にするのは、やめてください」

「罪滅ぼし……？」街子の母親が不安そうに聞き返した。

「お母さんと永遠にケンカ別れしたまま――後悔したまま、死んでいく。それが、嫌なんですよね？　私を育てて、罪を消して、満足して死んでいきたいんですよね？」

街子の両親は唖然としている。

良行は、日向実の遠慮のない辛辣な言葉に息をのんだ。でも、気持ちをそのまま相手にぶつけろと言ったのは俺自身だ。

「おばあちゃんは……、光枝さんは、何の利害もないのに、ここにいなさいって言ってくれました。明里さんも、そうです。最初は口先だけのいい加減な人かと思ったけど、私のことをこうしていちばんに考えてくれます」

明里が「日向実ちゃん」と、感極まった声でその名を呼んだ。

「もう、おそすぎです」日向実は言った。「もう、何もかも手おくれなんです」

街子の両親は、そろってうつむいた。居間が分厚い沈黙に塗りこめられる。

たしかに、不憫ではあった。もし、ほんのちょっと運命の歯車が違う方向へ動いていれば、この両親を相手に、「街子さんと結婚させてください」と、頭を下げていた可能性だってあったかもしれない。たまに孫を連れて茨城の実家に帰省し、笑顔で食卓を囲むような未来もあったかもしれない。

でも、そうはならなかった。こんな悲しいかたちの対面になってしまった。

はっきり言って、口をはさむ資格すら自分にはないと思っていたのだが、日向実の言葉で勇気がわいた。日向実の味方に徹する。今は、その気持ちしかなかった。

良行はいったん自室に戻り、街子の手紙を机の引き出しから取り出した。居間に戻ると、封筒から便箋を抜き、そっとテーブルの上に置いた。

「日向実、お母さんの手紙、見せてもいいか?」

良行の問いかけに、日向実がうなずく。

「こちらの優位を示したいわけではないですが、これを読んでみてください」

便箋を広げて、街子の両親に差し出した。

「冗談っぽく書いてますけど、街子さんとしては日向実を僕に託すことは、あまり気が進まなかったんじゃないかと。もちろん、彼女にとって後見人の件はあくまで万が一の保険にすぎなかったわけですが……」

二人そろって老眼鏡をかけ、便箋の文字に視線を落とす両親に告げた。手紙には、良行が落とした涙のあとで、丸くインクがにじんでいる箇所があった。

「でもね、そんなちゃらんぽらんな僕よりも、お二人に日向実を託すのは、もっと嫌だったと思うんです」

娘を亡くしたばかりの、年老いた両親に告げるのは、かなり残酷かもしれない。けれどすべては日向実のためだ。良行は語気を強めた。

「街子さんと確執を抱えたまま、なぜここまで取り返しのつかないことになってしまったのか。それを日向実に説明しないまま、ただただ引き取りたいと言ったところでフェアじゃないと思います」

「それは……」手紙を読み終えた母親は、老眼鏡をはずし、泣きはらした赤い目で良行と日向実を交互に見やった。「日向実ちゃんを前にして言うのははばかられますけど、当時、結婚もせずに精子提供でシングルマザーになるなんて、どんな理由があっても非常識なことだと娘を説得しました。ましてや脚本家なんて仕事は不安定だし、あのときは街子自身も精神的に参ってましたから。それでも生むというのなら、私たちには絶対に頼るな、一人で育てろと突き放しました。娘はそれで折れてくれるかと思ったのですが、結果的に妊娠に至り、お互いに引っこみのつかないまま、連絡をとりあうこともせず、ここまで来てしまいました」

たしかに、それが決定打になったのかもしれない。けれど、もっとずっと前から、両親に対する街子の信頼は失われていたのだ。

良行は遠い記憶に手を伸ばし、その輪郭をおそるおそるなぞるように、大学生時代の話をはじめた。

＊

大学生のとき、良行は街子の独り暮らしの部屋に入りびたっていた。

今でもよく覚えているのは、バラエティーや、お笑いのネタ番組を観るときの、街子のあまりに真面目な顔つきだった。

「面白くないの？」と、良行は一度聞いてみたことがあった。食い入るようにテレビを見つめているのに、街子はくすりとも笑わないのだ。そのくせ、チャンネルを変えようとはしない。

「いや、面白いよ」

「じゃあ、なんで笑わないの？」

「なんだかね、感心するほうが先にきちゃって、笑えないの」

「どういうこと？」

「私ね、家がお笑い番組ＮＧだったから、大学生になってほとんどはじめてこういうのが観られるようになったの。だからね、なんだか笑い方がよくわからなくて。ヨッシーが笑ってるし、何かすごいことが目の前で繰り広げられてるっていうのはわかるんだけど、あまりにも異世界すぎて、その仕組みを理解するので精いっぱいって感じ」

街子はテレビの前に体育座りをして、膝を抱えこんでいた。

「そもそも、夕食中にテレビを観ること自体、なかったから」

「お前、それでよく脚本家になろうって思ったな」

「本とか映画は大丈夫だったから。ドラマは内容次第。でも、マンガとアニメはダメだったから、今はむさぼるように吸収してる。一日、二十四時間じゃたりないくらい」

「親、厳しかったんだな」

「結局ね、与えるっていうことは、奪うこととおんなじなんだって、私、最近ようやく気づいたの」

「お前って、ときどき暗い文学少女が顔を出すよな」

「バカにしてるでしょ、ヨッシー」

「してない、してない！」二十歳の頃なんて、まともなことはほとんど何も考えていなかったと、現在の良行は思う。役者で売れて、うまいメシを食って、ちやほやされたい――あらゆる思考が目先の欲望に支配されていた。

それにくらべて、街子ははるかに大人で、いろいろなことを考えていた。

「小学生のときにね、家で私の誕生パーティーを開くことになって。友達を呼ぶやつね」

「ああ、そういうのやったなぁ。オカンがやたら張り切って、フルーツポンチとか作りだしちゃうやつね」

「私は楽しみでね、もちろん学校の友達を呼ぶつもりだったんだけど。お母さんが全部仕切ってるから、習い事のピアノ教室の、お上品な子たちしか招待してくれなくて」

「なんで？」

「今のうちから、つきあう子を選びなさいって。学校の近くに団地があって、私もそこの子たちとけっこう仲良くしてたんだ。みんな、何かしらマンガを集めてたから、読ませてもらったりしてた。その子たちの家でゲームやったり、泥だらけになって遊んだりするから、お母さんとしては、娘を誤った道に誘いこむ悪い友達に見えたのかもしれない」

「団地の子に失礼だな」

「もうね、先入観でしか生きてないの。結局、仲良しの子たちに誕生パーティーをひそかにやってたことがバレて、なんで呼んでくれなかったんだって言われて、私、ごめんねしか言えなかったんだ。それ以来、ちょっと気まずくなっちゃって」

「もしかして、お母さん、お嬢様だったの？」

「そうみたいね。お友達は選びなさい。見る番組は選びなさい。本もきちんとしたものを読みなさいって。めちゃくちゃ厳しかった」街子は体育座りで立てた膝に顎をのせ、遠い目でつぶやいた。「あと、服も全部高校生までは母親に買い与えられてたから、お人形さんみたいなワンピースしか着せてもらえなかった」

そこで、「与える」と「奪う」が、「おんなじ」だということの意味に良行は気がついた。友達も服も本も上から押しつけられ、街子が本当に望んでいたものは選択できなかったということだろう。

「だから、私は逃げてきたの。独り暮らしも大反対されたんだけど、大学に入ったら自立するって心に決めてたから、野宿してでも上京するって主張して、ようやくお父さんが認めてくれたの」

「そこで、街子は今、自由を満喫してるわけだ」

「最高だね。観たいテレビや映画が観られる。着たい服が着られる。読みたいマンガが読める。そして、つきあいたい人とつきあえる」

それでも、街子の母親からはよく有機栽培の野菜や、オーガニックの化粧水、シャンプーなんかが送られてきた。電話も頻繁にかかってくるようだ。離れて暮らす娘が心配でしかたがないのだろう。

「俺みたいな人間とつきあってるって知ったら、お母さん、ショックで死んじゃうんじゃない？」

「もしかしたら、ヨッシーみたいな不心得者《ふこころえもの》を選んじゃったのは、その反動なのかもね」

「さらっと、悪口放りこむなよ」良行は顔をしかめた。「そもそも不心得者なんて言葉、日常生活で使ってるヤツはじめて見たぞ」

「映画も、むかしは古いものしか観させてもらえなかったからね。私の言葉づかいは白黒映画と古い版の世界文学全集でとまってるの。あと、ニュース番組の堅苦しい言葉ね。更新を急がなきゃね」

幹線道路沿いに建つ古い木造アパートだった。大型ダンプが通ると、ときどき地震みたいに建物が揺れた。

街子の両親は、オートロックのついた築浅《ちくあさ》の物件に住むことを勧めたらしいが、街子自身がここを選んだ。「あこがれてたの。学生時代のボロアパート生活に。それに、お金ももったいないしね。私の家、べつにすごく裕福ってわけじゃないから」

街子はささくれだった畳を、指先でいじっていた。

「とにかくね、将来子どもができたら、私はその子に無理やり与えたり、無理やり奪ったりってことは、絶対したくないの」

そのときの良行にとって、結婚や家族というのはただただ遠い想像でしかなかった。

＊

なかば日向実に訴えかけるつもりで、良行は街子との古い思い出を両親に語った。

「だから街子さんは、日向実が同じ育て方をされるのだけは、どうしてもさけたかったんだと思います」

湿った畳のにおいを思い出すと、今でも寂しげな街子の表情が脳裏をよぎる。

「その子が望んでもいないのに、何かを無理に与える。それは同時に、ほかの選択肢を奪ってるってことになるんです」

思い出すのは、決まってどうでもいいことが多い。たとえば、あのアパートの外階段の蛍光灯が、ずっとちかちか点滅していて、ガラスのなかに大量の虫の死骸が横たわっていたこと。

「だから、僕も街子さんの気持ちを引き継ぎたいんです。無理やり与えたり、無理やり奪ったりしない。その子が望むものに手を伸ばすのなら、ただ陰ながら、その手助けをしてあげたい」

そのとき、良行はハッとした。

テーブルの下で、となりに座る日向実が手を伸ばしてきた。良行の力の入った拳を、そっと包みこむ。

目と目が合った。

すがりつくような視線で見つめてくる。もういいです、もうじゅうぶんです。その澄んだ瞳が、興奮した良行の気持ちをゆっくりとしずめていった。

日向実が前を向いた。

「そちらの家に、お母さんの小さい頃の写真はありますか?」

「あるよ」街子の両親も、一縷《いちる》の望みにすがりつくような目を日向実に向けた。「赤ちゃんの頃から、全部そろってる。運動会や学芸会を映したビデオもとってあるよ」

「見に行ってもいいですか? 今度、そちらにお邪魔してもいいですか?」

「もちろん……!」

「お母さんの子どもの頃のお話、聞かせてください」

日向実はきっとわかっているのだろう。街子の両親も、街子がかわいくてしかたがなかった。

だから、そこまで行き過ぎた干渉をしてしまった。結果、自由を求めた街子は、両親から逃げつづけるしか道がなかった。

「握手をしたらどうでしょう。仲直りに」今までずっと黙っていた光枝が言った。「街子さんも、きっとよろこんでる」

街子の両親の、しみの目立つ手が、おずおずとテーブルの上に伸びる。

「私はここで暮らします。でも、今までと違って、いつでも会うことはできますから」日向実は、祖父と祖母、それぞれの手をやわらかく握った。

12

与えるということは、同時にほかの可能性を奪うこと。

それをお母さんはわかっていた。けれど、その究極が生命だということに、果たして気がついていたのだろうか?

無理やり命を与えられて、私はかわりに何を奪われたのだろう? 考えても、考えても、わからない。

私だけじゃない。人間はみんな、あらかじめ何かを奪われた状態で、生まれてくるのかもしれない。だから赤ちゃんは、この世に生まれて真っ先に泣き声を上げる。無闇に悲しいし、つらい。何を奪われたのかもわからないから、余計にやるせない。

こんな面倒なことを考えるのは、私だけかもしれないと思ったけど、お母さんの本棚のなかにあった旧約聖書の創世記を読んだらびっくりした。最初の人間であるアダムとイヴは、食べるなと言われていた知恵の木の実を食べてしまい、楽園を追い出されてしまう。

神様は勝手に人間を造り、勝手なルールを設け、勝手につらい現世へと追いたてる。結果、楽園を追われた人間は、過酷な世界で、あくせく働いて生きていかなければならなくなった。

ずっとずっとむかしから、人々は私と同じことを考えていたんだと気がついた。勝手に命を与えられ、勝手に奪われることの理不尽さの理由を説明するために、こういう神話がつくられなければならなかった。

聖書をカバンにしまい、教室の席を立った。これから部活だ。バスケ部が練習する体育館に向かうため廊下を歩いていると、目の前に夏祭りの日の三人組が立ちはだかった。

「おい、これ、お前の父ちゃんだろ?」

スマホを眼前に突きつけられ、顔を上げた。リョーコーの動画が流れている。「その子のプライベートのこともふくまれるので」と、リョーコーはかたくなな様子でくわしい説明を拒《こば》んでいた。

「お前、精子提供で生まれてきたって、マジか?」

相手の言葉が、深く、鋭く突き刺さる。ぐずぐずに崩れたゼリーみたいな私の心が、冷たいスプーンで、さらにぐちゃぐちゃに、無遠慮にかき混ぜられていく。

廊下は放課後の喧噪に満ちている。行き交う生徒たちが、好奇心に満ちた視線を送ってきた。

「お前のオヤジ、そうとうヤバいヤツだな。だから、お前も頭おかしいのか」リーダー格の、背の高い男子が、手でピストルのようなかたちをつくり、人差し指で自身のこめかみを指した。

頭がおかしいのは、そっちだ。なんで誰も私のことを放っておいてくれないんだ。日向実は叫ぶ寸前でこらえた。ぐぅっと、喉の奥のほうで自分の声ではないような声がして、涙をこらえるのに必死だった。

「精子提供が本当なら、なんだっていうんですか？」精いっぱい毅然と振る舞った。三人のあいだをすり抜けようとした。

その途端、肩をつかまれる。

「気持ち悪っ！　こいつ、やっぱセーシテーキョーだってよ！　認めたぞ！」聞こえよがしに叫ばれた。

女子たちが、ひそひそとささやきあい、笑いながら通り過ぎていく。制服のスカートが軽やかに揺れている。

こいつらが吹聴しなくても、とっくに噂が広まっているのは知っていた。リョーコーの動画や、週刊誌の記事がクラス単位で拡散しまくっているらしい。二年二組の転校生が、その精子でできた子どもだという情報もいっしょに。

転校当初は、クラスの女子たちに引っ越してきた理由をよく聞かれた。リョーコーとの事前の取り決めで、「母を亡くし、離婚した父のもとで暮らすことになった」という設定を守り、クラスメートに説明していた。お母さんが死んだというのが不憫らしく、誰からもそれ以上踏みこんだ質問はされなかった。もちろん、父親が俳優をやっているということは、誰にも、一言も言ってない。

惟吹君も私を裏切って、リョーコーのことや、精子提供のことを、こいつらに話すわけがない。たぶん、リョーコーと私がいっしょにいるところを、街中で学校の誰かに見られたのだろう。リョーコーは、商店街の複数の飲み屋や喫茶店で常連らしく、地元ではちょっとした有名人だ。なおさら地域の目はさけることができない。週刊誌の記事が出まわり、動画が炎上した今、その炎は私の身を焼こうとしている。

「親が精子ばらまき男って、マジで気持ち悪いな。学校来んじゃねぇよ！」

日向実は思った。クズみたいなこいつらも、何かを奪われて生まれてきた。奪われたことにも気がついていない、哀れなゾンビども。早く滅んでくれと願う。人間も、ゾンビも、地球も、何もかも。

「お前だって精子と卵子から生まれてきてんだろ」力を振りしぼり、相手の手を払いのけた。

「キモいから、さわんな」

踵《きびす》を返した。多少遠まわりでも、体育館へは反対側から行けばいい。追い打ちをかけるように、背後から聞こえてくる下卑《げび》た笑いを無視した。

階段を急ぎ足で下りる。スクールバッグが暴れる。行き交う人たちが、自分の顔を見て笑う。あからさまに指をさして、「精子提供」とささやきあうヤツらもいた。

惟吹君、惟吹君、助けて惟吹君。心のなかで、繰り返し叫ぶ。お母さん、助けてお母さん。

渡り廊下に出た。

秋晴れだった。屋外の廊下に張り渡されたトタン屋根が、太陽の光を受けて鈍く輝く。大きな雲が、一つ浮かんでいる。母が脚本を書いた『妖怪糸電話』の話をふと思い出した。

一話完結の、子ども向けアニメ番組だった。毎回、違った小学生が主人公として登場する。様々な悩みや困難を抱えた主人公たちは、出会った妖怪に助けられ、生きる勇気を得る。困難を乗り越えると、妖怪は見えなくなってしまう。

脚本も一週ごとに、担当が替わった。

お母さんの書いた妖怪は、雲の形をしている。ふつうの雲にとけこんで、青い空をふわふわ漂っている。けれど、その正体はこの世とあの世をつないでくれる妖怪だったのだ。

その回の主人公は、母親を交通事故で亡くした男の子だった。父親や祖父母が心配し、なにくれとなく世話を焼くのだが、食事も喉を通らない。ふらふらと近所を歩いていると、頭上の雲から、すぅっと一本の糸が垂れ下がってくる。

少年は見上げた。やたらと低空のところを漂っている雲だ。意思があるかのように、少年の頭上を旋回している。その先のほうから、割り箸にからめとられる前の綿あめみたいな、やわらかそうな、細く、白い糸が伸びてくる。

よく見ると、糸の先には同じく白い物体がついていた。湯飲み茶碗みたいな形だ。

「もしもし？　もしもし？」ちょうど耳にあてるのがぴったりの、糸の先の物体から、女の人の声が聞こえる。

お母さんだ！　少年は夢中で糸電話の受話器を耳にあてた。

「まさき？　元気？」

糸電話だから、どちらか一方しかしゃべれない。少年はもどかしい思いで、近況を語った。飼っている犬のこと、お父さんの作る料理がまずいこと、海に行ったらクラゲにさされて足が腫れ上がったこと。母親は、「そうなの」「大変だったね」と、相づちを打ってくれる。

「あのね、まさきと話せるのは一回きり、それに時間もかぎられているの。雲を見て」

　少年は、あわてて頭上を見上げた。さっきまでは家の湯船ほどの大きさだった雲が、飼っている小型犬のチワワくらいに縮んでいる。そうしているあいだにも、みるみるうちに小さくなっていく。どうでもいいことを話しすぎたと後悔した。

「まさきが心配だから、特別に神様に許可をもらったの」

「嫌だよ！」

「あのね、まさき。お父さんも、悲しいの。それを、まさきの前では必死に隠してるの。だから、二人で仲良く生きていくって約束して」

「わかった、約束するから！　あと、もうちょっと！」

「ダメなの。もう時間なの」

やがて大人の拳くらいに縮んだ妖怪糸電話が、リールを巻くように、糸を吊り上げはじめた。少年は必死に受話器を両手でつかんだ。

「手を離して！　まさきまで連れていかれちゃう！」受話器からお母さんの悲痛な声が響く。

「嫌だ！　僕も連れてって！」

少年の体が宙に浮かぶ。そのとき、聞き慣れた犬の鳴き声が響いた。飼い犬のチワワ・ラッキーだ。

「まさき!」ラッキーをつれたお父さんが、少年の体を抱きとめる。

お父さんは、泣いていた。少年は、その涙を見てついに手を離した。糸電話は、本体の雲に吸い上げられて、ふわふわと天にのぼり、見えなくなった。

「あのね、お母さんが連れていこうとしたんじゃないよ。僕がわがままを言ったんだ」

「わかってるよ」お父さんは、うなずいた。ラッキーも「ワン」と、うなずいた。「お前まで行ってしまったら、どうなっていたことか」

少年は、それからもときどき空を見上げた。けれど、妖怪糸電話は、もう二度と少年の頭上に現れることはなかった。

お母さんが見守ってくれていると確信した少年は、父親とともに力強く成長していき、やがてはそんな出来事があったことすら忘れていった。

それでも、空を見ると、ふと小さい頃の不思議な体験をおぼろげに思い出すこともある。たしかに、お父さんもいた。けれど、父親にそのときのことを問いただすのは、なんだか笑われそうな気がしてためらわれるのだった。


その子ども向けアニメーションが放映されたのは、日向実が小学校三年生のときだ。お母さんが書いた架空の話だとわかっていたのに、泣いてしまった。「お母さんが死んだらどうしよう」

と号泣した。

「大丈夫だよ。死なないから」お母さんは言った。「でも、もし死んだとしても、日向実の子どもに生まれ変わるから、また会えるよ」

中学二年生になった日向実は、渡り廊下を少しはずれて、太陽の光の降りそそぐ日向に出た。空を見上げた。はるか上空に浮かぶ雲の先から、糸が垂れ下がってきてほしいと願った。

頭上に手を伸ばした。細い腕の影が渡り廊下のコンクリートの上に伸びた。雑草が風に揺れている。

お母さんと話すことができるのなら、本当に私の子どもに生まれ変わってきてくれますかと、そんな問いかけをしてみたかった。人間という生き物は、命を与えられたり、奪われたりすることの繰り返しから、永遠に逃れられないのかもしれないと思った。まさしく堂々巡りだ。

もし、生まれ変わりがないのだとしたら、誰にとめられても、つかまれても、天まで巻き上がっていく糸を、私は絶対に離さないだろう。妖怪糸電話に、連れていってもらいたい。ふわふわ上昇して、この醜い世界を見下ろしたい。

日向実は一人、ため息を吐き出した。くだらない感傷だと思った。

更衣室で着替えを終えて、体育館に出る。モップがけをはじめる。本当は一年生の仕事だけど、二年の日向実も新しく入ったばかりなので、率先して練習の準備をした。

にやにやと笑う同学年の部員たちは、ずっと視界に入っていた。無視して横を通りすぎたとき、背中に衝撃が走った。思いきり投げつけられたバスケットボールが、フロアにバウンドする。

「精子女。気持ち悪いから、バスケ部来んな」

いっしょにモップをかけている一年生が、困ったように視線をさまよわせながら、急ぎ足でモップを押して、遠ざかっていく。

顧問はまだ来ていない。いくつものバスケットボールが、罵声といっしょに飛んできた。よけきれず、その一つが膝にぶつかった。

ボールを突くドリブルの音が、私がここに存在することをなじるように、鳴り響く。こらえきれず、涙があふれた。せっかくモップをかけた床に、水滴がぽたぽたと落ちていく。

「ちょっと、ふいてよ、汚いし」

「精子女の汁だからね、汚い」

「なんか、イカくさくない?」

爆笑がわき起こる。「こいつの涙、イカくせぇ!」腹を抱えて笑う女子が、近くの女子の肩をたたいた。

体育館の飴色の床が、やわらかく光っていた。いろんな競技の、色とりどりのラインが引かれていた。

涙でかすれる視界のなか、その線をあみだくじみたいに目でたどりながら、自分が今、何を感じているのか、おそるおそる自分の心の襞《ひだ》をなぞってみた。

怒りは不思議となかった。

あきらめだった。それこそ、ゾンビ映画で四方八方を大勢のゾンビに囲まれ、自殺を選ぶ登場人物のような冷めたあきらめが、大きく暗い口を開けて、心の内側から全身をのみこもうとしていた。どうせ死ぬなら、人間のままでいたい。

日向実は更衣室に飛びこんで、自分の制服と荷物をつかみ、体育館を出た。ぐすっと鼻を鳴らす。あまりの屈辱で、この身が焼き尽くされそうだった。

妖怪糸電話は降りてこない。だとしたら、生きている人にこちらから助けを求めるしかなかった。

惟吹君は、いつも放課後、図書室で勉強している。自習用の机に座っている惟吹君を見つけて、後ろからそっと肩をたたいた。

「どうした？　部活じゃないの？」振り返った惟吹君が、小声でたずねてきた。

「やっぱり部活出ないことにした」

その一言で、すべてを察したらしい。「じゃあ、行こう。俺も出る」と、惟吹君はすぐに荷物をまとめはじめた。

校舎の一階、階段の下、暗く小さなスペースで事情を話した。心細さに耐えられなくて、惟吹君にしがみついた。惟吹君はしばらく背中をさすってくれた。

息ができない。上下の唇を内側に巻きこむようにきつく合わせて、泣き言や嗚咽がもれないようにした。

「とりあえず、トイレで着替えてきなよ」

惟吹君がカバンを受け取ってくれた。

「いっしょに帰ろう。帰ったら、おばあちゃんのおいしいご飯が待ってる」

「うん」

「あのさ……、リョーコーのこと、恨んでる？」

「ううん、全然」首を横に振った。それが、嘘偽りのない正直な気持ちだった。「むしろ、こんなくだらないことで、わいわい騒げる人たちに驚いてる」

体育館のほうから、バスケのドリブルと、女子たちの甲高いかけ声が聞こえてくる。自分がいなくなっても、何事もなかったかのように日常は進んでいく。

「なんかね、いくら頑張っても、何も変わらないのかもしれないって思ったら、もういろいろどうでもよくなってきた」

惟吹君に会ったからこそ、むしろ余計に、あきらめの気持ちは濁ってよどみ、体中を侵食していくようだった。私を前にして口には出さないけど、たぶん惟吹君もリョーコーの記事のことでバカにされ、なじられ、悔しい思いをしている。

「たぶん、人間って滅びるまでずっと、こんなこと繰り返してくんだよ。だから、滅んでいいんだよ」

惟吹君を見上げて言った。

「切断するのは、今だと思う。私も奪うんだ。奪われてばっかじゃ不公平だよ」

「日向実ちゃんは、それでいいの？」惟吹君が見つめ返してくる。

「いい。後悔しない」

惟吹君は、大きくため息をついた。けれど、迷うそぶりは見せなかった。

「わかったよ。俺ももう心を決めた」

日向実は、再度、尾澤編集長に電話を入れ、次の土曜日に会う約束を取りつけた。相手は、お母さんの遺骨がまだ私のもとにあることを知り、「ぜひ、手を合わせたい」と言った。どの口がそんなことを言えるんだと、ふたたび怒りが再燃してくることを歓迎した。

今なら、やれるはずだ。

雨の土曜日だった。家まで案内するため、惟吹君といっしょに、最寄り駅の改札口に立った。人々の濡れた傘や靴で、駅の白いタイルが光っていた。傘をたたみ、人波をよけて、券売機の脇に立った。心臓が静かに鼓動を刻んでいる。

家には、今、誰もいない。土曜の午後、おばあちゃんはいつもフラダンスのレッスンに通っている。そのあとは、仲間たちとお茶を飲むから、当分帰ってこない。

リョーコーは撮影だ。よく出演している再現ドラマの得意先には、すでに役者引退をつたえ、マネージャー転身の挨拶まわりも済ませたそうだ。あとは、もともと入っている出演スケジュールをこなすだけだった。

おばあちゃんにもリョーコーにも、迷惑はかけたくなかった。とはいえ、家で何か事を起こせば、二人とも警察から事情を聞かれるだろうし、ただでさえ週刊誌に載ってしまったリョーコーのもとに、さらに取材が殺到するだろう。

周囲の人の幸せと、男の排除。尾澤をこの世界から退場させたいという願いとは裏腹に、日向実はまだ、迷いのただなかにいた。

「あのさ……」かたわらに立つ惟吹君は、せわしなく右足の爪先を上下させていた。「日向実ちゃんは、あいつのこと、どうしようと思ってるの？」

「まだ、わかんないけど……」持っていた傘に、視線を落とした。その先から雨水がしたたり落ち、足元のタイルに小さな水たまりをつくっている。「あの男の大事なものを奪いたい」

いちばんは、あいつの幸せだ。尾澤編集長には妻子がいることがわかった。

彼が誇りにしている仕事も、大事にしている家族も一度に奪えたらと思う。命をとるよりも、孤独こそが最大の罰になるはずだ。

家にある包丁か何かで、死なない程度に刺してやればいい。私は捕まる。裁判にかけられる。そこで、お母さんのことをすべて話す。私の出生と、尾澤の悪事をぶちまけてやる。学校中が知ろうが、日本中が知ろうが、そんなこと、もうどうでもいい。

しかし、それで尾澤の職と家庭が奪えるかは疑問だった。DVと流産は約十五年前。証拠もない。尾澤の妻子が同じようにDVを受けているのなら——ほかにもたくさんの被害女性が声を上げてくれるなら話はべつだが、罪を犯した名もなき一少女の訴えで、失職や離婚にまで導けるかどうかは正直なところ予想がつかなかった。

「惟吹君は、マンションに着いたら、すぐに一階の自分の部屋に帰って。私だけでやるから。進学のこともあるし、これ以上迷惑かけられない」

「いや……、でも」

「惟吹君のお母さんが、また怒っちゃうよ。惟吹君は、何も知らなかった、私の独断でした行動。これだけはゆずれない」

「いや、俺は……」

「もしかしたら、しばらく惟吹君とは会えなくなるかもしれない」

願わくば、尾澤がお母さんを冒瀆《ぼうとく》するような態度をとりつづけてくれたら……。

我を忘れるほどの怒りを感じることができたら、どこまでも深い海の底まで、息継ぎなしで潜っていけると思った。それで二度と水面に戻れなくなっても後悔しない。バカにされ、ののしられ、ボールを投げつけられた学校や、この世界には、何の未練もなかった。

「……わかったよ。俺はいつまでも待ってるから」

足元にできた小さな水たまりに、傘の先をつける。習字のように傘の先を動かすと、透明な水の線ができあがる。「幸」という漢字を書きかけて、やめた。傘をめちゃくちゃに動かして消した。

惟吹君は、おそらく了承したふりをして、何がなんでも六階までついてこようとするだろう。そして、いざとなったら私をとめようとするだろう。そんなことは、わざわざ聞かなくてもわかる。

いったい、三十分後の自分の運命がどうなっているのか、予想もつかなかった。

「来たよ」惟吹君の言葉に顔を上げた。鼓動が一気に速くなった。

電車が到着し、改札口から人が吐き出されてくる。さんざんネットで確認した男の顔が、そのなかから浮かび上がるように見えた。ゆっくりと尾澤の前に進み出た。

「こんにちは。君が、日向実さんかな？」

両手を膝につき、中腰の姿勢で、こちらと同じ高さまでかがんだ尾澤が、やわらかい笑みを浮かべた。

一瞬、たじろいだ。「虫も殺さない」という慣用句があるけれど、尾澤のしわの寄った笑顔は、あらゆるこの世の暴力から遠いところにあるような印象で、純粋に元交際相手の娘との対面をよろこんでいるように見えた。

この優しげな笑顔に、お母さんはだまされた。自分に何度もそう言い聞かせた。

「はい、都築日向実です。都築街子の娘です」すべての感情を押し殺した、抑揚のない声で答える。

「君は名字が都築のままなんだね」中腰の姿勢から立ち上がり、尾澤は着ているジャケットを整えた。写真で受けた印象よりも、すらりと背が高い。「街子さんは結婚して、そのあと離婚したのかな。日向実さんは、今、お父さんといっしょにいるの？　お父さんは、今日のこと、知ってるのかな？」

相手は精子提供のことを知らない。お前のせいで、お母さんの人生めちゃくちゃにされた。それを一から突きつけ、自分が犯した罪を認めさせなければならない。

むしむしと湿度が高かった。体にまとわりつくような、不快な空気がわだかまっている。日向実は相手を見上げた。

「その前に確認です。きちんと母に向かってあやまってくれますか？」

「あやまる……？」尾澤は首を傾げた。「そうだな。俺は街子さんを、守ってあげられなかった。あやまるのは当然かもしれない」

「守ってあげられなかった……？」耳を疑った。「どういうことですか？　あなたが母の未来と心を壊したんですよ」

自分たちの左右を、乗降客が通りぬけていく。ＩＣカードをタッチする改札口の電子音がひっきりなしに鳴りつづけていた。

「電話でも感じたことだけど、君は何か誤解していないかな？」

「誤解？」

尾澤は手土産のつもりなのか、洋菓子店の紙袋を持っていた。そんなもの、いらない。今すぐ傘でたたき落として、踏みつけてやりたかった。

「あなたは、母とあなたのあいだにできた子を殺した……！　認めてください！」

尾澤が心底驚いたという表情を浮かべた。

「街子さんが、君に何をどう説明したのかはわからないけどね。街子さんが妊娠し、流産してしまったのはたしかだ。でも、その子は私の子ではないよ」

残暑の午後の雨。遠くから雷鳴が聞こえてくる。

日向実は尾澤の顔を見つめた。相手はいたって真面目な表情だ。少し眉間にしわを寄せて、それでも誠意のこもった視線でこちらを見つめてくる。

「本当だ。僕の子じゃない」

その言葉を聞いて、足元から崩れ落ちそうになった。目まいがした。膝ががくがくと震えている。傘を支えにして、ようやくその場に立ちつづけていた。

この男は、この期に及んで、何を言ってるんだろう?

人々の濡れた靴とタイルがこすれて、あちこちで泣いているような甲高い音が鳴る。駅の軒先を出る人たちの傘が、次々と花開いた。

「どういうことですか?」惟吹君が尾澤につめよった。「きちんと、説明してください!」

「君は?」

「いとこです。日向実ちゃんの」

尾澤はゆっくりとうなずいた。

「こんなこと、街子さんの子どもに話すべきではないと思ったんだけど……」

「話せ」日向実は低く抑えた声で怒鳴った。「全部、話せ!」

尾澤は少し気圧《けお》されたように、後ずさった。それでも、視線を外そうとはしなかった。

「街子さんは、その当時、マンハッタン・アニメーションのディレクターと交際してたんだよ。そのディレクターは、妻子ある人だった。要するに、不倫だ」

耳をふさぎたかった。凍りついたように、手も、足も動かなかった。

「やがて、その人とのあいだに子どもができた。ディレクターの男は、妻と別れ、街子さんといっしょになると言ってたらしいけど、結局その約束は反故《ほご》にされた。それどころか、子どもができたとわかると、堕胎《だたい》を迫った」

嘘だ。嘘だ。嘘だ。駅の軒にたたきつける雨粒のリズムに合わせて心のなかで叫んだ。

「街子さんは、堕胎を拒否した。一人で育てる決意をかためた」

「あなたは無関係だと、そう言いたいんですか？」惟吹が聞くその声も、どこか遠くから響いてくるようだった。

「いや、無関係じゃない。僕は、街子さんに、片思いをしていたんだ」

尾澤は少し恥ずかしそうに、言葉をつづけた。

「その後、相談を受けるようなかたちで、街子さんと二人きりで会うようになった。僕も、そのとき、覚悟をかためたんです。街子さんと結婚できるなら、この子を、自分の子として育てよう、と。街子さんにプロポーズをしました。彼女を何度も説得して、僕らはついに互いの両親に挨拶することになった。もちろん、街子さんのお腹の子は、僕の子だと双方の親に説明して」

傘の柄を強く握りしめる。ホームのアナウンスが、電車の到着を告げていた。雨を切り裂く電車が、近くの踏切をゆっくりと通過してくる。

「しかし街子さんは、やはり心底、あのディレクターの男を信頼し、惚れていたらしい。才能ある人だったからね」

「それで……？」惟吹君が問いつめる。

「街子さんは、男に裏切られたショックを払拭《ふっしょく》しきれなかった。僕と交際をはじめてからも、どんどん精神的に不安定になっていって、自暴自棄になり、自傷行為にまで走るようになった。

僕はそれを必死でとめたんだ」

「嘘だ」かすれた声が出た。生まれてはじめて声を出したように、その言葉は自分の耳になじまず、雨音にかき消された。

「嘘じゃない」尾澤は首をゆっくりと横に振った。悲しそうな表情で、雨に煙った駅の軒先へ遠い目を向けた。「結果的に、ストレスのせいか、街子さんの子どもは流れてしまった。さらに自分を傷つけようとする行為はエスカレートして、僕としても、どうしても手荒なやり方でとめざるをえなくなった」

「嘘だ！」

「嘘じゃない！」

にらみあう。尾澤の目にじわっと涙が浮かんだ。

「嘘じゃないんだ。本当なんだ」

「あなたは、お母さんに暴力を振るった。自分の子を殺した」

「それは事実じゃない。たしかに、街子さんの目をさまさせるために、腕をおさえたり、頰を張ったり、そのくらいのことはしたかもしれない。でも、すべては彼女のためだった。でも、結局、僕らもうまくいかずに破局した。ずっと、街子さんのことは心配してたんだ」

日向実は、今ここに、相手を刺し殺すナイフや包丁を持ってこなかったことを、心底後悔した。

「街子さんが、君に対して――あるいは周囲の人に対して、どんな説明を、どんなつもりでしたのかはわからない。でも、それが真実だ」

「じゃあ、そのマンハッタン・アニメーションのディレクターの名前を教えてください」

「……それを聞いて、どうするの？　僕を見つけ出したみたいに、そいつを探して、問いただして、いったい何になる？　街子さんがよろこぶと思う？」

尾澤は持っていた傘と、菓子の袋をその場に落とした。両手で肩をつかんでくる。ふたたび中腰で、互いの視線の高さを合わせてきた。

「日向実さん、あなたが幸せにならないと」

「嘘」懸命に顔をそむける。

「きちんと、聞いて」

「嘘！」尾澤の両手を払いのけた。

「君も子どもができれば、きっとわかる。どれだけ、街子さんが、自分の子を大切に思っていたか。だから、絶対に君のことも天国で案じているはずだ」

「うるさい！」

日向実は走った。すべてを置き去りにするつもりで、傘もささずに走った。すぐに、髪も、服もびしょ濡れになった。

全身が鉛《なまり》のように重い。クラクションを鳴らされ、車道を走っていることに気づいた。歩道に入り、歩行者とぶつかりそうになりながら、よろよろと駆けつづけた。学校の女子たちの、下品な笑い声が不意に耳によみがえって、体中に突き刺さってくるような気がした。

本当はどっちなの、お母さん。

13

「日向実ちゃん！」惟吹は懸命にいとこの名前を叫び、走った。

ようやく追いつき、華奢なその腕をつかむ。持っていた傘を日向実の上に差しかけた。

今、何を言うべきか。何をつたえるべきか。答えは一つだった。

「俺も絶対に嘘だと思う。何から何まで、自分を守るための嘘だ。絶対、許せないよ、日向実ちゃんのお母さんを平気でおとしめて」荒い呼吸がなかなかおさまらなかった。「たぶん流産のことを聞かれると想定して、こっちがたしかめようのない嘘を用意してきたんだよ、あいつ。でも、日向実ちゃんがディレクターの名前を聞いたとき、一瞬答えにつまった。俺、見てたんだ。目も泳いでた、確実に。その証拠に、あいつははぐらかすことしかできなかった」

ビニール傘に雨粒が打ちつける。

「ああいう男は、平気で嘘をつけるんだ。涼しい顔をして、その場でいくらでもでまかせを言えるし、嘘の涙も流せる。日向実ちゃんが、あんなゾンビに絶対にかかわらないように、お母さんは切実な願いをこめてあの絵本を書いたんだよ！」

日向実の涙が、さっきまで浴びていた雨といっしょくたになって、頬を流れていく。突風が吹いて、傘をもっていかれそうになった。惟吹は右手に力をこめた。

「もう、忘れるんだ！」

声が裏返って、情けない声が出た。日向実は聞いているのか、いないのか、傘の下でじっとうつむいていた。

「あいつの言うとおりだよ。日向実ちゃんは幸せになんなきゃいけない。あいつの思惑通りになるのは悔しいけど、忘れなきゃいけないことだってあるんだ！」

「ねぇ、惟吹君」

足元を見つめていた日向実が、傘越しに空を見上げた。惟吹もつられて、頭上を見た。白い糸を引くように、次々と雨粒が顔に向かって落ちてくる。

「惟吹君の、精子を私にくれませんか？」

日向実に傘をさしかけているので、惟吹の全身はすぐに濡れそぼっていった。その冷たさも忘れるほどの衝撃と困惑が、惟吹の意識を支配した。

「ちょっと……、冗談はやめろよ。何言ってんだよ」

「冗談なんかじゃない」

日向実はなぜか薄く笑っていた。

「お願い。惟吹君の、精子を私にください」

14

撮影のあと、瀬古に誘われて、飲みにいくことになった。

「いやいや、寂しいかぎりだよ、ホントに。リョーちゃんが、役者をやめちゃうなんて」

「さすがに、もう潮時かな、と」

「リョーちゃんは使い勝手がよかったからね、かわりを見つけるのが大変」

「物みたいに言うの、やめてもらっていいっすか」

「まあ、最近は再現ドラマも、お笑い芸人とか、ブレイク直前の若手俳優を使うようになってきたから、だいぶ現場の状況も変化してるよね」

居酒屋で、結婚と転職祝いを開いてくれることになったのだ。もちろん、明里もいっしょだ。

ＡＤの加賀が出席者の注文を確認した。

「あっ、私、ウーロン茶で……、お願いします」明里が右手を小さく挙げて照れくさそうに言った。

「あれ？　まさか」瀬古が息をのむ。「酒豪の明里ちゃんが、ノンアルってことは……」

「その……、まさかです」明里はやわらかい笑みを浮かべながら自身のお腹をさすった。

「えぇっ！」良行はテーブルをたたいて、勢いよく立ち上がった。「ホントに⁉」

周囲の席の客たちが、何事かとこちらを見やる。週刊誌のトラウマ以来、注目を浴びることが苦手になってしまった良行は、肩をすぼめて、椅子に腰を落とした。それでも、じわじわとよろこびがわいてくる。

「リョーちゃんも驚かせようと思って」と、明里は屈託のない表情で言った。「生んでもいいんだよね？」

「もちろんだよ」思い当たる節があるのは、日向実がはじめて我が家をたずねてきた、その二週間くらい前――食事のあとに、明里の家に泊まったときのことだ。とにかくこれで明里の念願がかなったわけだ。

「ご懐妊のお祝いもくわわりましたね」乾杯の前に、ＡＤの加賀がスタッフ一同からの花束をくれた。

良行と明里は、そろって立ち上がり、花束を受け取った。「おめでとう！」瀬古や加賀、なじみのスタッフたちが祝福してくれる。

これで、日向実に妹か弟ができる。あいつ、いったいどんな顔をするだろう？　そんな想像をしながら飲むビールは格別だった。

「これからは、気軽に飲みに誘えなくなっちゃうなぁ」瀬古が頬杖をつき、嘆息した。「モニカも寂しがるよ」

「誰ですか、モニカって」明里の目が鋭くなった。

「フィリピンパブの、リョーちゃんのお気に入りの女の子」

「瀬古さんが気に入ってるんでしょ！　というか、明里の前でわざとそういう話題出すのやめてくださいよ！」

和気藹々《わきあいあい》とした笑い声が、テーブルに満ちる。明里も笑顔だ。酒が進む。一時はどうなることかと思ったけれど、真面目に働けば、きっとささやかな幸せを手に入れられるはずだ。

「ところで、リョーちゃん、週刊誌の記事はホントなの？」となりに座る瀬古が下世話な笑みを浮かべながら、肘で小突いてきた。

絶対に聞かれると覚悟していた。しかし、明里が泣きじゃくっていたときに会議室を貸してくれた恩もあるし、最低限の説明は必要だと思った。

「話せることはかぎられてますよ」と前置きして、良行は話しはじめた。「シングルマザーになりたいという女性に頼まれて精子提供をしました。言っときますけど、ばらまいてはいませんよ。提供をしたのは一人だけです。でも、そのお母さんが残念なことに亡くなってしまったので、遺言にしたがって僕はその子の後見人になりました。それが日向実です」

「撮影に来た、あの子か。道理で似てたわけだ」

「これからは、明里といっしょに育てて……というか、育てるというのもおこがましいので、いっしょに成長を見守っていきたいと思ってます。これ以上は、彼女のプライベートにかかわることなので、申し上げられないですけど」

「いや、じゅうぶんだよ。話してくれてありがとう」瀬古はスタッフたちに視線を向けた。「みんなも、ペラペラしゃべるなよ。業界の人間、口軽いから」

かく言う瀬古が、いちばん「口」に関しては信用ならなかった。五年くらい前、電車で痴漢と間違われかけたことがあって、その愚痴を瀬古にこぼした。話した相手は瀬古だけだったのに、瀬古とはまったく関係のない現場で「災難だったね」「両手でつり革つかまらないとね」などと、いろんな人からなぐさめられた。

どちらにしろ、もうすぐ役者人生は終わる。俺の顔など、日本中の人々の記憶から、すぐに消え去るだろう。

「で、どうなの？　日向実ちゃんは、何かオーディション受けてみないの？」瀬古が話題を移した。

「いやぁ……」と、良行は腕を組んで答えた。「あいつ、注目を浴びたり、目立ったりするの、好きじゃないと思うんですよね。夢は脚本家だって言ってましたし、どっちかというとそういう裏方タイプの気質をもった子なんじゃないかと」

「もったいないなぁ。絶対リョーちゃんの夢を引き継いで、売れる女優になりそうな気がすんだけどなぁ」

という会話をしているあいだに、ポケットのなかで、何度もスマホが震えていた。せっかく祝宴を開いてくれているので、誰からの着信か確認せずに放置していた。

すると、明里が声を上げた。

「あっ、光枝さんから電話だ。なんだろ、こんな時間に」スマホの液晶を良行に向けてくる。

「ちょっと、出るね。瀬古さん、失礼します」

立ち上がって、店の外に出る。が、すぐに駆け戻ってきた。

「リョーちゃん、大変！　日向実ちゃんと惟吹君が、帰ってこないって」

「えっ！」腕時計を見た。時刻は十時半をまわっている。

スマホを確認すると、光枝からの電話が何件も入っていた。〈出ろ、アホ。ひなみちんがいなないぞ！〉と、あわてているのか、誤字のあるメッセージも入っている。

「申し訳ありません！」瀬古に頭を下げた。「例の日向実が、まだ帰宅してないようなんです。最近も、あの子のことでいろいろと問題があって、なかなか気が抜けない状況でして」

「あの週刊誌の記事が世間に出まわっちゃったらねぇ。そりゃ、グレるわ、ふつう」瀬古がちくりと耳の痛いことを言った。

いただいた花束を手に、加賀やスタッフたちにも暇《いとま》を告げる。

「せっかくお祝いしていただいてるんだから、明里は最後までお付き合いして」

「了解。何かわかったら、すぐに連絡してね」

「いいよ、いいよ。未来のお母さんも行きなさいよ」瀬古が手荒く追い払うような仕草をした。けれど、その言葉は温かかった。「信頼関係を築くのに、こういうところできちんと駆けつけるかどうかが重要なんだからさ」

「ありがとうございます」やはり明里も気が気ではなかったのか、躊躇《ためら》いはなかった。カバンをつかむ。「では、お言葉に甘えて、失礼します」

「体、大切にね。明里ちゃん、突っ走りやすいから、自分が妊娠してるのを忘れずに」

瀬古の励ましを胸に、二人で居酒屋を出て、タクシーをつかまえた。日向実と惟吹に繰り返し電話をかけるが、いくらコールを繰り返しても出ない。途中、姉の友香から着信があった。

「ちょっと、惟吹が帰ってないんだけど、どういうことなの？　お宅のお子さんもいっしょだって話だけど」嫌みのつもりなのか、日向実の名前は口にしない。

「よくわからない。今、向かってるから」

「まったく」荒々しいため息が、スマホのスピーカーから響いた。「あんたの週刊誌の件といい、こっちは迷惑かけられっぱなしなのよ。もう、ホントに私たち、離れて暮らすからね」

ここで言い争ってもしかたがない。良行は謝罪の言葉を口にして、電話を切った。そのあいだも、二人が行きそうなところを、頭のなかでリストアップしていく。

いったい、何があったのか。和泉が言っていたＤＶ男の件が一瞬頭をよぎったが、思考がばらばらにほどけて、すぐに日向実の悲しそうな笑みにとってかわる。

貧乏揺すりをすると、膝の上にのせた花束のビニールががさごそと音をたてるので、より気がせいてしまう。赤信号をもどかしく感じながら、ようやくマンションの前に到着すると、ヘッドライトにうなだれるいとこ同士の背中が照らし出された。

あわてて車を降りる。日向実と惟吹は肩を落としたまま、光枝や友香、その夫の恵一の前に立っていた。どうやら、今、帰宅したところらしい。

「リョーコー、大変だよ」光枝の唇がわなわなと震えていた。「大変なの」

そう繰り返すばかりで、肝心の「大変」の中身を言おうとしない。良行は場違いな花束を明里にあずけ、意を決して日向実と向きあった。腰をかがめ、日向実と同じ高さに視線を合わせると、なぜか日向実はびくっと反応し、顔をそむけた。

「リョーコー」視線をそらしたまま、日向実は言った。「私、惟吹君の精子、もらったの」

日中に降っていた雨は、日が暮れる頃にはやんでいた。走り去るタクシーのライトが、濡れた路面を黒く光らせていた。

「惟吹君の精子を私のなかに入れた」

まるで、機械のなかに材料を入れたかのような、淡泊で、無機的な言い方だった。日向実はそこで、良行と目を合わせた。

「だから、できるかもしれない。私の子ども。惟吹君と二人の子」

厚い雲の切れ間に、月が浮かんでいた。満月にだいぶ近い。日向実の目も、月光と同じような不思議な淡い光を放っているようだった。

暗いわけじゃない。かといって、陰りがないわけではない。とろんとして、よどんで、その瞳の奥に広がっている心が読み通せない。そんな目だった。良行は言葉を失い、立ち尽くしていた。

「ふざけないで！」友香が強引に日向実の襟首《えりくび》をつかみ、自分のほうを向かせた。「あなた、何考えてんの、いったい」

「何も考えてません。考えるのがムダなことだと、気がついたので」

友香が右手を上げ、ためらいなく振り下ろした。かわいた音が雨上がりの湿気た空気を切り裂いた。日向実はぶたれた頰をおさえて、友香をにらみつけた。

「何、その目は！」友香が、ふたたび腕を上げる。

その手首をつかんだのは、夫の恵一だった。

「やめなさい。きちんと事情を聞かないと。いくらこの子が望んだところで、惟吹がそれに同意して、進んで行動を起こさないと、そんな大それたことはできないんだからな」

「あなたは、惟吹が悪いって言いたいわけ？」

「そんなこと言ってないだろ！」

夫婦が争っている隙をついて、日向実が駆け出した。マンションのエントランスに入り、素早く合鍵でオートロックを解錠し、一階にとまっていたエレベーターに飛びこんだ。

あわてて追いすがる良行と惟吹の前で、エレベーターの扉が閉まった。呼び出しボタンを連打したが、扉が開くことはなかった。ガラス越しに、うつむく日向実が見えた。そのまま箱はゆっくりと上昇していった。

階段を駆け上がったところで間に合わないだろう。部屋のある六階でとまったことを確認し、ふたたび下降してくるエレベーターを待った。

「なぁ、惟吹」良行はかたわらに立つ甥に聞いた。「いったい何があった？　もしかして、街子のむかしの男に会ったのか？」

「リョーコー、そのこと知ってたの？」

「弁護士の和泉さんから、情報は入ってた。まさか、自力でそいつを見つけ出したのか？」

「そうだよ、会った」惟吹は素直に認めた。「あいつ、日向実ちゃんまで壊したんだ」

「壊したって、いったい……？」

良行の問いかけに、惟吹は怒りをにじませた。

「でも、あいつだけじゃないんだよ。みんなだ。みんなが、日向実ちゃんを追いつめたんだ。俺もリョーコーもふくめて」

15

「お願い。惟吹君の、精子を私にください」

日向実に傘をさしかけながら、惟吹はあっけにとられ、身動きがとれないでいた。

「待ってよ、そんな、まさか本気で……？」

「待てないよ。お母さんが、べつの人のところに生まれ変わってきちゃったら、おそいから。手おくれになっちゃうから」

「はっ？　生まれ変わり？」

「あの男も言ってたでしょ？　子どもを持ってみなきゃ、お母さんの気持ちはわからないって。だったら、すぐに親になればいいってことでしょ？」

「いや、だからって……」真っ白になった頭から、これ以上まともな言葉は出てきそうになかった。

しかし、一つだけたしかなことがあった。日向実は、どこまでも本気だ。

もしかしたら、街子さんが精子提供をはじめてもちかけたとき、リョーコーも今の俺と同じような戸惑いを胸に抱いたのかもしれない。けれど、俺たちはまだ中学生だ。二十代の大人とは、あきらかに立場も状況も違う。

好きな人と手をつないだこともなければ、キスしたこともない。それなのに、いきなり子どもができるかもしれない可能性を突きつけられたところで、実感がないどころか、恐怖すら覚えた。

「冷静になってよ、日向実ちゃん。生まれ変わりなんてないよ、絶対」

「絶対？　なんでそう言いきれるの？」日向実は微笑みながら言った。「あるかもしれないし、ないかもしれない。誰もそんなこと、証明できない。だったら、お母さんに会えるほうに賭けてみてもいいでしょ？」

「そんなの……、それこそエゴだよ！　日向実ちゃんの一方的なわがままで、もし子どもができちゃったらどうするんだよ。その子のことも考えてみなよ」

「そもそも子どもをつくって産むって、全部、全員、みんな、エゴだよ。私だけじゃない。世界中の親は全員そう」

「そうだとしても！」

狭い歩道で立ち止まっているせいで、まわりの歩行者が迷惑そうに脇を通り抜けていく。惟吹は日向実に肩を寄せ、一つの傘の下におさまった。すると、日向実がスマホをポケットから出した。

「あの男から、電話がかかってきてる。心配してるのか、それとも心配するふりをしてるのか」

そうつぶやいて、日向実は液晶を操作し、コールを切断した。「もう、あいつに用はないよ。リヨーコーの言うとおり、これからは過去じゃなくて、未来に目を向けていく」

「だからって、理由がめちゃくちゃだよ。考え直してよ」

「もう訳がわからないの。心が壊れちゃいそうなの」

「だから、あいつが絶対に嘘をついてるんだって！」

「私も味方がほしいの。お母さんが私の誕生を望んだのと同じように、心の底の底から信頼できる味方が」

「俺がいるじゃないか！　俺が味方だよ！」

車道を通り抜ける車が、雨のしぶきをはね上げていく。日向実はゆっくりと首を横に振った。

「私、惟吹君のことが好きだよ」

思わぬ告白に心底面食らった。勇気を振りしぼり、激しくうなずいた。

「俺も好きだよ。大好きだよ！」

「好きだから、惟吹君のことは信じたい。でも、信じるっていう言葉は、必ず裏切られる可能性を念頭においてると思う。惟吹君が大人になっても変わらないって、どうやったら保証できる？ほかの女性を好きになったりしないって――浮気しないって保証できる？　できないと思う。お母さんも、リョーコーのことを信じていながら、それでも悪い人間になってしまう可能性を考えてたの」

ずたずたに心を切り裂かれたにもかかわらず、こうして冷静に理詰めでこちらを追いこんでくる日向実がこわかった。錯乱しているのか、正常な思考ができているのか――そう考えた矢先に日向実が言った。

「他人とは違って、自分の子どもだったらね、一ミリも疑いの余地なく、自分の味方でいてくれる。お母さんの生まれ変わりなら、なおさら。私も救われたいの」

日向実の前髪から、雨のしずくが滴った。日向実は濡れた髪をうっとうしそうに払った。

「もしかしたら、輪廻《りんね》ってあるかもしれない。私がそう思うのは、掬い上げられたり、奪われたり、その永遠のサイクルから逃れられないから」

日向実は細い腕で、自分の体をぎゅっと抱きしめた。

「そのサイクルから抜け出せた幸せな魂が多くなればなるほど、生まれ変わりは減って、人類も一歩ずつ、ゆるやかに滅んでいけると思う。むしろ滅んでくれていい。でも、まだ私はその境地には到達できそうにない」

「何、言ってんだよ！　しっかりしてよ、頼むよ！」さっきから頭に浮かんでくるのは、怒り、嘆き、悲しむ母親の顔ばかりだった。この期に及んで、母親の機嫌ばかり気にしている自分が嫌で嫌でたまらない。

俺もママを亡くしたら、ここまで悲壮な覚悟を宿すことができるのだろうか？

「私は正常だよ。大丈夫」日向実はそう言って、上下の唇を内側に巻きこみ、鼻から大きく息を吸いこんだ。「むしろ、周りのほうがどうかしてる。くるってるよ」

まったく反論できなかった。日向実を追いこんだ周囲の人間のほうが、常軌《じょうき》を逸《いっ》しているのかもしれない。惟吹は肩を落とした。観念して答えた。

「わかったよ……。精子を……、渡すよ」

傘を持っていないほうの、非力な自身の左手を握りしめた。

「でも、それを証だと思ってほしいんだ」

「証？」

「俺はずっと日向実ちゃんの味方でいるっていう証。俺は裏切らないから」

本当に、万が一子どもができるとしたら、自分も無関係ではいられない。この歳で父親になる。後ろ指をさされながら、日向実と生涯暮らしていく。その覚悟が自分にあるのだろうか？

「わかった。ありがとう」

あっさりと、日向実がうなずいた。いくぶん、雨は弱くなっていた。

「そうと決まったら、シリンジを買いに行こう。新宿のハンズだったら、あるかな」

お金を持っていなかったので、一度家に財布を取りに戻った。駅に到着すると、尾澤の姿は消えていた。あの男とは、もう金輪際会うことはないだろう。

電車に乗った。お互い無言で、列車の揺れに身をまかせていた。

そのあいだも、日向実の隙を見てリョーコーに電話をかけ、助けを求めようか迷っていた。だけどそれこそが、日向実への最大の裏切りにほかならない。

願わくば、時間の経過とともに日向実が冷静になってくれたら。頭にのぼっていた血がしずまって、自分があまりに大それたことをしていると気がついてくれたら、説得の余地はまだ残っているかもしれない――などと考えていることも、大きな裏切りにほかならなかった。

自分は一生裏切らない、その証を立てると、ついさっき、この口で言ったばかりなのだ。

まるで、従者のように日向実のあとを無言でくっついて歩き、彼女の買い物を見守った。シリンジは東急ハンズに取り扱いがあった。日向実は難なく購入を果たした。

来た道を戻る。永遠に家に着かなければいい。願っても、願っても、一駅ごとに、じりじりとリミットは近づいてくる。

マンションに到着した。おばあちゃんは、まだフラダンス教室から戻っていなかった。きっと、仲間とお茶でも飲んでいるんだろう。

こんなに静かだったっけ……？　思わずそう考えてしまうほど、六階の一室はありえないほどの静けさに包まれていた。勝手知ったる祖母の家で、冷蔵庫から麦茶を取り出し、コップ一杯を一気に飲み干した。

惟吹は、夏祭りでの、自分の発言を思い出していた。

リョーコーは、街子さんに対して、愛を抱いて、精子を渡した。だから、ふつうの性交だろうが、シリンジによる注入だろうが、さして変わりはないと日向実を励ました。

あのときの俺は、どれだけ暢気《のんき》だったんだろう？

今、その言葉が、そっくりそのまま自分に跳ね返ってきた。惟吹は心の内側をのぞきこんだ。日向実に対する、自分の愛をたしかめた。しっかりある。裏切れない。この気持ちを、目に見える証として差し出す必要があった。

「さぁ、出して」日向実が、右の手のひらを前に出した。「お願い」

「あのさ、物じゃないんだから、はいわかりました、どうぞ、なんてできないんだよ」

「そうだよね」さすがの日向実も苦笑した。「ごめん」

互いに見つめあう。気まずい沈黙がたちこめた。

「どうしたらいい？　私、何かしたほうがいい？」

その質問に、顔が熱くなるのを感じた。見ると、やわらかそうな日向実の髪から突き出た耳も赤くなっていた。

心臓の音が聞こえる。一気に汗をかいた。

「来て」

日向実の部屋に誘《いざな》われる。

「座って」

ベッドに腰かける。日向実がとなりに勢いよく座ると、スプリングがきしんで、惟吹の体も少し上下した。ベランダの雨だれの音が、室内に響いてくる。

つばをのみこんだ。その瞬間、日向実の顔が近づいてきた。

「ちょ……」すべてを言い切る前に、唇と唇があたった。

こんなかたちのキスなんて、望んでいなかった――という思いとは裏腹に、体はものすごく正直だった。

腹をくくった日向実がどこまでも大胆になれることは、すでにじゅうぶんわかっていた。日向実が舌を出してくる。

友人の家で、友人の兄の持っているAVを見たことがあった。だから、その先の想像をすることはたやすかった。

「ちょ、ちょっと！」あわてて、日向実を押しのける。言葉が言葉にならない。「もう……」

「私、もうちょっとできるよ。裸になろうか？　そしたら、惟吹君、頑張れる？」髪を左の耳にかけながら、日向実があどけない表情で微笑みかけてきた。

視線をあわててそらした。赤い金魚が一匹、広い水槽を優雅に泳いでいるのが見えた。その惟吹の視線に気がついたのか、「やっぱり今度、惟吹君のところの金魚と、二匹いっしょにしてあげよう。私がお世話する」と、日向実が唐突に言った。

童貞と処女のまま、父親と母親になるかもしれない。

そんなバカなと思う。どれだけ先になるかわからないが、きっと日向実とはふつうのセックスができると思っていた。ふつうの家庭が築けると思っていた。

「あとは、自分でするから」息が荒くなっている自分が、なぜだかものすごく情けなく思えてきた。「だから、日向実ちゃん、悪いけどちょっとだけ出てって」

そこからは、ただただ無心だった。悪い想像がよぎりそうになると、途端に萎《な》えてしまう。日向実のベッドで、日向実のにおいを感じていた。まるで何かの修行のように、集中を保つのに必死だった。

16

「俺と同じだな」良行は甥の話を聞き、ため息を吐き出した。「あの行為は、男として独特のむなしさがつきまとう」

「冗談言ってられる状況？」友香が声を荒らげた。「あんた、バカなの？」

日向実はあれっきり部屋に閉じこもってしまったが、まず惟吹の不安と恐怖をとりのぞいてやらなければならないと、良行は考えていた。日向実の心と体を救うためには、惟吹の協力が必要不可欠だ。それなのに、友香は息子の神経を逆撫《さかな》でするように、怒鳴りちらす。

良行だって、内心、焦っているのだ。日向実が妊娠してしまったら、いったいどうするのか、考えただけでも頭が痛い。けれど、じたばたしたところで事態は改善しないのだ。どっしりかまえて解決策を練るしかない。

良行、光枝、友香、恵一、明里の五人は、六階の居間に集合して、惟吹の説明のつづきを聞いた。

「そのあと、日向実ちゃんはトイレでシリンジを使って、目的を果たしたんだと思う。それでちょっと寝るからって、ベッドに入ったんだ。よっぽど疲れてたのか、すぐ眠ったよ」日向実の部屋がすぐそこにあるので、惟吹は終始声を落としていた。「それで一時間くらい眠ってたんだけど、急にうなされはじめて、僕が起こしたら、なんだかこわくなってきたって言って、しがみついてきて」

無理もないと良行は思った。怒りにまかせた勢いで精子を体に入れたが、少し眠り、頭の整理がついてくると、途端に恐怖を覚えたのだろう。

「いてもたってもいられないって感じになってたから、少し外を歩こうって言って誘って。それで、公園とか河川敷をさまよって、今の時間になったんだ」

テーブルには、友香の一家三人と、光枝が座っている。良行はソファーに明里とならんで腰かけていた。

となりの明里にささやきかけた。

「あのさ、処女膜ってあるじゃん。あれって、どうなの?」

「どうなのって……」明里は良行の膝をたたいた。「膜って言ったって、べつにフタみたいな感じになってて、守ってくれるわけじゃないんだからね」

「えっ、そうなの?」

「男はそう思ってる節があるよね。突き破るみたいな。そうじゃないからね。だいたい、月経はどうなるの? 処女の月のものは、いったいどこからどう出てくるわけ?」

「そっか……」恥ずかしさのあまり、照れ笑いでごまかした。惟吹の精子は、確実に日向実の体内に取りこまれてしまったとみて間違いないだろう。

「よく笑ってられるよね」テーブルのほうから、苛立たしげな惟吹の声が飛んできた。「日向実ちゃんは、学校でいじめられてたんだよ。リョーコーの記事が出まわって、その娘だろって言われて、後ろ指さされて」

「え……」凍りついた。「マジかよ」

「マジかよ、じゃないよ！　集団でボールを投げつけられたり、気持ち悪いってなじられたり、笑われたり。転校早々にそんな仕打ちを受けて、どれだけ心細かったか」

涙をこらえながら吐き出される惟吹の言葉を聞いて、光枝が両手で顔をおおった。明里も悔しさを表情ににじませている。

「それでも日向実ちゃんは、リョーコーは悪くないってきっぱり言ったんだ。こんなくだらないことでいじめてくる、周りのヤツらが、どうかしてるって。くるってるって」

これほど、己の愚かさを呪ったことはない。拳を握りしめた。週刊誌の件は、自分がけじめをつけて役者をやめれば、いずれ騒ぎは収まると思いこんでいた。さっきまで暢気に酒を飲んでいた自分が、本当に嫌になる。

「原因をつくったリョーコーが悪いに決まってるでしょ！」友香があきれたと言わんばかりの口調で言った。「好き勝手生きてきたツケが一気にまわってきてるんだよ」

「ママも同じなんだよ！」惟吹がテーブルをたたいた。「なんで、自分だけは正しいって、そんなに簡単に思いこめるわけ？」

少し離れたソファーに座る良行は、惟吹がテーブルの下でズボンの膝のあたりをぎゅっと握りしめているのを見逃さなかった。

「僕もいじめられてたんだ。今回の記事の件だけじゃない。ずっと前から、お金をせびられたり、蹴られたり……」

友香と恵一が、「えっ」と言葉をつまらせた。

「パパもママもそれに気がつかなかったでしょ。成績のことばっかりで、僕自身のことなんか全然見てくれなかったじゃないか」

惟吹にとっては、屈辱的な告白だったのだろう。うつむき、テーブルの木目とにらめっこをするように、うなだれている。

「惟吹……」となりに座る恵一が、惟吹に手を伸ばした。その肩にふれる。「悪かった。気づいてやれなくて」

良行にとっても、寝耳に水だった。かつて日向実は言っていた。惟吹君も、生まれてこなければよかったって、そう言ってるもん、と。そのときは日向実のことで頭がいっぱいで、惟吹の抱えている悩みまでは気がまわらなかった。

俺だって、惟吹のうわべだけしか見ていなかった。理解のある叔父を気取り、夫婦のいざこざを批判し、深い部分まで甥のことを知ろうとしなかった。

「自分でも情けないけど、夏祭りの日にお金を巻き上げられそうになったところを、日向実ちゃんが守ってくれたんだ。学校なんか関係ない、今すぐ警察に通報してやるって言って、そいつらを追っ払ってくれたんだ。自分よりも体の大きい上級生の男子相手に」

惟吹は日向実の部屋の扉に視線を向けた。

「あのとき、俺はこの子のためならなんでもしてあげようって思えたんだ」惟吹は震える声でつづけた。「だから今回の件も、万が一尾澤って男を傷つけて日向実ちゃんが警察に捕まるよりは、まだ精子提供のほうが何倍もマシだって思った」

惟吹は、ギリギリの状況下で、必死に日向実を守ろうとした。それなのに、大人たちがこんな体たらくでは話にならない。惟吹と日向実を擁護できなければ、到底保護者失格だ。

「すまなかった」恵一が惟吹に向かって、頭を下げた。「お前は何も悪くない。俺たちが悪かったんだ」

義兄の言うとおりだった。結局、大人たちは自分のことしか考えていなかった。子どもの幸せを本気で考えていなかった。

「俺もだ」良行も素直に頭を下げた。「すべては、俺の責任だ。悪かった」

友香はそっぽを向いていた。天井をにらみつけながら、まるで独り言のようにつぶやいた。

「私が、そのいじめっ子、ぶっ殺してやろうか？」

自分の言葉に納得がいかなかったのか、友香はすぐに大きくため息をついた。そして、今度は惟吹をしっかりと見すえる。

「……って、冗談言ってる場合じゃないよね。私も惟吹を産んだとき、この子のためならなんでもしてあげようって思ったはずなのに。自分を犠牲にしてでも、幸せにしてあげようって思ったはずなのに……」

「ママ……」惟吹が言葉をつまらせる。

「仕事を頑張れば、自然と家族もみんな幸せになれるって思いこんで、いつの間にか、私、間違った方向に進んでたのかもしれない。惟吹が苦しいときに、何の力にもなれなくて、本当にごめんなさい」

友香の目にはうっすらと涙が浮かんでいた。

「私が学校に相談に行ってあげようか？」

惟吹がゆっくりと首を横に振った。ズボンを握りしめていた拳の力がしだいに抜け、険しかった表情もだいぶやわらいできた。

「いや、いいよ、ママ。その言葉だけで、すごくうれしいよ」

「でも……」

「卒業までもうすぐだし、自分で頑張ってみるよ。それに、日向実ちゃんのほうが、ずっとずっとつらいはずなんだ。だから、もう負けないって決めたんだ」

そして、力強い視線を良行に向ける。

「あとは、日向実ちゃんをしっかり救うことを、みんなで考えてあげないと」

「そうだな。しかし、いったいどうしたものか……」

「あの……」明里がおずおずと手を上げた。「今、ネットで調べたんですが、アフターピルというお薬があるようです。本来は望まない性交をしいられた場合や、避妊が万全にできなかったときに飲むものなんですけど、日向実ちゃんの今回の件にも効果を期待できるんじゃないかと」

「市販薬はあるのかしら？」光枝が聞いた。

「いえ。法改正があって、市販に向けて動いているようなんですが、今のところは医師の処方が必要みたいです。早ければ早いほど妊娠の確率が低くなるので、休日でもあいてる病院をすぐ探します」そう言ってスマホを操作しはじめる。

「問題は、日向実が病院に行くことを了承するかだな」良行がつぶやくと、全員が黙りこんだ。

九月も中旬を過ぎて、夜は少しずつ涼しくなってきた。屋外では秋の虫が盛んにすだいている。

「あたしが説得しようか？」光枝が、いつになく自信なさそうに小声で言った。

「いや、俺が話すよ」良行は即答した。「俺がやらなきゃダメだ」

明里のお腹のなかにいる子ども。日向実のお腹のなかで出会うかもしれない、精子と卵子。なんだか、訳がわからなくなってくる。なぜ明里の妊娠は祝福され、日向実の妊娠は許されないのか。まだ中学生だからか。大人たちが、アフターピルを飲ませる根拠や正当性はどこにあるのか。

日向実は頭が良い。必ずその矛盾をついてくるだろう。

考えがまとまらないまま、日向実の部屋をノックした。

「起きてるか？」

返事はない。

「昼から何も食ってないだろ？　なんか、メシ食うか？」

「いつもいつも、メシで釣れると思ったら大間違いだよ」

厳しい指摘が、扉の向こうから飛んできた。それでも、何らかの反応が返ってきたことに良行は勇気づけられた。

「とりあえず、出てこいよ。ココアとか、ホットミルクとか、気分が落ちつくものでも飲んで、今日はぐっすり寝たほうがいい」

「みんな怒ってるでしょ？」

「もう怒ってないよ」

「嘘」

「本当だ。惟吹が一生懸命説得して、俺たちの目を覚まさせてくれた。あの厳しい両親も、あいつにあやまったよ。その……、あいつがずっといじめられてたことに気づいてやれなかったって」

日向実や惟吹が学校でどれだけ苦しい思いを強いられたのか、想像するだけで胸がかきむしられる。

「俺もお前にしっかりあやまりたいんだ」

「この前、あやまってくれたからいいよ」

そういえば、そうだ。記事が出まわることを説明したときも、こうして扉越しに会話したっけ……。

「本当に、惟吹と日向実は、いい関係だなってあらためて思った。もし、お前が存在してくれなきゃ、惟吹は今も追いつめられて、もっとひどいことになってたかもしれない。夏祭りの日のこと、聞いたよ。ありがとう。街子が日向実を生んでくれて、本当によかったよ」

良行は扉にぐっと顔を近づけた。

「街子は絶対に嘘をついてないよ。それだけは、たしかだ」

「リョーコーは尾澤を見てないでしょ。なんでそう言い切れるの？」

「日向実の言うとおり、信じるって言葉は、もしかしたら相手が嘘をついてるかもしれないっていう懸念の裏返しだ。でも、精子提供を頼んできたときの街子の言葉は、信じるとか信じないとか、そういう次元を超えて、俺にとって真実だった。虐げられた街子の苦しみが、まるで自分のことのように感じられたんだ。だからこそ、俺は精子を渡した。ちょっとでも街子の言動を疑ったのなら、お前はここにいなかった」

しゃべりながら、自分の言葉に決定的な矛盾を感じてもいる。

惟吹もあのときの俺と同様、日向実の境遇に心を痛め、精子提供を決意した。日向実の体内に宿るかもしれない新しい命を摘《つ》むことは、本当に正しいことだと言えるのだろうか？

もちろん命を摘むといっても、アフターピルと中絶の意味あいはだいぶ違う。アフターピルは、そもそも精子と卵子が出会わないようにする薬なのだ。良行は自分自身を鼓舞しつづけながら、日向実に訴えかけた。

「今じゃ、たしかにその当時のことを知る人間が、尾澤って男だけになってしまったかもしれない。でも、だからって事実は揺るがない。日向実の心のなかにしっかり街子は生きてる」

扉がゆっくりと開いた。

いちばんに惟吹が駆けよって、その手をとる。二人はうなずきあった。

光枝が牛乳を温めてくれた。マグカップを両手で包むようにして、一口ミルクを飲んだ日向実は、ほっと息をついた。惟吹の両親は席を立ち、黙って日向実の様子を見守ってくれている。

いくぶん落ちついたところを見はからって、良行は椅子に座る日向実のかたわらにしゃがみこんだ。

「あのな、日向実」

あらためて見ると、あまりにも華奢で、薄く、小さな体だった。成長過程のこの体を守るのは親としての責務なのだと自分に言い聞かせた。

「アフターピルっていう薬があるんだ」

「薬……？」不安そうにこちらを見つめてくる。

「それを飲めば、かなりの確率で妊娠をさけられる。早ければ早いほど、いいらしい。だから、明日……」

日向実が目を見開いた。信じられない――そんな瞳に射貫《いぬ》かれて、良行は思わず口を閉ざした。

「殺すの……？」

「まさか！」つい、大きな声を出してしまった。「殺すんじゃないよ。そもそも、排卵をおくらせて、受精をふせぐための薬なんだ。命になる前に……」

言いつのれば、つのるほど、日向実の不信が増していくのが手に取るようにわかる。街子には精子提供を勧め、日向実には避妊を迫る矛盾を、確実に感じとっている。

「惟吹君も、それでいいの？」日向実は、今度はいとこに目を向けた。

「いや……、俺は……」と、惟吹は次の言葉をしぼり出せずにいた。

良行はあわててあいだに入った。

「いいか。お前の体は、まだ成長途中なんだよ」

「だって、むかしは私くらいの年齢でお嫁に行ったり、子どもをつくったりしてたんでしょ?」

「むかしは、むかしだ」

「でも、人間は変わらない!」

せっかくしずまってきた日向実の興奮が再燃する。日向実は外敵から守るように、お腹のあたりに両腕を交差させた。

「殺させないよ」

日向実がはじかれたように立ち上がる。椅子が音をたてて倒れた。

「嫌だよ!」

ホットミルクがこぼれて、テーブルの上に白い海が広がった。日向実が玄関に向けて突進する。

「日向実ちゃん」明里が居間の扉に立ちはだかった。「きちんと話しあおう! ねっ?」

しかし、日向実は聞く耳をもたず、明里の脇をすり抜けた。

「きゃっ!」バランスを崩した明里が、床に尻餅《しりもち》をついた。

「大丈夫か!」血の気が引いた。「瀬古さんも、無理はするなって言ってただろ!」

「私は大丈夫だから、行ってあげて!」

日向実は裸足のまま玄関を出たようだ。サンダルをつっかけ、追いすがった。非常階段を駆け上がる音が聞こえる。

「屋上だ!」惟吹が指をさす。

「大丈夫だ、施錠されてる」

「花火したとき、おばあちゃんが番号を教えてくれたんだよ！」惟吹も靴下のままだった。良行を追いこして、非常階段に足をかけ、振り返る。「あれから俺たち、何度も屋上に上がってるんだ！」

屋上に出る扉には、ダイヤル式の南京錠がついている。三桁の番号を合わせれば、屋上に通じる扉は簡単に開いてしまう。

「日向実！」思わず叫んだ。

錆《さ》びた扉が開く。金属のこすれる音が、階上から聞こえてきた。

「日向実！　早まるな、とまれ！」

良行と惟吹が階段をのぼりきったときにはもう、日向実は屋上の柵を乗り越え、一段高くなった縁に立っていた。その先はもう、何もない空白だ。

「殺すつもりなら、私も死ぬから！」悲痛な涙声が、強い風にさらわれる。

良行の背後で、光枝の悲鳴が響いた。続々と屋上に上がってきた友香や恵一、明里も「やめて！」「考え直して！」と、口々に叫んでいる。

「ごめんね、おばあちゃん」

日向実が、後ろ手で柵をつかんだまま、こちらを振り返った。泣いていた。上体は前に傾いているから、手を離せばそのまま落下してしまう。

良行は少しずつ日向実のほうへにじり寄った。

「来ないでっ!」

日向実が前を向く。下をのぞきこむ。

「リョーコー、自分の胸に手をあてて、思い出してみてよ!」

まるで意志を持ったように、日向実の髪が、風に煽《あお》られ激しく暴れる。

「お母さんが、私をつくるかどうか迷ってたときに、リョーコーが説得した言葉を。あなた自身の言葉を」

やはり、日向実はこちらの迷いに感づいていたのだ。

「生まれてくる子が、未来に出会う周囲の人たちに幸せや、良い影響をもたらす。その幸福をあらかじめ奪うことも暴力的なことなんじゃないかって、リョーコーはお母さんに言った。そうでしょ?」

「そうだ。そう言った」

「じゃあ、なんで私や、私の子どもにもそう言ってくれないの?」

ふたたび、日向実が振り返る。泣きながら、微笑んでいる。

「おかしいでしょ? 矛盾してるでしょ? たしかに、私と惟吹君は、お互いに支えあえたから、ここまで来られた。私はお母さんと、リョーコーに、本当に、本当に感謝してるんだよ!」

その爪先は空中にかかっている。「日向実ちゃん! お願い、やめて!」明里の声が、風にかき消された。

「生まれてくるかもしれないこの子も、将来、誰かと出会って、誰かを救うかもしれないよね。

その誰かの幸福を最初から奪うことは許されるの？　そんなのおかしい！　リョーコー！　ちゃんと答えて！」

命がけの問いかけをぶつけられ、良行は天を見上げた。

いつの間にか雲はなくなり、たくさんの星が見えた。鼻から息を吸いこんだ。まだかすかに残る雨のにおいを感じた。

雨上がりの夜はかなり涼しく感じられる。四季が移ろっていくスピードが、年齢を重ねていくごとに、急加速していく。

人間が、一人、新たに生まれてくる。その重みを、今、地球の重力とともに、全身で感じとっていた。

「わかった」

良行は何度も、何度もうなずいた。

「子どもができたら、産めばいい」

友香が「ちょっと……！」と怒鳴りかけたが、光枝が「黙ってなさい」と一喝した。遠くのほうでけたたましい車のクラクションの音が響いた。

「薬は飲まなくていい。万が一、妊娠したなら、その子を産んでいい。そのかわり、条件がある」

「条件……？」

「それを今から言うから、こっち側に戻ってきなさい。危ないから」

「いい、このままで聞く」それでも日向実はこちらに体ごと向き直り、柵をしっかりつかんだ。

これで、落下の危険は少なくなった。しかし、その場しのぎを言えば確実に見抜かれる。日向実は街子に似て、勘が良いし、頭も良い。良行は心の底の底の本心を吐き出す決意をした。

「日向実が子どもを産む。けれど、お前と惟吹に子どもを育てられる経済力はない。今の中学に行くかどうかはともかくとして、きちんとその先の高校や大学も出てほしい。だから、その子は明里と俺の養子にする。それが条件だ」

屋上の床のコンクリートの割れ目から、雑草が生えていた。足元から視線を上げて、良行は祈るような気持ちで日向実を見つめた。

「でも、とりあげるわけじゃない。俺たちは家族だ。日向実も、その子もいっしょに、家族になるんだ。みんなで育てればいい。全員まとめて、俺が面倒見る」

「全員……まとめて？」

「実はな、明里にも赤ちゃんができたんだ。ということは、もし日向実が妊娠したら、同学年になるんじゃないかな。お前の言うとおり、日向実と惟吹みたいに、素晴らしい影響を与えあえる二人になるかもな」

「明里さん……」日向実が顔色を失い、その名を呼んだ。

「日向実ちゃん！」明里が日向実にVサインを送った。「私、産むよ。一足お先に、頑張るからね！」

日向実が「ごめんなさい」とつぶやいた。「さっき、突き飛ばすみたいになって……」

「大丈夫！　私、頑丈だから」怪獣みたいに大きな口が、さらに大きく開いて、満面の笑みになる。

「なんだか、めちゃくちゃややこしい家族だけどな。日向実の子どもは、俺にとって孫になるのか？　ってことは、俺の子どもと、その子との関係はどうなるんだか……」

なんで、こんな簡単なことが最初に言えなかったのだと思った。吹っ切れてしまえば、楽になれる。世間体も、大人の体裁《ていさい》も関係ない。

「そもそも、俺と日向実の関係も、こじれまくってるからな。でも、なんだか俺たちらしくていいじゃないか。どこにもない、誰にも真似できない家族をつくればいい。街子もうらやましがるかもな」

「あたしを忘れてもらっちゃ困るよ。私も育てるよ。明里さん、おめでとう」息を吹き返したように、光枝も明るい笑顔を見せた。「いっぱい孫が増えるね。日向実ちゃんも、心配しなくて大丈夫だから」

日向実の目に、ぶわっと涙が浮かぶ。あとから、あとから、ぽろぽろとこぼれ落ちていく。

「姉ちゃん、恵一さん、いいですよね？」良行は後ろに立つ姉の一家を振り返った。「惟吹もそれで大丈夫か？」

恵一と惟吹がそろって友香の顔色をうかがう。友香は豪快にため息をついて言った。

「私は、反対。大反対」

水を差すような友香の言葉に、惟吹が「ママ……！」と叫んだ。ところが、友香はいつになく柔和に微笑んでいた。

「リョーコーとお母さんにまかせるのが、めちゃくちゃ心配だって言ってんの！　だって、惟吹の子どもってことは、私の孫でもあるんだよ。初孫だよ？　私も育てるに決まってんでしょ。仲間はずれにしないでよねっ！」

良行は惟吹と目を見あわせた。思わず二人して笑ってしまった。うれしい気持ちと、あきれる気持ちが半分ずつ。きっと、惟吹も同じ思いを抱いているのだろう。

友香が、一歩、柵の向こうの日向実に歩みよった。

「日向実ちゃん、お祭りのときに惟吹のことを守ってくれてありがとう」

真剣な表情で日向実に訴えかける。

「日向実ちゃん、あなたのことを気持ち悪いだなんて言ってしまって、本当にごめんなさい」

日向実は泣きながら、激しく首を横に振った。

「あなたは、気持ち悪くなんかない。気持ちが真っ直ぐで、強くて、とても優しい子」

空に浮かぶ月が、少しだけ黄色みを増したような気がした。優しく淡い光が、屋上を照らしだしてくれる。

「よっしゃ！　明日、日曜だし、全員でどっか行くか！」良行は手をたたいた。

その瞬間だった。日向実が突然「ごめんなさい！」と叫んだ。大きく頭を下げる。

「あの、実は……、嘘なの……、ごめん……なさい」

「嘘……？」

日向実は柵の手すりを握りしめていた。

「本当は、こわくなって……、トイレに流したの。全部……」

泣きやむ気配のない日向実は、いつしか小さな子どもみたいに肩を上下させて、激しい嗚咽をもらした。

「捨てたの。いざとなったら……、すごく……、すごく、こわくなって……」

くしゃくしゃの顔のまま、ひっくひっくと、小刻みに息を吸い、吐き出す。その合間に、途切れ途切れに謝罪の気持ちをなんとかつたえようと言葉をつむぐ。

「惟吹君も、こわかったはずなのに……、だまして……、ごめんなさい」

良行は日向実にそっと歩みよった。柵越しに華奢な体を抱きしめた。自分の娘をこの手に、この胸に、はじめて抱いた。

「自分を責めなくていいよ。俺がついてるから」

「ごめんなさい、ごめんなさい」

「あやまらなくていい。こわかったよな、不安だったよな」

「リョーコーが……、私の味方でいてくれるって、たしかめたかったの……。試すようなことしてごめんなさい！」

「だから、あやまらなくていいんだって」

良行のシャツの肩口が、日向実の涙で濡れていった。背中をゆっくりとさすった。

「いいか？　誰がなんと言おうと、俺も惟吹も、ここにいる全員が、お前の味方だ。街子もきっと見守ってる」

日向実の腕をしっかりととり、柵を乗り越えるのを手伝った。途端に力が抜けたのか、日向実は屋上の床に膝をついた。しゃがみこみ、その体をもう一度抱きしめる。

「あのさ……」惟吹がおずおずと口を開いた。「日向実ちゃん、堂々巡りでいいんだよ」

良行には何の話かわからなかったが、日向実が胸のなかで静かにうなずく気配があった。

「堂々巡りするしかないんだよ。お互いが、お互いに良い影響をおよぼしあう。それでいいじゃないか」

日向実を抱いたまま、良行はふたたび空を見上げた。

何年前だったか忘れたが、たまたま街子が脚本を書いたアニメを観たことがあった。たしか、すごく暑かった記憶があるから、夏だったのだろう。暇を持て余して、朝からテレビをつけていた。そんな時間帯にやっていたということは、小学生を対象としたアニメーションだったのかもしれない。

どんな話だったか、ほとんど忘れてしまった。主人公の男の子が母親を亡くして、意気消沈していたところに、雲から糸電話が垂れてくる、という筋だった。

街子のことを考えたら、涙がこみあげてきた。

俺も、街子と話がしてみたい。日向実の将来について話しあいたい。こんなにかわいいところがあるんだと、二人で親バカトークをしたい。

俺、これから父親としてやっていけますか？　日向実のことを、この不甲斐ない俺にまかせてくれますか？

「お父さん……」

抱きあっているので、その言葉は、体と体を通して、振動となってつたわってきた。

「お父さん」

良行は驚いて、日向実から離れた。

「今、なんて言った？」

「……もう、言わない」いまだに泣き顔ではあるが、日向実はいたずらっぽく笑った。

「頼む、もう一回！」両手を合わせた。「ハグももう一回！」

「酒くさい。無理」

「だって、もうハグする機会とか、そうそうないだろ」

「ないですねぇ。さすがに」いつもの日向実の、ちょっと生意気な口調が戻っていた。

もしかしたら、あと数年後には、洗濯物はべつにしろ、くさいから近寄るなと、ウザがられるのかもしれない。

それなら、それでかまわない。俺たちは、ゆっくりと、家族になっていく。

良行と日向実は、互いに視線を交わし、照れくささを押し隠すように、唇を嚙みしめたまま笑いあった。

17

手拍子に合わせて、バースデーソングが歌われる。一オクターブ違いの、日向実と惟吹の声が、耳に心地良い。

照明を落としたリビングに、ロウソクの炎が揺らめいている。光枝は、集まってくれた家族一同を見まわした。

「ハッピーバースデー、ディアおばあちゃん」炎に下から照らされた、日向実と惟吹の顔は晴れやかだ。

良行と友香は、ぞんざいに手をたたいて、面倒くさそうに歌うふりをしている。まったく、実の子どもってのは、大人になってしまうと、こうも親を邪険にするもんかねと、ますます憎たらしく思えてくる。

明里と恵一は、それぞれの伴侶のいい加減な態度を、ひやひやした表情でうかがっている。この人たち、これからも苦労しそうだわと、光枝は申し訳なく思う。もうちょっと、良行と友香を厳しくしつけておくべきだった。

それでも、こうしてみんなで祝ってくれる日が来たことを、良行と友香に心から感謝した。この子たちがいたから、明里さんと恵一さんが我が家にやって来た。日向実と惟吹とも出会えた。

「お誕生日、おめでとう、おばあちゃん！」日向実と惟吹の声を合図に、光枝はロウソクの炎を吹き消した。

息を長く吐き出したせいか、少し動悸が激しくなった。胸に手をあてて、呼吸を懸命にしずめる。

クラッカーがはじけ、色とりどりの紙吹雪やテープが舞い上がった。電気がつくと、すぐには明るさに目がなれず、まばたきを繰り返した。

「それでは、『本日の主役』の引き継ぎです！」空のクラッカーをマイクに見立てた惟吹が、片手を日向実に向けた。

日向実が、あのバーベキューの日につけていた襷をかけてくれる。光枝は頭をかがめて、襷を体に通してもらった。

金の安っぽいモールで縁取られた「本日の主役」。今まで頑張って生きてきたことへの金メダルを、孫からもらったような気がした。日向実が屋上から飛び降りそうになったときは、どうなることかと思ったけれど、こうして無事にこの日を迎えられた。あとは、次の誕生日の明里さんにつないでいくことを目標に生きていく。

「おめでとう、いつまでも長生きしてね」日向実が耳元でささやいた。

「ありがとね」光枝は微笑んだ。

この子は、本当に天使みたいだねと思った、その瞬間だった。光枝は、ずっともやもやと考えつづけてきたことの、一つの明確な答えを得たような気がした。

いくら万が一のときの保険とはいえ、なぜ街子さんは、大事な娘をリョーコーに託す遺言を遺したのか?

自分で言うのもなんだが、かなり滅茶苦茶な息子である。街子さんは〈一抹の不安がありま す〉と手紙に書いていたが、一抹どころじゃない。百抹《ひやくまつ》くらいは、心配だ。

もちろん、いろいろと理由はあるのだろう。

リョーコーは、DV男とは違って、人間としての温かみはある。街子さんの両親とは違って、子どもに何かを無理に与えたり、無理に奪ったりすることは絶対にしないだろう。

ある程度は消去法で、後見人にリョーコーを選んだ。日向実ちゃんが、いちばん幸せになれそうな場所を選んだ。そう考えるのが、ふつうだろう。

しかし、光枝はこのとき思った。

実は、まったく逆なんじゃないか?

リョーコーが日向実を幸せにしてくれることを期待して、あの手紙を遺したのではない。

日向実ちゃんが、リョーコーのもとに行くことで、必ずやリョーコーに幸せがもたらされる

——そんな思惑のもとに、街子さんは未成年後見人を良行にさだめたのではないのだろうか?

この二つは同じようで、まったく違う。向かう矢印の方向が違うのだ。

街子さん自身が、日向実ちゃんを生んで、救われた。日向実ちゃんと暮らすことで、あふれる

ほどたくさんの幸福を味わった。

もし万が一、日向実ちゃんが自分の手を離れるようなことがあるならば、今度はその幸せを、リョーコーのもとに――街子さんがそう考えても、何も不思議じゃない。

生まれる子が、未来で出会う人々に多大な幸せを与える。そのまだ見ぬ人の幸福が消えないようにと、街子さんは日向実ちゃんを生む決意をした。最終的にはリョーコーが説得したからこそ、街子さんはシングルマザーになる踏ん切りをつけることができた。

日向実ちゃんが行けば、そこに幸福がもたらされる。ある意味、それはリョーコーに対する、街子さんからのお礼――いわば最後に遺したプレゼントのようなものなのかもしれない。

本当に天から遣わされたエンジェルみたいだと光枝は思うが、でも、それは何も特別なことじゃなくて、世界中のどの親子にもあてはまることなんじゃないだろうか。

どちらにしろ、自分の娘を強い子だと、心の底から信頼していないとできないことだ。あの子なら、たとえ母親を亡くしたとしても立ち直り、助けあいながら、行く先々で出会う人たちを幸福にできるだろうという揺るぎない自信が、街子さんにはあった。

勝手な解釈だが、大方あたっているんじゃないかと思う。

リョーコーが――そしてもちろんこの場にいる全員が、街子さんに、日向実ちゃんに救われ、胸が温かくなるような幸せを味わっているのだから。

ありがとう、街子さん。

街子さんの遺骨は、街子さんのご両親と話しあいを持ち、分骨をした。先方のお墓と、東京の納骨堂に分けて納め、それぞれ供養を行った。これで日向実ちゃんは何の憂《うれ》いも心配もなく、ここで暮らすことができるだろう。

　もうすぐ、あたしも街子さんに、そして最愛の夫に会いに行ける。


「おばあちゃん、ワインでいい？」惟吹がボトルを掲げた。

「せっかくだけど、やめとこうかな」光枝は答えた。「ちょっと調子が悪くてね」

「大丈夫？」と、日向実が顔を曇らせた。心配そうな孫たちをよそに、良行は「おっ？　ババアまで妊娠しちまったか？」と、からかってきた。

「だから、なんでババアって言うの！」日向実が肩をいからせた。「もう、これから一回ババアって言うたびに、私に千円払って」

「なんで、お前に払わなきゃなんねぇんだ！　金持ち中学生のくせに」

「ホンットに最低！　最悪オヤジ」

　本物の親子らしくなってきたことはたしかだが、それにしてもリョーコーは救いがたい。光枝はため息をついて、つぶやいた。

「あんたをお腹のなかに戻して、一から良い子に育て直したいよ」これからは、日向実ちゃんが厳しくこの男を叱り、きちんとした大人になれるようにしつけてほしい。そう考えると、さっきの自分勝手な解釈が俄然真実味を帯びてくる気がした。

「おばあちゃん、顔色悪いけど、横になる？」日向実が背中をさすってくれた。

「心配しないで大丈夫だから。さあ、さあ、唐揚げとか、好きなものいっぱい食べなさい」

最近、かなり胃がきりきりと痛い。食欲も落ちたし、大好きだったお酒を飲みたいとも思わなくなってしまった。最近は、フラダンス教室に行くふりをして、毎週、鍼《はり》治療に通っていた。鍼の先生からは、さんざん病院に行くように勧められていた。それでも、なかなか踏ん切りがつかなかった。

検査を予約したのは、先週のことだ。自分の体のことはよくわかっている。たとえどんな結果が出ても、取り乱さない覚悟は、もうできている。けれど、心残りはいい加減ないはずだと思っていても、もうちょっと、あとちょっと、と欲をかいてしまう。

せめて、明里さんが出産するまで。

せめて、惟吹と日向実ちゃんが成人するまで。

せめて、惟吹が映画監督として、日向実ちゃんが脚本家として、デビューするまで。

せめて、が積み重なると、視界が曇る。体が重たくなる。どうせなら身軽なまま、死んでいきたい。

日向実ちゃんと惟吹は、無事に中学に通いつづけている。まったく人の噂ってのはいい加減なもので、もうリョーコーの記事のことは誰も言わなくなったらしい。あれから日向実ちゃんはバスケ部をやめて、演劇部に入った。そこで、大切な友達や仲間ができたと、うれしそうに話してくれた。

二匹いっしょになった金魚に、二人でエサをあげる日向実と惟吹を見ると、もうこれでじゅうぶんだと思う。

死ぬのは、それほどこわくない。生まれてくる人がいれば、この世を去る人もいる。光枝は、金のモールがついた「本日の主役」の襷を握りしめた。

恵まれた人生だったと思う。

いちばん上の兄は、東京大空襲で亡くなったという。自分は戦後すぐの生まれなので、会ったことはもちろんない。あと、流産した子も一人いたと、むかし母から聞かされたこともある。

戦争、病気、いじめ、差別、果てのない憎しみあい——たしかに、ひどい世の中だよ、ホントに。人間なんかいっそのこと滅んでくれていいという思いと、あとに遺される家族や大切な人の幸福を願う気持ちが半々。

日向実ちゃんも、このろくでもない世界で、死ぬまでずっと同じことを考えつづけていくのだろう。年をとればとるほど、知識は増えていくけれど、わからないことも同時にたくさん増えていく。

それでも、日向実ちゃんには、どうか考えつづけることをあきらめてほしくないと思う。この子はとても真面目だから、それはときとして苦しい作業になるかもしれない。ムチャはするな。鬱憤《うっぷん》ややるせなさは、リョーコーや惟吹にぶちまけなさい。

人の幸せばかり考えないで、自分をいちばんに幸せにしてあげなさい。

それだけが、近い将来去り行くババアの切実な願いである。

装丁　鈴木久美
写真　ゲッティ イメージズ

本書は書き下ろしです。

朝倉宏景●あさくら ひろかげ

1984年東京都生まれ。東京学芸大学教育学部卒業。2012年『白球アフロ』で第7回小説現代長編新人賞奨励賞を受賞し作家デビューを果たす。2018年には、フルマラソンに情熱を傾ける視覚障害者の女性と、その伴走者となった若者の青春を描いた長編『風が吹いたり、花が散ったり』で第24回島清恋愛文学賞を受賞。その他の著書に『野球部ひとり』『つよく結べ、ポニーテール』『僕の母がルーズソックスを』『空洞電車』『あめつちのうた』などがある。

日向《ひなた》を掬《すく》う

2021年4月25日　第1刷発行

著　者――朝倉宏景《あさくらひろかげ》

発行者――箕浦克史

発行所――株式会社双葉社

東京都新宿区東五軒町3-28 郵便番号162-8540
電話03（5261）4818〔営業〕
03（5261）4833〔編集〕
http://www.futabasha.co.jp/
（双葉社の書籍・コミック・ムックが買えます）

印刷所――中央精版印刷株式会社

製本所――中央精版印刷株式会社

落丁・乱丁の場合は送料双葉社負担でお取り替えいたします。
「製作部」あてにお送りください。
ただし、古書店で購入したものについてはお取り替えできません。
［電話］03-5261-4822（製作部）

定価はカバーに表示してあります。

ISBN978-4-575-24398-7 C0093